吟嘯徐行

——蘇軾作品河洛漢語吟唱

黃冠人 吟唱
王郭皇 賞析

萬卷樓

目錄

黃冠人 序...1

王郭皇 序...2

1、刑賞忠厚之至論...3

2、初發嘉州...12

3、辛丑十一月十九日，既與子由別於鄭州西門之外，馬上
　　賦詩一篇寄之...14

4、和子由澠池懷舊...17

5、二十六日五更起行至磻溪未明...19

6、王維吳道子畫...21

7、次韻子由種菜久旱不生...25

8、穎州初別子由...27

9、遊金山寺...30

10、臘日由孤山訪惠勤惠思二僧...34

11、雨中遊天竺靈感觀音...38

12、六月二十七日望湖樓醉書五絕其一...40

13、吳中田婦嘆...42

14、飲湖上初晴後雨其二...45

15、有美堂暴雨...47

16、八月十五日看潮五絕...49

17、少年遊（去年相送）...54

18、南鄉子（回首亂山橫）...56

19、采桑子（多情多感仍多病）...58

20、沁園春（孤館鐙青）...61

21、江城子（十年生死兩茫茫）...64

22、江城子（老夫聊發少年狂）...66

23、水調歌頭（明月幾時有）...68

24、永遇樂（明月如霜）..71

25、百步洪其一..74

26、舟中夜起..78

27、余以事繫御史臺獄，獄吏稍見侵，自度不能堪，死獄中，不得一別子由，故作二詩授獄卒梁成以遺子由......80

28、梅花二首..83

29、初到黃州..85

30、定惠院寓居月夜偶出..87

31、卜算子（缺月掛疏桐）..90

32、寓居定惠院之東，雜花滿山，有海棠一株，土人不知貴也..92

33、遷居臨皋亭..96

34、西江月（世事一場大夢）......................................99

35、浣溪沙其一（覆塊青青麥未蘇）..............................101

36、水龍吟（似花還似非花）......................................103

37、江城子（夢中了了醉中醒）....................................106

38、寒食雨二首..109

39、定風波（莫聽穿林打葉聲）....................................112

40、洞仙歌（冰肌玉骨）..115

41、念奴嬌（大江東去）..119

42、前赤壁賦..122

43、後赤壁賦..131

44、醉翁操（琅然）..137

45、洗兒戲作..141

46、東坡..143

47、臨江仙（夜飲東坡醒復醉）....................................145

48、海棠..147

49、記承天寺夜遊..149

50、題西林壁...151

51、惠崇春江晚景二首之一.................................153

52、與莫同年雨中飲湖上.................................155

53、寄蔡子華...157

54、贈劉景文...160

55、八聲甘州（有情風萬里卷潮來）.................162

56、和陶飲酒二十首並敘（選錄三首）.............165

57、東府雨中別子由.......................................171

59、南康望湖亭...176

60、荔支嘆...178

61、縱筆...182

62、吾謫海南，子由雷州，被命即行，了不相知，至梧聞
其尚在藤也，且夕當追及，作此詩示之.................183

63、澄邁驛通潮閣二首其二.............................186

64、六月二十日夜渡海.................................188

65、自題金山畫像...190

66、記先夫人不殘鳥雀.................................192

參考文獻...196

一、蘇軾專著...196

二、專書...196

三、工具書...197

四、期刊論文...197

五、碩博士論文...198

黃冠人 序

在浩瀚漢學中，貫通儒釋道，博學強記，而集中詩、詞、文、書、畫精絕才華於一身的學者，首推蘇軾。除道德人品，致君堯舜，愛民如赤，以及施政才器以外，東坡先生衝破聲律束縛，打開宋詞寬廣的境界，豪邁的由詩入詞，寫出令人傾慕、憐憫與欽佩的人生，超然處事的氣度，圓融化解鋪天蓋地的打擊，而度過坎坷的政治生涯，乃史上第一人。

河洛漢詩，淵遠流長，四聲八音，平上去入，各韻兼備，是當今十大漢語系統中，音韻最完整，旋律最優美的古音。是學習詩歌吟唱掌握詩韻平仄的捷徑，詮釋經典韻文，曠古名篇的憑藉。本書為保存與發揚漢語，於是決定採用。

筆者有幸，於六十五年前，為一篇〈記先夫人不殘鳥雀〉美妙聲韻所迷，進而終身奉獻漢學研究不疲。六十五年後的今天，更有幸結識郭皇老師，而提及共同出版《吟嘯且徐行》一書。由郭皇老師負責東坡作品的選錄與賞析的撰寫，本人負責文本吟唱與朗讀。《吟嘯且徐行》結構細膩，東坡先生代表性階段的心情描述都清楚列出，是一本好的創作。東坡先生作品的音樂性很特別，有時不按牌理出牌，楊怡玫老師的著墨很深，特別感謝。又這本書出版同時，困難重重，幸賴臺灣三千藝文推廣協會理事長姚啟甲夫婦鼎助，楊維仁老師的編輯統合，以及錄音部分人士的協助，終於成書，謹此銘謝。

黃冠人 謹識

2019.01.07

王郭皇 序

2012 年六月在工作之餘完成關於蘇軾詩詞作品水意象的論文，順利取得碩士學位後，就很少平心靜氣下來認認真真的讀蘇軾的作品。一則撰寫論文之際，適逢母親身體狀況處於最糟的狀態，奔波於醫院、鄉下老家、辦公室之間，頗有力不從心之感。二則面對母親的狀況，時間的壓力成為最重的負擔。在十分疲憊下，雖將論文完成，通過口考，但誠如指導教授所言，論文最後一部分完成得有點匆忙。三個月後，母親走了，我才有時間重新回顧那一段在研究所的日子，如何由蘇軾的作品裡，找到生活平衡點。

撰寫論文的同時，深感對古詩詞的記憶有限，覺得或許可借學習河洛漢詩吟唱來幫忙記憶，因此踏進這一領域，果然熟記更多的詩詞作品。也因此因緣，在　黃冠人老師的帶領下，由文字擴展到聲音，領略到另一種詩詞的美感。藉由對文字時空的想像，轉換為聲律，發而為聲，真有詩情與聲情融合之感。而與　黃冠人老師結下的師生之情，更是自己在走入半百之刻，最大的善緣與奇遇。

此次在　黃老師的邀約下，將蘇軾的某些作品，依生平年表次序整理後，同時標注河洛語羅馬拼音，並撰寫簡單的作品賞析，同時請　黃老師以標準的河洛漢語吟唱進行錄音，一方面讓讀者可以貼近漢語聲律的美感，也讓讀者更易掌握河洛語發音的技巧。且每篇作品，除了逐字標注河洛漢語的羅馬拼音外，並依《康熙字典》將重要字彙在古韻書的切音標出，以做為標音的根據。

本書書名定為《吟嘯且徐行——蘇軾作品河洛漢語吟唱》，想傳達的是另一種閱讀蘇軾作品的方式。若有不當或錯誤之處，尚祈指教與糾正。

謝謝　黃老師給我此機會發揮，也謝謝　楊怡玫老師在標音上的傾力幫助，他們才是這本書誕生的最大源動力。

王郭皇　2019/1/9 於台北 不足齋

刑賞忠厚之至論

Heng⁵ Siong² Tiong¹ Hou⁷ Chi¹ Chi³ Lun⁷

堯舜禹湯文武成康之際，何其愛
Giau⁵ Sun³ U² Thong¹ Bun⁵ Bu² Seng⁵ Khong¹ Chi¹ Che³　Ho⁵ Ki⁵ Ai³

民之深¹，憂民之切，而待²天下之以君
Bin⁵ Chi¹ Sim¹　Iu¹ Bin⁵ Chi¹ Chhiat⁴　Ji⁵ Tai⁷ Thian¹ Ha⁷ Chi¹ I² Kun¹

子³長者之道也。有一善，從而賞之⁴，
Chi² Tiong² Chia² Chi¹ To⁷ Ia²　Iu² It⁴ Sian⁷　Chiong⁵ Ji⁵ Siong² Chi⁰

又從而詠歌嗟歎之，所以樂其始而勉
Iu⁷ Chiong⁵ Ji⁵ Eng⁷ Ko¹ Chia¹ Than³ Chi⁰　Sou² I² Lok⁸ Ki⁵ Si² Ji⁵ Bian²

其終；有一不善，從而罰之，又從而
Ki⁵ Chiong¹　Iu² It⁴ Put⁴ Sian⁷　Chiong⁵ Ji⁵ Hoat⁸ Chi⁰　Iu⁷ Chiong⁵ Ji⁵

哀矜懲創之，所以棄其舊而開其新。
Ai¹ Keng¹ Teng⁵ Chhong³ Chi¹　Sou² I² Khi³ Ki⁵ Kiu⁷ Ji⁵ Khai¹ Ki⁵ Sin¹

故其吁俞⁵之聲，歡忻慘戚，見於虞夏
Kou³ Ki⁵ Hu¹ U⁵ Chi¹ Seng¹　Hoan¹ Hin¹ Chham² Chhek⁴　Kian³ U¹ Gu⁵ Ha⁷

商周之書。
Siong¹ Chiu¹ Chi¹ Su¹

反切

---

¹ 深：正音 Sim¹；俗音 Chhim¹。
² 待：正音 Tai⁷；俗音 Thai⁷。
³ 子：正音 Chi²；泉州音 Chu²。
⁴ 之：正音 Chi¹，作語尾助詞讀為 Chi⁰。
⁵ 俞：正音 U⁵；俗音 Ju⁵。

1. 刑：《廣韻》戶經切。
2. 賞：《廣韻》書兩切。
3. 厚：《唐韻》胡口切。
4. 至：《唐韻》脂利切。
5. 論：《集韻》龍春切。言有理也。又《廣韻》盧困切。義同。
6. 堯：《廣韻》五聊切。
7. 舜：《廣韻》輸閏切。
8. 禹：《唐韻》王矩切。
9. 湯：《唐韻》土郎切。
10. 文：《唐韻》無分切。
11. 武：《唐韻》文甫切。
12. 際：《唐韻》子例切。
13. 愛：《唐韻》烏代切。
14. 民：《唐韻》彌鄰切。
15. 深：《唐韻》式針切。
16. 切：《唐韻》千結切。迫也、急也。又《唐韻》七計切。眾也。
17. 待：《唐韻》徒在切。
18. 子：《唐韻》即里切。
19. 長：《韻會》展兩切。
20. 者：《廣韻》章也切。
21. 也：《唐韻》羊者切。
22. 一：《唐韻》於悉切。
23. 從：《唐韻》疾容切。
24. 詠：《唐韻》為命切。
25. 歌：《唐韻》古俄切。
26. 嗟：《唐韻》咨邪切。
27. 歎：《唐韻》他案切。
28. 樂：《唐韻》盧各切。
29. 勉：《唐韻》亡辨切。
30. 不：《韻會》逋沒切。
31. 罰：《廣韻》房越切。
32. 矜：《廣韻》居陵切。
33. 懲：《唐韻》直陵切。
34. 創：《唐韻》初亮切。
35. 舊：《唐韻》巨救切。
36. 吁：《廣韻》況于切。
37. 俞：《唐韻》羊朱切。
38. 忻：《唐韻》許斤切。
39. 慘：《唐韻》七感切。
40. 戚：《廣韻》倉歷切。
41. 於：《廣韻》央居切。
42. 虞：《唐韻》遇俱切。
43. 商：《唐韻》式陽切。
44. 書：《廣韻》傷魚切。

成康既沒，穆王立而周道始衰，
Seng⁵ Khong¹ Ki³ But⁸　Bok⁸ Ong⁵ Lip⁸ Ji⁵ Chiu¹ To⁷ Si² Sui¹

然猶命其臣呂⁶侯⁷，而告之以祥刑。其
Jian⁵ Iu⁵ Beng⁷ Ki⁵ Sin⁵ Lu⁷ Hiou⁵　Ji⁵ Ko³ Chi¹ I² Siong⁵ Heng⁵　Ki⁵

言憂而不傷，威而不怒，慈⁸愛而能斷
Gian⁵ Iu¹ Ji⁵ Put⁴ Siong¹　Ui¹ Ji⁵ Put⁴ Nou⁷　Chu⁵ Ai³ Ji⁵ Leng⁵ Toan⁷

---

[6] 呂：正音 Lu⁶，今讀 Lu⁷；漳州音 Li⁷。

[7] 侯：正音 Hou⁵；俗音 Hiou⁵。

[8] 慈：正音 Chi⁵；俗音 Chu⁵。

，惻然有哀憐無辜之心，故孔子⁹猶

Chhek⁴ Jian⁵　Iu²　Ai¹　Lian⁵ Bu⁵ Kou¹ Chi¹ Sim¹　　Kou³ Khong²Chu² Iu⁵

有取焉。傳曰：「賞疑從與，所以廣

Iu² Chhu² Ian¹　　Toan⁷ Oat⁸　　Siong² Gi⁵ Chiong⁵ U²　Sou² I² Kong²

恩¹⁰也；罰疑從去¹¹，所以謹刑也。」

Un¹　　Ia²　　Hoat⁸ Gi⁵ Chiong⁵ Khu³　　Sou² I² Kin² Heng⁵ Ia²

反切

1. 康：《唐韻》苦岡切。
2. 既：《集韻》居氣切。
3. 沒：《唐韻》莫勃切。
4. 穆：《廣韻》莫六切。
5. 立：《廣韻》力入切。
6. 而：《廣韻》如之切。
7. 衰：《唐韻》所危切；又《集韻》雙佳切。
8. 命：《唐韻》眉病切。
9. 呂：《唐韻》力舉切。
10. 侯：《廣韻》戶鉤切。
11. 告：《廣韻》古到切。
12. 言：《唐韻》語軒切。
13. 怒：《唐韻》乃故切。
14. 慈：《唐韻》疾之切。
15. 斷：《廣韻》徒管切。
16. 惻：《唐韻》初力切。
17. 憐：《唐韻》落賢切。
18. 無：《唐韻》武扶切。
19. 辜：《唐韻》古乎切。
20. 故：《廣韻》古暮切。
21. 孔：《唐韻》康董切。
22. 取：《集韻》此主切。
23. 焉：《廣韻》於乾切。
24. 傳：《集韻》柱戀切。
25. 曰：《唐韻》王伐切。
26. 疑：《唐韻》語其切。
27. 與：《集韻》演女切。
28. 所：《集韻》爽阻切。
29. 以：《韻會》養里切。
30. 廣：《唐韻》古晃切。
31. 恩：《唐韻》烏痕切。
32. 去：《唐韻》丘據切。
33. 謹：《唐韻》居隱切。

當堯之時，皋陶為士，將殺人。

Tong¹ Giau⁵ Chi¹　Si⁵　　Ko¹ Iau⁵ Ui⁵ Su⁷　　Chiong¹ Sat⁴ Jin⁵

⁹ 子：正音 Chi²；泉州音 Chu²。
¹⁰ 恩：正音 Un¹；漳州音 In¹。
¹¹ 去：正音 Khu³；漳州音 Khi³。

皋陶曰：「殺之」三；堯曰：「宥之」
Ko¹　Iau⁵　Oat⁸　　　Sat⁴　Chi¹　　　Sam¹　　　Giau⁵ Oat⁸　　　Iu7　Chi¹

三。故天下畏皋陶執法之堅，而樂¹²堯
Sam¹　　Kou³ Thian¹ Ha⁷ Ui³ Ko¹ Iau⁵ Chip⁴ Hoat⁴ Chi¹ Kian¹　　Ji⁵　Gau⁷　Giau⁵

用刑之寬。四¹³岳曰：「鯀可用。」
Iong⁷ Heng⁵ Chi¹ Khoan¹　　Su³　Gak⁸ Oat⁸　　　Kun² Kho² Iong⁷

堯曰：「不可。鯀方命圯¹⁴族。」既
Giau⁵ Oat⁸　　　Put⁴ Kho²　Kun² Hong¹ Beng⁷ Pi² Chok⁸　　　Ki³

而曰：「試¹⁵之。」何堯之不聽¹⁶皋陶
Ji⁵　Oat⁸　　　Si³　Chi¹　　　Ho⁵ Giau⁵ Chi¹ Put⁴ Theng³ Ko¹ Iau⁵

之殺人，而從四岳之用鯀也？然則聖
Chi¹　Sat⁴ Jin⁵　　Ji⁵ Chiong⁵ Su³ Gak⁸ Chi¹ Iong⁷ Kun² Ia²　　　Jian⁵ Chek⁴ Seng³

人之意，蓋亦可見矣。《書》曰：「罪
Jin⁵ Chi¹　I³　　Kai³ Ek⁸ Kho² Kian³　I²　　　Su¹　　　Oat⁸　　　Choe⁷

疑惟輕，功疑惟重。與其殺不辜，寧
Gi⁵　Ui⁵ Kheng¹　Kong¹ Gi⁵ Ui⁵ Tiong⁷　U² Ki⁵ Sat⁴ Put⁴ Kou¹　　Leng⁵

失不經。」嗚呼！盡之矣。
Sit⁴ Put⁴ Keng¹　　Ou¹ Hou¹　　Chin⁷ Chi¹　I²

反切

¹² 樂：正音 Gau⁷；俗音 Ngau⁷。
¹³ 四：正音 Si³；泉州音 Su³。
¹⁴ 圯：正音 Pi²；俗音 Phi²。
¹⁵ 試：正音 Si³；俗音 Chhi³。
¹⁶ 聽：又音 Theng¹。

1.時：《唐韻》市之切。
2.皋：《唐韻》古勞切。
3.陶：《廣韻》餘昭切。
4.為：《集韻》于嬀切。
5.將：《廣韻》即良切。
6.殺：《唐韻》所八切。
7.三：《唐韻》蘇甘切。
8.宥：《集韻》尤救切。
9.畏：《唐韻》於胃切。
10.執：《唐韻》之入切。
11.法：《唐韻》方乏切。
12.堅：《廣韻》古賢切。
13.樂：《集韻》魚教切。
14.用：《唐韻》余頌切。
15.寬：《唐韻》苦官切。
16.四：《唐韻》息利切。
17.岳：《廣韻》五角切。
18.鯀：《唐韻》古本切。
19.可：《唐韻》肯我切。
20.圮：《集韻》部鄙切。
21.族：《唐韻》昨木切。

22.試：《唐韻》式吏切。
23.聽：《廣韻》他定切。聆也。又《唐韻》他丁切。聆也，聽受也。
24.則：《唐韻》子德切。
25.聖：《唐韻》式正切。
26.意：《集韻》於記切。
27.蓋：《唐韻》古太切。
28.亦：《唐韻》羊益切。
29.見：《唐韻》古甸切。
30.矣：《唐韻》于己切。
31.罪：《廣韻》徂賄切。
32.惟：《唐韻》以追切。
33.輕：《廣韻》去盈切。
34.重：《唐韻》柱用切。
35.寧：《唐韻》奴丁切。
36.失：《廣韻》式質切。
37.經：《唐韻》古靈切。
38.嗚：《廣韻》哀都切。
39.呼：《唐韻》荒烏切。
40.盡：《唐韻》慈忍切。

可以賞，可以無賞，賞之過乎仁
Kho² I² Siong²　　Kho² I² Bu⁵ Siong²　Siong² Chi¹ Ko³ Hou⁵ Jin⁵

；可以罰，可以無罰，罰之過乎義。
Kho² I² Hoat⁸　　Kho² I² Bu⁵ Hoat⁸　Hoat⁸ Chi¹ Ko³ Hou⁵ Gi⁷

過乎仁，不失為君子[17]；過乎義，則
Ko³ Hou⁵ Jin⁵　　Put⁴ Sit⁴ Ui⁵ Kun¹ Chu²　　Ko³ Hou⁵ Gi⁷　　Chek⁴

流而入[18]於忍[19]人。故仁可過也，義不
Liu⁵ Ji⁵ Jip⁸　U¹ Jim² Jin⁵　　Kou³ Jin⁵ Kho² Ko³ Ia²　　Gi⁷ Put⁴

---

[17] 子：正音 Chi²；泉州音 Chu²。
[18] 入：正音 Jip⁸；俗音 Lip⁸。

可過也。古者賞不以爵祿，刑不以刀

Kho² Ko³ Ia² Kou² Chia² Siong² Put⁴ I² Chiok⁴ Lok⁸ Heng⁵ Put⁴ I² To¹

鋸[20]。賞以爵祿，是賞之道，行於爵祿

Ku³ Siong² I² Chiok⁴ Lok⁸ Si⁷ Siong² Chi¹ To⁷ Heng⁵ U¹ Chiok⁴ Lok⁸

之所加，而不行於爵祿之所不加也。

Chi¹ Sou² Ka¹ Ji⁵ Put⁴ Heng⁵ U¹ Chiok⁴ Lok⁸ Chi¹ Sou² Put⁴ Ka¹ Ia²

刑以刀鋸，是刑之威，施於刀鋸之所

Heng⁵ I² To¹ Ku³ Si⁷ Heng⁵ Chi¹ Ui¹ Si¹ U¹ To¹ Ku³ Chi¹ Sou²

及，而不施於刀鋸之所不及也。先王

Kip⁸ Ji⁵ Put⁴ Si¹ U¹ To¹ Ku³ Chi¹ Sou² Put⁴ Kip⁸ Ia² Sian¹ Ong⁵

知天下之善不勝賞，而爵祿不足以勸

Ti¹ Thian¹ Ha⁷ Chi¹ Sian⁷ Put⁴ Seng¹ Siong² Ji⁵ Chiok⁴ Lok⁸ Put⁴ Chiok⁴ I² Khoan³

也；知天下之惡不勝刑，而刀鋸不足

Ia² Ti¹ Thian¹ Ha⁷ Chi¹ Ok⁴ Put⁴ Seng¹ Heng⁵ Ji⁵ To¹ Ku³ Put⁴ Chiok⁴

以裁[21]也。是故疑則舉而歸之於仁，以

I² Chhai⁵ Ia² Si⁷ Kou³ Gi⁵ Chek⁴ Ku² Ji⁵ Kui¹ Chi¹ U¹ Jin⁵ I²

君子長者之道待[22]天下，使[23]天下相率

Kun¹ Chu² Tiong² Chia² Chi¹ To⁷ Tai⁷ Thian¹ Ha⁷ Su² Thian¹ Ha⁷ Siong¹ Sut⁴

而歸於君子長者之道。故曰：「忠厚

Ji⁵ Kui¹ U¹ Kun¹ Chu² Tiong² Chia² Chi¹ To⁷ Kou³ Oat⁸ Tiong¹ Hou⁷

---

[19] 忍：正音 Jin²；俗音 Jim²。
[20] 鋸：正音 Ku³；俗音 Ki³。
[21] 裁：正音 Chai⁵；俗音 Chhai⁵。
[22] 待：正音 Tai⁷；俗音 Thai⁷。
[23] 使：正音 Si²；俗音 Su²。

之至也。」
Chi[1] Chi[3] Ia[2]

反切

1.過：《廣韻》古臥切。
2.乎：《廣韻》戶吳切。
3.義：《廣韻》宜寄切。
4.入：《唐韻》人執切。
5.忍：《唐韻》而軫切。人上聲。
6.爵：《唐韻》即略切。
7.祿：《唐韻》盧谷切。
8.刀：《唐韻》都勞切。
9.鋸：《唐韻》居御切。
10.加：《唐韻》古牙切。
11.是：《唐韻》承紙切。
12.施：《唐韻》式支切。

13.及：《唐韻》其立切。
14.知：《廣韻》陟移切。
15.善：《廣韻》常演切。
16.勝：《唐韻》識蒸切。
17.足：《唐韻》即玉切。
18.勸：《唐韻》去願切。
19.惡：《唐韻》烏各切。
20.裁：《唐韻》昨哉切。
21.舉：《唐韻》居許切。
22.歸：《唐韻》舉韋切。
23.使：《正韻》師止切。
24.率：《廣韻》所律切。

《詩》曰：「君子如祉[24]，亂庶遄
Si[1]　　　Oat[8]　　Kun[1] Chu[2] Ju[5] Chi[2]　　Loan[7] Su[3] Soan[5]

已；君子如怒，亂庶遄沮[25]。」夫君
I[2]　　Kun[1] Chu[2] Ju[5] Nu[2]　　Loan[7] Su[3] Soan[5] Chu[2]　　　Hu[5] Kun[1]

子之已亂，豈有異術哉？制其喜怒，
Chu[2] Chi[1] I[2] Loan[7]　Khi[2] Iu[2] I[7] Sut[8] Chai[1]　　Che[3] Ki[5] Hi[2] Nou[7]

而不失乎仁而已矣。《春秋》之義，
Ji[5] Put[4] Sit[4] Hou[5] Jin[5] Ji[5] I[2] I[2]　　Chhun[1] Chhiu[1]　　Chi[1] Gi[7]

---

[24] 祉：正音 Thi[2]；俗音 Chi[2]。
[25] 沮：正音 Chu[2]；漳州音 Chi[2]。

立 法 貴 嚴[26]，而 責 人 貴 寬，因 其 褒 貶[27]
Lip[8] Hoat[4] Kui[3] Giam[5]　　Ji[5] Chek[4] Jin[5] Kui[3] Khoan[1]　　In[1] Ki[5] Po[1] Piam[2]

之 義 以 制 賞 罰，亦 忠 厚 之 至 也。
Chi[1] Gi[7] I[2] Che[3] Siong[2] Hoat[8]　　Ek[8] Tiong[1] Hou[7] Chi[1] Chi[3] Ia[2]

反切

1.詩：《唐韻》書之切。
2.如：《唐韻》人諸切。
3.祉：《唐韻》敕里切。音恥。
4.亂：《唐韻》郎段切。
5.庶：《唐韻》商署切。
6.遄：《唐韻》市緣切。
7.怒：《集韻》暖五切。
8.沮：《廣韻》慈呂切。
9.夫：《廣韻》防無切。語端辭。
10.豈：《集韻》去幾切。
11.異：《唐韻》羊吏切。
12.術：《唐韻》食律切。
13.哉：《唐韻》祖才切。
14.制：《唐韻》征例切。
15.貴：《唐韻》居胃切。
16.嚴：《唐韻》語杴切。又《集韻》魚銜切。
17.責：《廣韻》側革切。
18.褒：《唐韻》博毛切。
19.貶：《集韻》悲檢切。

【作品簡析】

　　宋仁宗嘉祐二年（1057）蘇軾至京，應禮部之試。主考官歐陽脩讀此文後，曾言：「讀軾書不覺汗出，快哉！老夫當避此人，放出一頭地。」可見蘇軾年輕時，即展露過人之文采。

　　本文以忠厚為立論基礎，援引古代聖人以忠厚為刑賞準則之範例，凡有懷疑之刑賞事件，寧賞過之，刑輕之，以不失刑賞之功，仁政之要。

　　蘇軾由堯、舜、禹、湯、周文王、武王、成王、康王時之仁政寫起。讚頌先王愛民深厚，關心人民懇切，並以仁慈忠厚對待天下之士。若有人為一善，便給予獎賞，並歌讚其善行，以其有行善之始為樂，勉勵其應堅持德行至終。若有人為惡，便給予懲罰，並以哀傷悲痛之心，告誡鞭策，以期其棄惡習，開新生。先王揚善抑惡之心，在《書經》中虞、夏、商、周各篇中均有記載。

---

[26] 嚴：又音 Gam[5]。
[27] 貶：正音 Piam[2]；俗音 Pian[2]。

　　周成王、康王相繼過世後，穆王繼位，周之道統雖漸衰弱，但穆王仍告誡大臣呂侯處事須謹慎寬厚。穆王告誡時，語氣憂而不悲，威而不怒，仁慈且果斷之情，並為無罪而受刑之人，深感哀憐。孔子特別稱許穆王之仁心，特將《呂刑》篇選入《書經》之中。故《書傳》言：「賞賜時，若覺可疑，仍給予獎賞，以擴大恩德；懲罰時，若有可疑，應免予懲罰，此為謹慎用刑之法。」

　　唐堯時代，皋陶任執法官，將殺人之時，皋陶連三次說：「執死。」而堯帝連三次言：「寬恕。」因此全天下人均畏皋陶執法之堅，而喜堯帝行律之寬。而四岳推薦鯀負責治水，堯帝認為鯀曾抗命毀族而不用，最後又決定用之。為何堯帝不聽從皋陶之判決而殺人，卻接受四岳之意見而用鯀呢？聖人之心意，於此可見。正如《書經》上所言：「有疑之罪，量刑從輕；有疑之功，功賞從重。與其錯殺無罪之人，寧犯執法不嚴之失。」已將聖賢之心詳細說明。

　　可獎賞亦可不獎賞之事，而給予獎賞，則仁慈過頭；可處罰亦可不處罰，而給予處罰，則嚴厲過頭。仁慈過頭，不失為君子之行；嚴厲過甚，則成冷酷無情之人。故仁慈可超出標準，嚴厲卻不可過分。古時不僅以爵位與俸祿作為賞賜，也不只以刀鋸作為刑罰。爵位俸祿只用於當用之處，而不用於其它不適之處；刀鋸處罰乃刑罰之利器，僅能施於當用刀鋸之罰則，而不能施於其它不當之處。昔聖王知天下之行善乃賞不勝賞，有限之爵位俸祿，不足作為所有善行之獎勵；亦知天下之惡行乃罰不勝罰，僅用刀鋸亦不能達到全面制裁之效果。正因如此，賞罰中有疑而不定者，當統歸於仁慈寬大之中，以仁慈忠厚對待天下，則天下之人皆歸於仁慈忠愛之道。此種作法就是忠厚的最高表現。

　　《詩經》上言：「君子若知賜福好人，禍亂將因此而止息；若只知責怒於人，禍亂將無法平息。」欲止禍亂，豈有奇異之法？只要節制己之喜怒，不失愛人之原則罷了。《春秋》之義例在立法貴嚴，責人貴寬。以其褒獎與貶責之義例，制定賞罰之則，也是忠厚的最高表現。

　　此文雖是蘇軾初展文才之作，但可看出蘇軾之政治思想乃建構在儒家以仁為出發點，亦是蘇軾從政固守之原則。

初²⁸發嘉州

Chhou[1] Hoat[4] Ka[1] Chiu[1]

朝	發	鼓	闐	闐	，	西	風	獵	畫	旆	。
Tiau[1]	Hoat[4]	Kou[2]	Tian[5]	Tian[5]		Se[1]	Hong[1]	Liap[8]	Hoa[7]	Chian[1]	

故	鄉	飄	已	遠	，	往	意	浩	無	邊	。
Kou[3]	Hiong[1]	Phiau[1]	I[2]	Oan[2]		Ong[2]	I[3]	Ho[7]	Bu[5]	Pian[1]	

錦	水	細	不	見	，	蠻	江	清	可	憐	。
Kim[2]	Sui[2]	Se[3]	Put[4]	Kian[3]		Ban[5]	Kang[1]	Chheng[1]	Kho[2]	Lian[5]	

奔	騰²⁹	過	佛	腳	，	曠	蕩³⁰	造	平	川³¹	。
Pun[1]	Theng[5]	Ko[1]	Hut[8]	Kiok[4]		Khong[3]	Tong[2]	Chho[3]	Peng[5]	Chhian[1]	

野	市³²	有	禪	客	，	釣	臺	尋	暮	煙	。
Ia[2]	Si[7]	Iu[2]	Sian[5]	Khek[4]		Tiau[3]	Tai[5]	Sim[5]	Bou[7]	Ian[1]	

相	期	定	先	到	，	久	立	水	潺	潺³³	。
Siong[1]	Ki[5]	Teng[7]	Sian[1]	To[3]		Kiu[2]	Lip[8]	Sui[2]	Chhian[1]	Chhian[1]	

反切

1. 初：《唐韻》楚居切。　　3. 朝：《唐韻》陟遙切。
2. 發：《唐韻》方伐切。　　4. 闐：《唐韻》待年切。

---

28 初：正音 Chhu[1]；俗音 Chhou[1]。
29 騰：正音 Teng[5]；俗音 Theng[5]。
30 蕩：正音 Tong[6]；今讀為 Tong[7] 或 Tong[2]。
31 川：正音 Chhoan[1]；詩韻 Chhian[1]
32 市：正音 Si[7]；俗音 Chhi[7]。
33 潺：正音 Chhan[1]；俗音 Chhian[1]。

5. 獵：《唐韻》良涉切。
6. 畫：《廣韻》胡卦切。
7. 施：《唐韻》諸延切。
8. 錦：《唐韻》居飲切。
9. 蠻：《唐韻》莫還切。
10. 奔：《唐韻》博昆切。
11. 騰：《唐韻》徒登切。
12. 過：《廣韻》古禾切。
13. 佛：《唐韻》符勿切。
14. 腳：《唐韻》居勺切。

15. 曠：《唐韻》苦謗切。
16. 蕩：《唐韻》徒朗切。
17. 造：《廣韻》七到切。
18. 川：《唐韻》昌緣切。
19. 市：《唐韻》時止切。
20. 禪：《廣韻》市連切。
21. 客：《唐韻》苦格切。
22. 尋：《唐韻》徐林切。
23. 暮：《廣韻》莫故切。
24. 潺：《集韻》鋤山切。又《彙音寶鑑》出干切。

【作品簡析】

　　宋仁宗嘉祐四年（1059），蘇氏兄弟守完母親丁憂之喪，老蘇（蘇洵）決定攜帶全家人，離開故鄉四川眉州。此行擇水路赴京，舟行江上，三人賦詩唱和。時船由嘉州出發之晨，蘇軾作此詩，記當時離鄉進京的心情。

　　詩中富含濃濃離鄉之情，與躊躇之壯志。蘇氏全家所搭之船，在鼓聲隆隆，西風吹拂中，揚帆出發。「故鄉飄已遠，往意浩無邊」二句即是回望故鄉不捨之情，亦是眺望未來的雀躍之感，細膩刻劃出一位遊子為功業而離鄉背井之矛盾心情。並借江水流至樂山大佛腳下，一片曠遠無礙的平原而去，顯出樂觀與奮進之心。而前方更有故人等候相見話別，「野市有禪客，釣臺尋暮煙。相期定先到，久立水潺潺。」充分表現故人情誼之珍貴，與期待相見的殷切情感。

辛 丑 十 一 月 十 九 日 ， 既 與 子 由 別
Sin¹ Thiu² Sip⁸ It⁴ Goat⁸ Sip⁸ Kiu² Jit⁸ Ki³⁻² U²⁻¹ Chu² Iu⁵ Piat⁸

於 鄭 州 西 門 之 外 ， 馬 上 賦 詩 一 篇
U¹ Teng⁷ Chiu¹ Se¹ Bun⁵ Chi¹ Goe⁷ Ma²⁻¹ Siong⁷ Hu³⁻² Si¹ It⁴ Phian¹

寄 之 。
Ki³ Chi⁰

不 飲 胡 為 醉 兀 兀 ， 此 心 已 逐 歸 鞍 發³⁴。
Put⁴ Im² Hou⁵ Ui⁵ Chui³⁻² Gut⁸ Gut⁸ Chhu² Sim¹ I² Tiok⁸ Kui¹ An¹ Hut⁴

歸 人 猶 自 念 庭 闈 ， 今 我 何 以 慰 寂 寞 ？
Kui¹ Jin⁵ Iu⁵ Chu⁷ Liam⁷ Teng⁵ Ui⁵ Kim¹ Ngou² Ho⁵ I² Ui³⁻² Chek⁸ Bok⁸

登 高 回³⁵ 首 坡 壟 隔 ， 但 見 烏 帽 出 復 沒 。
Teng¹ Ko¹ Hoe⁵ Siu² Pho¹ Long⁵ Kek⁴ Tan⁷ Kian³ Ou¹ Bo⁷ Chhut⁴ Hiu⁷ But⁸

苦 寒 念 爾 衣 裘 薄 ， 獨 騎 瘦 馬 踏 殘 月³⁶。
Khou² Han⁵ Liam⁷ Ni² I¹ Kiu⁵ Pok⁸ Tok⁸ Ki⁵ Siu⁷ Ma² Thap⁴ Chan⁵ Gut⁸

路 人 行 歌 居 人 樂 ， 童 僕 怪 我 苦 悽 惻 。
Lou⁷ Jin⁵ Heng⁵ Ko¹ Ku¹ Jin⁵ Lok⁸ Tong⁵ Pok⁸ Koai³⁻² Ngou² Khou² Chhe¹ Chhek⁴

亦 知 人 生 要 有 別 ， 但 恐 歲 月 去 飄 忽 。
EK⁸ Ti¹ Jin⁵ Seng¹ Iau³⁻² Iu² Piat⁸ Tan⁷ Khiong² Soe³⁻² Goat⁸ Khu³ Phiau¹ Hut⁴

寒 燈 相 對 記 疇 昔 ， 夜 雨 何 時 聽 蕭 瑟 ？
Han⁵ Teng¹ Siong¹ Tui³ Ki³⁻² Tiu⁵ Sek⁴ Ia⁷ U² Ho⁵ Si⁵ Theng⁵ Siau¹ Sek⁴

---

³⁴ 發：正音 Hoat⁴；詩韻 Hut⁴。
³⁵ 回：正音 Hoe⁵；詩韻 Hai⁵。
³⁶ 月：正音 Goat⁸；詩韻 Gut⁸。

君知此意不可忘，慎勿苦愛高官職！

Kun¹ Ti¹Chhu²ᐧ¹ I³ Put⁴ Kho² Bong⁵ Sin⁷ But⁸ Khou²ᐧ¹Ai³ Ko¹ Koan¹Chek⁴

反切

1.丑：《廣韻》敕久切。
2.十：《唐韻》是執切。
3.一：《唐韻》於悉切。
4.月：《唐韻》魚厥切。
5.日：《唐韻》人質切。
6.別：《唐韻》皮列切。
7.外：《廣韻》五會切。
8.賦：《唐韻》方遇切。
9.篇：《集韻》紕延切。
10.飲：《廣韻》於錦切。
11.兀：《唐韻》五忽切。
12.逐：《唐韻》直六切。
13.念：《唐韻》奴店切。
14.闈：《唐韻》羽非切。
15.我：《唐韻》五可切。
16.慰：《廣韻》於胃切。
17.寂：《唐韻》前歷切。
18.寞：《廣韻》慕各切。
19.回：《唐韻》戶恢切。
20.壟：《唐韻》力踵切。冢也。又田中高處。又《集韻》盧東切。
21.隔：《唐韻》古核切。
22.帽：《唐韻》莫報切。
23.出：《唐韻》赤律切。
24.復：《集韻》浮富切。
25.沒：《唐韻》莫勃切。
26.爾：《唐韻》兒氏切。
27.裘：《唐韻》巨鳩切。
28.薄：《唐韻》傍各切。
29.獨：《唐韻》徒谷切。
30.騎：《唐韻》渠羈切。跨馬也。又《廣韻》奇寄切。義同。
31.踏：《廣韻》他合切。
32.殘：《廣韻》昨干切。
33.僕：《唐韻》蒲沃切。
34.悽：《唐韻》七稽切。
35.惻：《唐韻》初力切。
36.亦：《唐韻》羊益切。
37.要：《廣韻》於笑切。
38.恐：《集韻》丘勇切。
39.忽：《唐韻》呼骨切。
40.對：《唐韻》都隊切。
41.疇：《唐韻》直由切。
42.昔：《唐韻》思積切。
43.聽：《廣韻》他定切。聆也。又《唐韻》他丁切。聆也。
44.瑟：《唐韻》所櫛切。
45.忘：《集韻》武方切。遺也。又《廣韻》巫放切。遺忘也。
46.慎：《唐韻》時刃切。
47.勿：《唐韻》文拂切。
48.職：《廣韻》之弋切。

【作品簡析】

15

　　嘉祐六年（1061）蘇軾奉命至鳳翔為官，蘇轍一路相送，於鄭州西門外分手。蘇軾望著弟弟孤獨又單薄的背影離去，在往鳳翔路途乘坐於馬上時，賦詩寄予子由。詩中充滿兄弟分離的不捨，與無法常聚之情。

　　詩以離別思念開篇。蘇軾方與弟弟分手，坐於馬背上即感頭腦昏沉，神不守舍。身體雖往就任之地前進，心卻欲隨弟弟回往京城而去，與家人團聚。兄弟二人從小到大，不管吃、睡、玩、讀書均在一起，未曾分離過。今日因官職就任，蘇軾不得不與弟弟分離。自此無弟弟相伴的歲月，想必充滿寂寞。回望弟弟身影在前方壠坡遮掩下，烏帽時隱時現，苦寒單薄之身軀，獨騎瘦馬踏月歸去，對弟弟不捨之情，油然而生。「裘薄」、「馬瘦」、「月殘」雖是寫物，卻增添詩意別離寂冷之感。

　　與路人行歌快樂相比，蘇軾想念家人的心情，顯得更加淒苦酸惻。蘇軾感嘆人生短暫，聚少離多，因此以昔日二人「夜雨對床」相約早退之盟約，勉勵叮嚀弟弟「君知此意不可忘，慎勿苦愛高官職！」期盼早日實現二人同隱退、長相聚之心願。

　　蘇氏兄弟二人的情感，給後人留下典範。「夜雨對床」之語，亦成後來形容兄弟情深之成語典故。

和子由澠池懷舊

Ho⁷ Chu² Iu⁵ Bin² Ti⁵ Hoai⁵ Kiu⁷

人生到處知何似，應似飛鴻踏³⁷雪泥。

Jin⁵ Seng¹ To³ Chhu³ Ti¹ Ho⁵ Su⁷　Eng¹ Su⁷ Hui¹ Hong⁵ Tap⁴ Soat⁴ Le⁵

泥上偶然留指爪，鴻飛那³⁸復計東西。

Le⁵ Siong⁷ Ngou² Jian⁵ Liu⁵ Chi²→¹ Chau²　Hong⁵ Hui¹ Lo⁵ Hiu⁷ Ke³ Tong¹ Se¹

老僧³⁹已死成新塔⁴⁰，壞壁無由見舊題。

Nou² Seng¹ I²→¹ Su² Seng⁵ Sin¹ Thap⁸　Hoai⁷ Pek⁴ Bu⁵ Iu⁵ Kian³ Kiu⁷ Te⁵

往日崎嶇還記否，路上人困蹇驢⁴¹嘶。

Ong² Jit⁸ Khi¹ Khu¹ Hoan⁵ Ki³ Hiou²　Lou⁷ Siong⁷ Jin⁵ Khun³ Kian² Lu⁵ Se¹

反切

1. 和：《廣韻》胡臥切。
2. 澠：《廣韻》武盡切。
3. 雪：《唐韻》相絕切。
4. 泥：《集韻》年題切。
5. 偶：《唐韻》五口切。
6. 指：《唐韻》職雉切。
7. 爪：《唐韻》側絞切。
8. 那：《集韻》囊何切。又《廣韻》奴可切。
9. 復：《集韻》附宥切。

10. 老：《廣韻》盧皓切。
11. 死：《廣韻》息姊切。
12. 僧：《廣韻》蘇增切。又《集韻》慈陵切。
13. 塔：《唐韻》吐盍切。物墮聲也。又《集韻》達合切。累土也。：《說文》西域浮屠也。
14. 壞：《唐韻》胡怪切。
15. 壁：《唐韻》北激切。
16. 題：《廣韻》杜溪切。

---

³⁷ 踏：正音 Tap⁴；俗音 Thap⁴。
³⁸ 那：又音 No²。
³⁹ 僧：又音 Cheng¹。
⁴⁰ 塔：正音 Tap⁸；俗音 Thap⁸。
⁴¹ 驢：正音 Lu⁵；俗音 Li⁵。

17. 崎：《廣韻》去奇切。   21. 蹇：《唐韻》居偃切。
18. 嶇：《廣韻》豈俱切。   22. 驢：《唐韻》力居切。
19. 否：《唐韻》方九切。   23. 嘶：《廣韻》先稽切。
20. 困：《唐韻》苦悶切。

【作品簡析】

　　唐詩和宋詩最大差別乃在情味和理趣，唐詩以情味為要，宋詩則以理趣為主。蘇軾此一詩作，可見宋詩理趣之特點。

　　嘉祐元年（1056）蘇軾與蘇轍二人隨父親蘇洵進京赴考，三人曾於澠池縣僧舍借住，當時住持奉閑和尚殷勤款待，兄弟二人作詩，並題於房壁之上。

　　嘉祐六年（1061），蘇軾至鳳翔為官，子由送兄至鄭西門外，二人就此分手。子由念及兄長前往鳳翔，必經過澠池，作〈懷澠池寄子瞻兄〉：

> 相攜話別鄭原上，共道長途怕雪泥。
> 歸騎還尋大梁陌，行人已渡古崤西。
> 曾為縣吏民知否？舊宿僧房壁共題。
> 遙想獨遊佳味少，無方騅馬但鳴嘶。

　　蘇軾至澠池縣，舊地重遊，但奉閑和尚已經過世，當時題詩之壁，也已崩壞。蘇軾感於弟弟之詩過於感傷，特唱和此詩，以寬解弟弟之傷情。

　　蘇軾以「人生到處知何似，應似飛鴻踏雪泥。泥上偶然留指爪，鴻飛那復計東西。」揭示人生飄忽不定本質。人生本是由一個個偶然串接而成，來去不定，正如飛鴻，不計東飛或西去，偶然留印於雪地之上，爪印不久也會消失。正因為人生之不定性與偶然性，所以我們都處在「變」的定則裡，有形的物質會隨時間產生質變。因此當蘇軾來到舊地，見到奉閑和尚已過世，變成一座盛藏骨灰的新塔；昔日兄弟二人題詩的房壁，亦已崩壞，無法再尋題詩之跡，唯一不變乃昔日二人一起赴京趕考，來到澠池，因道路崎嶇，累疲驢子的情景。

　　此種在詩作中，不僅抒發詩人的感情，同時也在文字間透露某些哲理，是宋詩和唐詩在風格上不同之處。

二十六日五更起行至磻⁴²溪未明

Ji⁷　Sip⁸　Liok⁸　Jit⁸　Ngou²　Keng¹　Khi²　Heng⁵　Chi³　Phoan⁵　Khe¹　Bi⁷　Beng⁵

夜入磻溪如入峽⁴³，照山炬火落驚猿。

Ia⁷　Jip⁸　Phoan⁵Khe¹　Ju⁵　Jip⁸　Kiap⁸　　　Chiau³San¹　Ku⁷　Ho²　Lok⁸Keng¹　Oan⁵

山頭孤月耿猶在，石上寒波曉更喧。

San¹Thiu⁵　Kou¹　Goat⁸Keng²　Iu⁵　Chai⁷　　　Sek⁸Siong⁷　Han⁵　Pho²　Hiau²　Keng³Hoan¹

至人舊隱白雲合，神物已化遺蹤蜿。

Chi³　Jin⁵　Kiu⁷　Un²　Pek⁸　Un⁵　Hap⁸　　　Sin⁵　But⁸　I²⁻¹　Hoa³　Ui⁵Chong¹Oan¹

安得夢隨霹靂駕，馬上傾倒天瓢翻？

An¹　Tek⁴　Bong⁷Sui⁵　Phek⁴　Lek⁸　Ka³　　　Ma²　Siong⁷Kheng¹　To²　Thian¹Piau⁵　Hoan¹

反切

1. 二：《唐韻》而至切。
2. 六：《唐韻》力竹切。
3. 五：《唐韻》疑古切。
4. 更：《廣韻》古行切。
5. 起：《廣韻》墟里切。
6. 至：《唐韻》脂利切。
7. 磻：《唐韻》薄官切。
8. 溪：《廣韻》苦奚切。
9. 峽：《廣韻》侯夾切。
10. 炬：《廣韻》其呂切。
11. 火：《唐韻》呼果切。
12. 落：《唐韻》盧各切。
13. 猿：《集韻》于元切。
14. 頭：《唐韻》度侯切。
15. 耿：《集韻》俱永切。光也。
16. 石：《唐韻》常隻切。
17. 喧：《廣韻》況袁切。
18. 白：《唐韻》旁陌切。
19. 合：《唐韻》侯閤切。
20. 物：《唐韻》文弗切。
21. 化：《集韻》火跨切。
22. 蹤：《廣韻》即容切。
23. 蜿：《集韻》烏丸切。
24. 得：《唐韻》多則切。

---

⁴² 磻：正音 Poan⁵；俗音 Phoan⁵。
⁴³ 峽：正音 Hiap⁸；俗音 Kiap⁸。

25. 霹：《廣韻》普擊切。　　　　28. 倒：《廣韻》都皓切。
26. 靂：《廣韻》郎擊切。　　　　29. 瓢：《集韻》毗霄切。
27. 傾：《唐韻》去營切。

【作品簡析】

　　嘉祐八年（1063）秋，蘇軾完成皇陵興建，集材運送之督役，本可輕鬆一陣。無奈鳳翔久旱不雨，需進行禱雨儀式。禱雨一事本屬簽判之工作，蘇軾自然無法免責於外。蘇軾先陪太守禱雨於真興閣寺，未有結果。七月二十四日奉命前往磻溪禱雨，於〈七月二十四日，以久不雨，出禱磻溪。是日，宿虢縣。二十五日晚，自虢縣渡渭，宿于僧舍曾閣。閣故曾氏所建也，夜久不寐，見壁有前縣令趙薦留名，有懷其人。〉詩中言：「欲向磻溪問姜叟，僕夫屢報斗杓傾。」說明前往磻溪之目的。

　　禱雨需掌握適當時辰，二十六日蘇軾於五更時分便出發前往磻溪，路上一輪冷月尚且高懸山頭，溪石上水波瀧瀧作響，寒意陣陣襲人，隊伍的炬火驚得山中猿猴亂竄。所幸行至磻溪，天象已有雲聚雨欲來之狀。蘇軾設壇向愛民的磻溪之神姜太公祈求，可以快快降下甘霖。

　　詩中「至人舊隱」言磻溪曾是姜太公退隱之處；「神物」則指龍，磻溪因有龍，故於此禱雨。「至人舊隱白雲合，神物已化遺蹤蜿」二句乃言見到雲聚，感受到有甘霖將來之象。「安得夢隨霹靂駕[44]，馬上傾倒天瓢翻[45]？」則用與雨有關的典故，表達迫切期待降雨之心。

---

[44] 「霹靂駕」：馮應榴輯注，黃任軻、朱懷春校點：《蘇軾詩集合注（一）》引〔王注〕：「《西陽雜俎》：李鄘在北都，介休縣百姓送解牒，夜止晉祠宇下。夜半，有人叩門云：『介休王暫借霹靂車，至介休收麥。』良久，數人共持一物如幢，上綴旗幡，凡十八葉，有光如電，已授之。次日，介休大雷雨，損麥千餘頃。」，上海：上海古籍出版社，2001 年，頁 169~170。

[45] 「天瓢翻」：馮應榴輯注，黃任軻、朱懷春校點，《蘇軾詩集合注》引〔王祝次公曰〕：「意用李靖為客，嘗夜投宿一巨宇，有老婦延之。中夜，叩護甚迫。婦變色曰：『天符至矣！』實告靖曰：『老婦，龍也。二子俱出，今天命行雨，欲煩一行。』即以一竿使跨之，以一瓢與之，曰：『跨此，所以楊枝灑瓢水，則雨也。』詩意主禱雨。」，上海：上海古籍出版社，2001 年，頁 170。

王維吳[46]道子畫

Ong⁵　Ui⁵　Ngou⁵　　To⁷　Chu²　Hoa⁷

何　處[47]訪　吳　畫？　普　門　與　開　元[48]。
Ho⁵　Chhu³　Hong²　Ngou⁵　Hoa⁷　　Phou²　Bun⁵　U²　Khai¹　Gun⁵

開　元　有　東　塔[49]，　摩　詰[50]留　手　痕　。
Khai¹　Goan⁵　Iu²　Tong¹　Tap⁸　　Bo⁵　Kiat⁴　Liu⁵　Siu²　Hun⁵

吾　觀　畫　品[51]中　，　莫　如　二　子　尊　。
Ngou⁵　Koan¹　Hoa²　Phin²　Tiong¹　　Bok⁸　Ju⁵　Ji⁷　Chu²　Chun¹

道　子　實　雄　放，　浩　如　海　波[52]翻[53]。
To⁷　Chu²　Sit⁸　Hiong⁵　Hong³　　Ho⁷　Ju⁵　Hai²　Pho¹　Hun¹

當　其　下　手　風　雨　快，筆　所　未　到　氣　已　吞　。
Tong¹　Ki⁵　Ha³ᐟ²Siu²　Hong¹　U²　Khoai³　　Pit⁴　Sou²　Bi⁷　To³　Khi³　I²　Thun¹

亭　亭　雙[54]林　間　，　彩　暈　扶　桑　暾　。
Teng⁵　Teng⁵　Song¹　Lim⁵　Kan¹　　Chhai²　Un⁷　Hu⁵　Song¹　Thun¹

中有至人談寂滅，悟者[55]悲涕迷者手自[56]捫。
Tiong¹ Iu² Chi³ Jin⁵ Tam⁵ Chek⁸ Biat⁸ Ngou⁷ Chia⁰　Pi¹ The² Be⁵ Chia⁰Siu² Chu⁷　Bun⁵

---

[46] 吳：正音 Gou⁵；俗音 Ngou⁵。
[47] 處：正音 Chhu³；漳州音 Chhi³。
[48] 元：正音 Goan⁵；詩韻 Gun⁵。
[49] 塔：正音 Tap⁸；俗音 Thap⁸。
[50] 詰：正音 Khiat⁴；俗音 Kiat⁴。
[51] 品：正音 Phim²；俗音 Phin²。
[52] 波：正音 Po¹；俗音 Pho¹。
[53] 翻：正音 Hoan¹；詩韻 Hun¹。
[54] 雙：又音 Sang¹。
[55] 者：正音 Chia²，作語尾助詞讀為 Chia⁰。
[56] 自：正音 Chi⁷；泉州音 Chu⁷。

蠻君鬼伯千萬萬，　相排競進頭如黿[57]。
Ban⁵ Kun¹ Kui² Pa³ Chhian¹Ban⁷ Ban⁷　Siong¹ Pai⁵ Keng⁷ Chin³ Thiu⁵ Ju5　Gun⁵

摩　詰　本　詩　老[58]，　佩　芷　襲　芳　蓀　。
Bo⁵　Kiat⁴　Pun²　Si¹　Nou²　Poe⁷　Chi²　Sip⁸　Hong¹　Sun¹

今　觀　此　壁　畫　，　亦　若　其　詩　清　且　敦　。
Kim¹　Koan¹　Chhu¹　Pek⁴　Hoa⁷　Ek⁸　Jiok⁸　Ki⁵　Si¹　Chheng¹Chhia²　Tun¹

祇園弟子盡鶴骨，　心如死灰[59]不復溫
Ki⁵ Oan⁵ Te⁷ Chu² Chin⁷Hok⁸ Kut⁴　Sim¹ Ju⁵ Su² Hai¹ Put⁴ Hiu⁷ Un¹

門　前　兩　叢　竹　，　雪　節　貫　霜　根　。
Bun⁵ Chian⁵ Liong² Chong⁵ Tiok⁴　Soat⁴ Chiat⁴ Koan³ Song¹ Kun¹

交柯[60]亂葉動無數[61]，　一一皆可尋其源[62]。
Kau¹ Ko¹ Loan⁷ Iap⁸ Tong⁷Bu⁵ Sou³　It⁴ It⁴ Kai¹ Kho² Sim⁵ Ki⁵ Gun⁵

吳　生　雖　妙　絕　，　猶　以　畫　工　論　。
Ngou⁵ Seng¹ Sui¹ Biau² Choat⁸　Iu⁵ I² Hoa⁷ Kong¹ Lun⁵

摩　詰　得　之　於　象　外　，　有　如　仙　翮　謝　籠　樊[63]。
Bo⁵ Kiat⁴Tek⁴ Chi⁰ U¹ Siong⁷Goe¹　Iu² Ju⁵ Sian¹ Hek⁸ Sia⁷ Long⁵ Hun⁵

吾觀二子皆神俊，　又於維也斂衽無間言[64]。
Ngou⁵Koan¹ Ji⁷ Chu² Kai¹ Sin⁵ Chun³　Iu⁷ U¹ Ui⁵ Ia⁰ Liam² Jim⁷ Bu⁵ Kan³ Gun⁵

反切

---

[57] 黿：正音 Goan⁵；詩韻 Gun⁵。
[58] 老：正音 Lo²；俗音 Nou²。
[59] 灰：正音 Hoe¹；詩韻 Hai¹。
[60] 柯：正音 Ko¹；俗音 Kho¹。
[61] 數：正音 Su³；俗音 Sou³。
[62] 源：正音 Goan⁵；詩韻 Gun⁵。
[63] 樊：正音 Hoan⁵；詩韻 Hun⁵。
[64] 言：正音 Gian⁵；詩韻 Gun⁵。

1. 維：《廣韻》以追切。
2. 吳：《唐韻》午胡切。
3. 畫：《廣韻》胡卦切。
4. 何：《唐韻》胡歌切。
5. 處：《廣韻》昌據切。
6. 普：《唐韻》滂古切。
7. 門：《唐韻》莫奔切。
8. 與：《集韻》演女切。
9. 元：《唐韻》愚袁切。
10. 塔：《集韻》達合切。
11. 摩：《集韻》眉波切。
12. 詰：《唐韻》去吉切。
13. 留：《廣韻》力求切。
14. 手：《唐韻》書九切。
15. 痕：《唐韻》戶恩切。
16. 吾：《唐韻》五乎切。
17. 品：《唐韻》丕飲切。
18. 莫：《唐韻》慕各切。
19. 如：《唐韻》人諸切。
20. 實：《唐韻》神質切。
21. 雄：《集韻》胡弓切。
22. 放：《唐韻》甫妄切。
23. 波：《唐韻》博禾切。
24. 翻：《廣韻》孚袁切。
25. 雨：《唐韻》王矩切。
26. 快：《唐韻》苦夬切。
27. 筆：《廣韻》鄙密切。
28. 到：《唐韻》都導切。
29. 已：《廣韻》羊己切。
30. 亭：《唐韻》特丁切。
31. 雙：《唐韻》所江切。
32. 林：《唐韻》力尋切。
33. 彩：《唐韻》倉宰切。
34. 暈：《唐韻》王問切。
35. 扶：《唐韻》防無切。
36. 桑：《唐韻》息郎切。
37. 暾：《廣韻》他昆切。
38. 談：《唐韻》徒甘切。
39. 寂：《唐韻》前歷切。
40. 滅：《唐韻》亡列切。
41. 悟：《唐韻》五故切。
42. 者：《廣韻》章也切。
43. 涕：《唐韻》他禮切。
44. 迷：《唐韻》莫兮切。
45. 自：《唐韻》疾二切。
46. 捫：《唐韻》謨奔切。
47. 蠻：《唐韻》莫還切。
48. 伯：《正韻》必駕切，同霸。
49. 萬：《唐韻》無販切。
50. 排：《唐韻》步皆切。
51. 競：《唐韻》渠敬切。
52. 進：《唐韻》即刃切。
53. 頭：《唐韻》度侯切。
54. 黿：《唐韻》愚袁切。
55. 老：《廣韻》盧皓切。
56. 佩：《廣韻》蒲昧切。
57. 襲：《唐韻》似入切。
58. 今：《廣韻》居吟切。
59. 此：《廣韻》雌氏切。
60. 壁：《唐韻》北激切。
61. 亦：《唐韻》羊益切。
62. 若：《唐韻》而灼切。
63. 清：《唐韻》七情切。
64. 且：《廣韻》淺野切。
65. 祇：《唐韻》巨支切。
66. 園：《唐韻》羽元切。
67. 弟：《廣韻》徒禮切。
68. 盡：《唐韻》慈忍切。
69. 鶴：《唐韻》下各切。
70. 骨：《唐韻》古忽切。
71. 心：《唐韻》息林切。
72. 灰：《集韻》呼回切。
73. 復：《集韻》浮富切。
74. 叢：《唐韻》徂紅切。
75. 竹：《廣韻》張六切。
76. 雪：《唐韻》相絕切。
77. 節：《廣韻》子結切。
78. 貫：《唐韻》古玩切。

79. 柯：《唐韻》古俄切。
80. 葉：《唐韻》與涉切。
81. 數：《廣韻》色句切。
82. 一：《唐韻》於悉切。
83. 源：《廣韻》愚袁切。
84. 雖：《唐韻》息遺切。
85. 妙：《廣韻》彌笑切。
86. 絕：《廣韻》情雪切。
87. 以：《韻會》養里切。
88. 論：《唐韻》盧昆切。
89. 得：《唐韻》多則切。
90. 之：《唐韻》止而切。
91. 於：《廣韻》央居切。

92. 象：《唐韻》徐兩切。
93. 外：《廣韻》五會切。
94. 翮：《廣韻》下革切。
95. 謝：《唐韻》辭夜切。
96. 籠：《廣韻》盧紅切。
97. 樊：《唐韻》附袁切。
98. 俊：《唐韻》子峻切。
99. 又《集韻》尤救切。
100. 也：《唐韻》羊者切。
101. 斂：《唐韻》良冉切。
102. 衽：《唐韻》汝鴆切。
103. 間：《廣韻》古莧切。
104. 言：《唐韻》語軒切。

【作品簡析】

　　此詩為蘇軾〈鳳翔八觀〉組詩其中一首，乃詩人遊鳳翔開元寺時，觀吳道子所繪佛陀說法與王維所畫祇園叢竹圖，對二人畫風評論之詩，表達其對繪畫的藝術觀。

　　吳道子之畫被藏於鳳翔的普門寺與開元寺內，王維之畫則在開元寺的東塔裡。吳、王二人之畫作，在蘇軾眼中，均是珍貴之作品。吳道子之畫風雄放如浩海翻波，下筆速度如風雨之快，筆未到氣勢已到。其所畫釋迦牟尼佛去世前於雙林說法，彩筆暈染出初升太陽，不論眾生或蠻君、鬼伯，均爭相引頸在佛陀面前，聽聞其講涅槃寂滅之道。悟道之人感動而痛哭流涕，迷惑之人則惑解而捫心。但吳之畫風雖然奇妙絕特，終屬畫工之作。

　　而王維本是詩人，身上佩戴香草，散發清香。看其畫正如讀其詩清新敦厚。其所畫釋迦牟尼佛宣法的祇園弟子，全都瘦削如骨，心如死灰不再溫熱，然而佛門前的叢竹，雖交柯亂葉，卻脈絡清晰可見，源頭可尋，將叢竹「雪節貫霜根」的意境，展現在畫作之中，正所謂「詩中有畫，畫中有詩。」宛若飛鳥出籠般自由自在。

　　蘇軾對吳、王二人之畫風雖讚譽有加，但仍有優劣之分。「吾觀二子皆神俊，又於維也斂衽無間言。」有王勝於吳之味。可見詩人對繪畫的藝術觀，不重於象的寫真，而重於意之表現。

次⁶⁵韻子由種菜久旱不生

次韻子由種菜久旱不生 — Chhu³ Un⁷ Chu² Iu⁵ Chiong³ Chhai³ Kiu² Han⁷ Put⁴ Seng¹

新春揩下筍芽生，廚裏霜蘆倒舊罂。

Sin¹ Chhun¹ Kai¹ Ha⁷ Sun² Ga⁵ Seng¹　Tu⁵ Li² Song¹ Che¹ To³ Kiu⁷ Eng¹

時繞麥田求野薺，強為僧⁶⁶舍煮山羹。

Si⁵ Jiau² Bek⁸ Tian⁵ Kiu⁷ Ia² Che⁷　Kiong² Ui⁵ Seng¹ Sia³ Chu² San¹ Keng¹

園無雨潤何須嘆，身與時違合退耕。

Oan⁵ Bu⁵ U² Jun⁷ Ho⁵ Su¹ Than³　Sin¹ U² Si⁵ Ui⁵ Hap⁸ Thoe³ Keng¹

欲看年華自有處，鬢間秋色兩三莖。

Iok⁸ Khan³ Lian⁵ Hoa⁵ Chu⁷ Iu² Chhu³　Pin³ Kan¹ Chhiu¹ Sek⁴ Liong² Sam¹ Keng¹

反切

1. 次：《唐韻》七四切。
2. 種：《廣韻》之用切。
3. 菜：《唐韻》倉代切。
4. 久：《唐韻》舉有切。
5. 旱：《廣韻》乎旰切。
6. 揩：《唐韻》古諧切。
7. 芽：《唐韻》五加切。
8. 廚：《唐韻》直株切。
9. 蘆：《篇海》牋西切。
10. 倒：《集韻》刀號切。
11. 舊：《唐韻》巨救切。
12. 罂：《廣韻》烏莖切。
13. 繞：《廣韻》而沼切。
14. 麥：《唐韻》莫獲切。
15. 田：《唐韻》待年切。
16. 薺：《集韻》在禮切。
17. 強：《廣韻》其兩切。
18. 僧：《廣韻》蘇增切。又《集韻》慈陵切。
19. 舍：《廣韻》始夜切。
20. 煮：《唐韻》章與切。
21. 羹：《廣韻》古衡切。
22. 潤：《唐韻》如順切。
23. 違：《唐韻》羽非切。
24. 合：《唐韻》侯閤切。
25. 退：《集韻》吐內切。
26. 耕：《唐韻》古莖切。
27. 欲：《唐韻》余蜀切。

---

⁶⁵ 次：正音 Chhi³；泉州音 Chhu³。
⁶⁶ 僧：又音 Cheng¹。

28. 處：《唐韻》昌與切。《廣韻》留也，息也，定也。又《廣韻》讀去聲，昌據切。所也。

29. 鬢：《唐韻》必刃切。

30. 色：《廣韻》所力切。

31. 三：《唐韻》蘇甘切。

32. 莖：《唐韻》戶耕切。

【作品簡析】

　　蘇軾至鳳翔初次為官，與上司陳希亮相處並不融洽，陳為抑制蘇軾年輕人之鋒頭，常對其刁難，簽署公文，常退了又退，要求蘇軾改了又改，讓蘇軾抑鬱不得志。初入官場的蘇軾，顯然有適應不良之狀況。能解其愁，大概只有子由。因此二人經常借詩作唱和，互訴生活點滴與感想。

　　一日蘇軾接到子由寄來之詩〈種菜〉：

>　　　　久種春蔬旱不生，園中汲水亂瓶罌。
>　　　　菘葵經火未出土，僮僕何朝飽食羹。
>　　　　強有人功趨節令，悵無甘雨困耘耕。
>　　　　家居閒暇厭長日，欲看年華上菜莖。[67]

訴說久旱園中春蔬不生，生活陷入困境的情形。他次韻子由，作〈次韻子由種菜久旱不生〉詩，表達在官場上不得意的心情。

　　詩前四句蘇軾描寫生活實況。春天的新筍雖已發芽，但廚中秋天所醃製之薑菜已吃完，只能於麥田中尋找野薺作為菜餚。這一年鳳翔因天候苦旱，農作生長不佳，因此食物不足。蘇軾官職在身，尚且如此，何況一般百姓。此四句詩，也反映當時社會的生活實況。

　　詩後四句，蘇軾由蘇轍「悵無甘雨困耘耕」而起身世之嘆。官場上不得意，正如耕耘無甘雨，無法有豐收。讓蘇軾有「園無雨潤何須嘆，身與時違合退耕」的想法，歸耕才是最好的生活方式。欲知歲月痕跡，看看鬢上白髮便可知曉。後四句詩雖有既然無法有所作為，就和弟弟二人一起歸耕的心志，但又有怕年華逝去之嘆。

---

[67] 蘇轍著：《蘇轍集》，台北：河洛圖書，1975年10月，頁16。

潁 州 初⁶⁸ 別 子⁶⁹ 由

Eng² Chiu¹ Chhou¹ Piat⁸ Chu² Iu⁵

征 帆 掛 西 風 ， 別 淚 滴 清 潁 。
Cheng¹ Hoan⁵ Koa³ Se¹ Hong¹ Piat⁸ Lui⁷ Tek⁴ Chheng¹ Eng²

留 連 知 無 益 ， 惜 此⁷⁰ 須 臾⁷¹ 景 。
Liu⁵ Lian⁵ Ti¹ Bu⁵ Ek⁴ Sek⁴ Chhu² Su¹ U⁵ Keng²

我⁷² 生 三 度 別 ， 此 別 尤 酸 冷 。
Ngou² Seng¹ Sam¹ Tou⁷ Piat⁸ Chhu² Piat⁸ Iu⁵ Soan¹ Leng²

念 子 似⁷³ 先 君 ， 木 訥 剛 且 靜⁷⁴ 。
Liam⁷ Chu² Su⁷ Sian¹ Kun¹ Bok⁸ Lut⁸ Kong¹ Chhia² Cheng²

寡 詞⁷⁵ 真 吉⁷⁶ 人 ， 介 石 乃 機 警 。
Koa² Su⁵ Chin¹ Kiat⁴ Jin⁵ Kai³ Sek⁸ Nai² Ki¹ Keng²

至 今 天 下 士 ， 去 莫 如 子 猛 。
Chi³ Kim¹ Thian¹ Ha⁷ Su⁷ Khu³ Bok⁸ Ju⁵ Chu² Beng²

嗟 我 久 病 狂 ， 意 行 無 坎 井 。
Chia¹ Ngou² Kiu² Peng⁷ Kong⁵ I³ Heng⁵ Bu⁵ Kham² Cheng²

有 如 醉 且 墜 ， 幸 未 傷 輒 醒 。
Iu² Ju⁵ Chui³ Chhia² Tui⁷ Heng⁷ Bi⁷ Siong¹ Tiap⁴ Seng²

---

⁶⁸ 初：正音 Chhu¹；俗音 Chhou¹。
⁶⁹ 子：正音 Chi²；泉州音 Chu²。
⁷⁰ 此：正音 Chhi²；泉州音 Chhu²。
⁷¹ 臾：正音 U⁵；俗音 Ju⁵。
⁷² 我：正音 Go²；俗音 Ngou²。
⁷³ 似：正音 Si⁷；泉州音 Su⁷。
⁷⁴ 靜：正音 Cheng⁶，今讀為 Cheng⁷ 或 Cheng²。
⁷⁵ 詞：正音 Si⁵；泉州音 Su⁵。
⁷⁶ 吉：正音 Kit⁴；俗音 Kiat⁴。

從 今 得 閒 暇 ， 默 坐 消 日 永 。
Chiong⁵ Kim¹ Tek⁴ Han⁵ Ha⁷　Bek⁸ Cho⁷ Siau¹ Jit⁸ Eng²

作 詩 解 子 憂 ， 持⁷⁷用 日 三 省 。
Chok⁴ Si¹ Kai² Chu² Iu¹　Chhi⁵ Iong⁷ Jit⁸ Sam¹ Seng²

反切

1.潁：《唐韻》余頃切。
2.初：《唐韻》楚居切。
3.別：《廣韻》皮列切。
4.子：《唐韻》即里切。
5.帆：《廣韻》符咸切。
6.西：《唐韻》先稽切。
7.淚：《廣韻》力遂切。
8.滴：《廣韻》都歷切。
9.無：《唐韻》武扶切。
10.益：《唐韻》伊昔切。
11.惜：《唐韻》思積切。
12.此：《唐韻》雌氏切。
13.臾：《廣韻》羊朱切。
14.我：《唐韻》五可切。
15.度：《唐韻》徒故切。
16.酸：《唐韻》素官切。
17.似：《唐韻》詳里切。
18.木：《唐韻》莫卜切。
19.訥：《唐韻》內骨切。
20.剛：《唐韻》古郎切。
21.且：《廣韻》淺野切。
22.靜：《唐韻》疾郢切。
23.寡：《唐韻》古瓦切。

24.詞：《唐韻》似茲切。
25.吉：《唐韻》居質切。
26.石：《唐韻》常隻切。
27.乃：《唐韻》奴亥切。
28.警：《唐韻》居影切。
29.莫：《唐韻》慕各切。
30.猛：《唐韻》莫杏切。
31.嗟：《廣韻》咨邪切。
32.病：《唐韻》皮命切。
33.意：《唐韻》於記切。
34.行：《唐韻》戶庚切。
35.坎：《唐韻》苦感切。
36.井：《唐韻》子郢切。
37.墜：《唐韻》直類切。
38.甋：《廣韻》陟葉切。
39.暇：《唐韻》胡駕切。
40.默：《唐韻》亡北切。
41.坐：《唐韻》徂臥切。
42.永：《唐韻》于憬切。
43.作：《唐韻》則洛切。
44.持：《唐韻》直之切。
45.省：《唐韻》息幷切。

【作品簡析】

---

⁷⁷ 持：正音 Ti⁵；俗音 Chhi⁵。

　　英宗治平二年（1065）蘇軾和弟弟蘇轍二人，一船二柩護送父親蘇洵與妻子王弗棺木回鄉，回朝已是神宗熙寧二年（1069）。當時朝政由王安石主持，推行新法。蘇軾因與安石理念不合自請外放，至杭州任通判。熙寧四年（1071）蘇軾離京，至陳州與子由會面，同遊柳湖後，赴杭，子由送至潁州，二人始別。蘇軾作〈潁州初別子由二首〉，此為第一首。

　　蘇軾以兄弟分離感傷之情起篇，離別之淚滴入清澈潁水中，隨著遠行之帆東去。雖知不捨分離，但終需離別，流連無益，倒不如珍惜眼前相處的時光。

　　此次蘇軾第四度與弟弟分離。首次於嘉祐六年（1061）赴鳳翔任時；第二次在治平二年（1065）蘇轍赴大名推官任；第三次則在熙寧三年（1070）蘇轍赴陳州學官任；這次二人因與安石不合，而迫出於外，心中更感酸冷。至此蘇軾話鋒一轉，轉寫兄弟二人不同之性情。子由承繼父親木訥剛靜之性，正如《周易》所言：「吉人知寡辭。」堅剛勝石，又不失機警，當今如子由剛猛者，無第二人。反觀自己如病狂之人，常不顧艱難險阻與陷阱在前面，任意而行。所幸能如酒醉之人，雖墜車而醒，並未受傷。子由曾勸告蘇軾，個性需收斂，方不會為自己招惹麻煩上身。此次至地方為官，蘇軾因是自請外放，與被貶外地完全不同，並非待罪之身。其以與新黨諸人為伍為嫌，也記得弟弟對其之勸。因此作詩除解子由為其之擔心，亦做為告誡自己與反省之用。

　　蘇軾對二人性情之分析，也證明兄弟二人在往後的仕途遭遇上完全不同。沉穩內斂的蘇轍，顯然比隨意而行的蘇軾，順遂平安許多。

遊金山寺

Iu⁵　Kim¹　San¹　Si⁷

我家江水初發源，官遊直⁷⁸送江入海。

Ngou² Ka¹ Kang¹ Sui²Chhou¹Hoat⁴Goan⁵　　Hoan⁷ Iu⁵ Tek⁸ Song³ Kang¹Jip⁸ Hai²

聞道潮頭一丈高，天寒尚有沙痕在⁷⁹。

Bun⁵ To⁷ Tiau⁵Thiu⁵ It⁴ Tiong⁷ Ko¹　　Thian¹ Han⁵ Siong⁷ Iu² Sa¹ Hun⁵ Chai²

中泠南畔石盤陀，古來出沒隨濤波。

Tiong¹Leng⁵Lam⁵ Poan⁷ Sek⁸ Poan⁵ To⁵　　Kou² Lai⁵ Chhut⁴ But⁸ Sui⁵ To⁵ Pho¹

試登絕頂望鄉國⁸⁰，江南江北青山多。

Si³　Teng¹Choat⁸Teng²Bong⁷Hiong¹Kok⁴　　Kang¹Lam⁵ Kang¹ Pok⁴Chheng¹San¹ To¹

羈愁畏晚尋歸楫，山僧⁸¹苦留看落日。

Ki¹ Chhiu⁵ Ui³ Boan² Sim⁵ Kui¹ Chip⁸　　San¹ Seng¹ Khou² Liu⁵ Khan¹ Lok⁸ Jit⁸

微風萬頃靴文細，斷霞半空魚尾⁸²赤。

Bi⁵ Hong¹Ban⁷Kheng²Hia¹ Bun⁵ Se³　　Toan⁷ Ha⁵ Poan³Khong¹Gu⁵ Bi² Chhek⁴

是時江月初生魄，二更月落天深黑。

Si⁷　Si⁵ Kang¹Goat⁸Chhou¹Seng²Phek⁴　　Ji⁷　Keng¹Goat⁸ Lok⁸ Thian¹ Sim¹ Hek⁴

江心似有炬火明，飛焰照山棲鳥驚。

Kang¹ Sim¹ Su⁷ Iu² Ku⁷ Ho² Beng⁵　　Hui¹ Iam⁷ Chiau³ San¹ Chhe¹ Niau²Keng¹

---

⁷⁸ 直：正音 Tet⁸；俗音 Tit⁸。
⁷⁹ 在：又音 Chai⁷。
⁸⁰ 國：正音 Kok⁴；詩韻 Kek⁴。
⁸¹ 僧：又音 Cheng¹。
⁸² 尾：正音 Bui²；詩韻 Bi²。

悵然歸臥心莫識，非鬼非人竟何物。

Tiong³ Jian⁵ Kui¹ Go⁷ Sim¹ Bok⁸ Sek⁴ Hui¹ Kui² Hui¹ Jin⁵ Keng³→²Ho⁵ But⁸

江山如此不歸山，江神見怪驚我頑。

Kang¹ San¹ Ju⁵ Chhu² Put⁴ Kui¹ San¹ Kang¹ Sin⁵ Kian³ Koai³ Keng¹Ngou²Goan⁵

我謝江神豈得已，有田不歸如江水。

Ngou² Sia⁷ Kang¹ Sin⁵ Khi² Tek⁴ I² Iu² Tian⁵ Put⁴ Kui¹ Ju⁵ Kang¹ Sui²

反切

1. 源：《廣韻》愚袁切。
2. 宦：《唐韻》胡慣切。
3. 直：《唐韻》除力切。
4. 送：《唐韻》蘇弄切。
5. 入：《唐韻》人執切。
6. 泠：《唐韻》郎丁切。
7. 南：《唐韻》那含切。
8. 畔：《廣韻》薄半切。
9. 石：《廣韻》常隻切。
10. 盤：《唐韻》薄官切。
11. 陀：《廣韻》徒何切。
12. 出：《唐韻》赤律切。
13. 沒：《唐韻》莫勃切。
14. 濤：《唐韻》徒刀切。
15. 試：《唐韻》式吏切。
16. 絕：《廣韻》情雪切。
17. 國：《唐韻》古或切。
18. 北：《唐韻》博墨切。
19. 羈：《唐韻》居宜切。
20. 畏：《唐韻》於胃切。
21. 晚：《唐韻》無遠切。
22. 楫：《集韻》籍入切。
23. 看：《唐韻》苦寒切。
24. 落：《唐韻》盧各切。
25. 微：《唐韻》無非切。
26. 頃：《廣韻》去穎切。
27. 靴：《集韻》呼胆切。胆：《廣韻》於靴切。
28. 半：《唐韻》博漫切。
29. 魚：《唐韻》語居切。
30. 尾：《廣韻》無匪切。
31. 赤：《唐韻》昌石切。
32. 魄：《唐韻》普伯切。
33. 深：《唐韻》式針切。
34. 黑：《唐韻》呼北切。
35. 焰：《廣韻》以贍切。
36. 照：《唐韻》之少切。
37. 棲：《廣韻》先稽切。
38. 鳥：《正韻》尼了切。
39. 悵：《唐韻》丑亮切。
40. 臥：《唐韻》吾賀切。
41. 莫：《唐韻》慕各切。

---

[83] 悵：正音 Thiong³；俗音 Tiong³。
[84] 臥：正音 Go⁷；俗音 Ngou⁷。

42. 識：《唐韻》賞職切。　　46. 頑：《唐韻》五還切。
43. 竟：《唐韻》居慶切。　　47. 豈：《集韻》去幾切。
44. 此：《唐韻》雌氏切。　　48. 田：《唐韻》待年切。
45. 怪：《唐韻》古壞切。

【作品簡析】

　　熙寧四年（1071）蘇軾赴杭州任，七月離京，十一月途經鎮江金山寺，訪寶覺、圓通二僧，夜宿金山寺時作此詩。詩前八句寫金山寺山水形勢；中間十句描述黃昏落日與夜看江火之景；最後四句則寫身世喟嘆，全詩借江水寫思鄉與宦海浮沉之感。

　　江水由故鄉流向大海，亦將詩人送入宦海。聽聞此處江水潮頭曾有一丈高，今冬景蕭瑟，水淺洲露。中泠泉南畔石盤陀出沒於水中，自古以來端賴江水浪濤潮頭之高低。詩句雖寫實景，實喻己之仕途宛若石盤陀出沒，萬般不由己。

　　登高回望鄉國，愁思正似青山連綿不斷。羈旅在外，愁思片片，最怕夜晚來臨，難覓歸舟。山僧盛情挽留，同賞落日美景。微風吹拂，江上萬頃波光粼粼，晚霞染紅天空。蘇軾以「微風、斷霞」，將詩境由白天過渡到夜晚，引出之後詩句「江心火炬」景況，將詩景帶進「非人非鬼」神秘氛圍中。

　　此刻月亮剛剛升起，二更時分月亮便落到山後，江面一片漆黑。忽然江心似有炬火大明，照得江面通明，驚得山中棲鳥亂飛。悵然回到僧舍，心中對此異相，難以分辨究竟為何物？也許是江神責怪自己之頑固，面對如此江山美景，竟不想歸隱而去。蘇軾感謝江神之提醒，但是眼前不歸隱，乃不得已，因為「致君堯舜」之志尚未實現，一旦完成報國之志，定歸隱於青山綠水間。很多解讀者，將詩句「有田不歸如江水」解為「蘇軾向江神解釋，不歸隱，乃因家中無田產！」[85]個人較不認同此種解讀，因蘇軾在四川眉州，應尚有祖產。若真無，

---

[85] 陳新雄《東坡詩選析》解釋最後兩句：是詩人思歸故鄉，對著江水所發的誓言而說的。我向江神致意說，我之出而為官，是因為沒有別的辦法；如果我有田可耕而以解飢寒，若不歸隱山林的話，將如江水一樣，一去而不返。（台北：五南圖書，2003 年 3 月，頁 124），但蘇家在四川眉山尚有田產，以此解似與事實不符。另如楊佩琪撰：《蘇軾杭州詩研究》即作此解，國立台灣師範大學國文研究所碩士論文，1099 年 7 月，頁 18。和陳英姬撰：《蘇軾政治生涯與文學的關係》，國立台灣師範大學國文研究所博士論文，1089 年 6 月，頁 171。亦持此論。

回鄉取得亦應不難。故個人認為最後詩句當看成，當詩人完成報國之志，便會回鄉歸隱，不會閒置家鄉田產不歸，否則就如江水，永遠回不了頭。

臘日由孤山訪惠勤[86]惠思二僧

Lap[8] Jit[8] Iu[5] Kou[1] San[1] Hong[2] Hui[7] Khun[5] Hui[7] Su[1] Ji[7] Seng[1]

天欲雪，雲[87]滿湖[88]，樓[89]臺明滅山有無。

Thian[1] Iok[8] Soat[4] Un[5] Boan[2] Hu[5] Liu[5] Tai[5] Beng[5] Biat[8] San[1] Iu[2] Bu[5]

水清石出魚可數[90]，林深[91]無人鳥相呼[92]。

Sui[2] Chheng[1] Sek[8] Chhut[4] Gu[5] Kho[2] Su[2] Lim[5] Sim[1] Bu[5] Jin[5] Niau[2] Siong[1] Hu[1]

臘日不歸對妻孥[93]，名尋道人實自娛。

Lap[8] Jit[8] Put[4] Kui[1] Tui[3] Chhe[1] Lu[2] Beng[5] Sim[5] To[7] Jin[5] Sit[8] Chu[7] Gu[5]

道人之居[94]在何許？寶雲山前路盤[95]紆。

To[7] Jin[5] Chi[1] Ku[1] Chai[7] Ho[5] Hu[2] Po[5] Un[5] San[1] Chian[5] Lou[7] Phoan[5] U[1]

孤山孤絕誰肯廬？道人有道山不孤[96]。

Kou[1] San[1] Kou[1] Choat[8] Sui[5] Kheng[2] Lu[5] To[7] Jin[5] Iu[2] To[7] San[1] Put[4] Ku[1]

紙窗竹屋深自暖，擁褐坐睡依團[97]蒲[98]。

Chi[2] Chhong[1] Tiok[4] Ok[4] Sim[1] Chu[7] Loan[2] Iong[5] Hat[8] Cho[7] Sui[7] I[1] Thoan[5] Pu[5]

---

[86] 勤：正音 Khin[5]；泉州音 Khun[5]。
[87] 雲：正音 Un[5]；俗音 Hun[5]。
[88] 湖：正音 Hou[5]；俗音 Ou[5]。
[89] 樓：正音 Lou[5]；詩韻 Liu[5]。
[90] 數：正音 Su[2]；俗音 Sou[2]。
[91] 深：正音 Sim[1]；俗音 Chhim[1]。
[92] 呼：正音 Hou[1]；詩韻 Hu[1]。
[93] 孥：正音 Lou[5]；詩韻 Lu[2]。
[94] 居：正音 Ku[1]；漳州音 Ki[1]。
[95] 盤：正音 Poan[5]；俗音 Phoan[5]。
[96] 孤：正音 Kou[1]；詩韻 Ku[1]。
[97] 團：正音 Toan[5]；俗音 Thoan[5]。
[98] 蒲：正音 Pou[5]；詩韻 Pu[5]。

天寒路遠愁僕夫，　整駕催⁹⁹歸及未晡¹⁰⁰。

Thian[1] Han[5] Lou[7] Oan[2] Chhiu[5] Pok[8] Hu[1]　　Cheng[2] Ka[3] Chhui[1] Kui[1] Kip[8] Bi[7] Pu[1]

出山迴¹⁰¹望雲木合，　但見野鶻盤浮圖¹⁰²。

Chhut[4] San[1] Hai[5] Bong[7] Un[5] Bok[8] Hap[8]　　Tan[7] Kian[3] Ia[2] Kut[4] Phoan[5] Hiu[5] Tu[5]

茲¹⁰³遊淡泊歡有餘，　到家恍如夢蘧蘧。

Chu[1] Iu[5] Tam[7] Pok[8] Hoan[1] Iu[2] U[5]　　To[3] Ka[1] Hong[2] Ju[5] Bong[7] Ku[5] Ku[5]

作詩火急追亡逋¹⁰⁴，　清景一失後難摹¹⁰⁵。

Chok[4] Si[1] Ho[2] Kip[4] Tui[1] Bong[5] Pu[1]　　Chheng[1] Keng[2] It[4] Sit[4] Hou[7] Lan[5] Bu[5]

反切

1. 臘：《廣韻》盧盍切。
2. 日：《唐韻》人質切。
3. 孤：《唐韻》古乎切。
4. 山：《廣韻》所閒切。
5. 訪：《唐韻》敷亮切。
6. 惠：《唐韻》胡桂切。
7. 勤：《唐韻》巨斤切。
8. 思：《廣韻》息茲切。
9. 二：《廣韻》而至切。
10. 天：《唐韻》他前切。
11. 欲：《唐韻》余蜀切。
12. 雪：《唐韻》相絕切。
13. 雲：《唐韻》王分切。
14. 滿：《唐韻》莫旱切。
15. 湖：《唐韻》戶吳切。
16. 樓：《唐韻》落侯切。
17. 臺：《廣韻》徒哀切。
18. 明：《廣韻》武兵切。
19. 滅：《唐韻》亡列切。
20. 有：《唐韻》云久切。
21. 無：《唐韻》武扶切。
22. 水：《唐韻》式軌切。
23. 清：《唐韻》七情切。
24. 石：《唐韻》常隻切。
25. 出：《唐韻》赤律切。
26. 魚：《唐韻》語居切。
27. 可：《唐韻》肯我切。
28. 數：《廣韻》所矩切。
29. 林：《唐韻》力尋切。
30. 深：《唐韻》式針切。
31. 鳥：《正韻》尼了切。
32. 相：《唐韻》息良切。
33. 呼：《唐韻》荒烏切。
34. 不：《韻會》逋沒切。

99　催：正音 Chhoe[1]；俗音 Chhui[1]。
100　晡：正音 Pou[1]；詩韻 Pu[1]。
101　迴：正音 Hoe[5]；詩韻 Hai[5]。
102　圖：正音 Tou[5]；詩韻 Tu[5]。
103　茲：正音 Chi[1]；泉州音 Chu[1]。
104　逋：正音 Pou[1]；詩韻 Pu[1]。
105　摹：正音 Bou[5]；詩韻 Bu[5]。

35. 歸：《唐韻》舉韋切。
36. 對：《唐韻》都隊切。
37. 妻：《廣韻》七稽切。
38. 名：《唐韻》武幷切。
39. 孥：《集韻》暖五切。子也。
又奴故切。妻子也。
40. 尋：《唐韻》徐林切。
41. 道：《唐韻》徒皓切。
42. 實：《唐韻》神質切。
43. 自：《唐韻》疾二切。
44. 娛：《廣韻》元俱切。
45. 之：《唐韻》止而切。
46. 居：《廣韻》九魚切。
47. 在：《唐韻》昨宰切。
48. 何：《唐韻》胡歌切。
49. 許：《唐韻》虛呂切。
50. 寶：《唐韻》博浩切。
51. 前：《唐韻》昨先切。
52. 路：《唐韻》洛故切。
53. 盤：《唐韻》薄官切。
54. 紆：《廣韻》憶俱切。
55. 絕：《廣韻》情雪切。
56. 肯：《正韻》苦等切。
57. 誰：《五音集韻》是為切。
58. 廬：《唐韻》力居切。
59. 紙：《廣韻》諸氏切。
60. 窗：《唐韻》楚江切。
61. 竹：《廣韻》張六切。
62. 屋：《廣韻》烏谷切。
63. 暖：《廣韻》乃管切。
64. 擁：《唐韻》於隴切。
65. 褐：《唐韻》胡葛切。
66. 坐：《唐韻》徂臥切。
67. 睡：《唐韻》是偽切。
68. 依：《廣韻》於希切。
69. 團：《唐韻》度官切。
70. 蒲：《唐韻》薄胡切。
71. 寒：《唐韻》胡安切。
72. 遠：《廣韻》雲阮切。

73. 愁：《集韻》鋤尤切。
74. 僕：《唐韻》蒲沃切。
75. 夫：《唐韻》甫無切。
76. 整：《廣韻》之郢切。
77. 駕：《唐韻》古訝切。
78. 催：《唐韻》倉回切。
79. 及：《唐韻》其立切。
80. 未：《唐韻》無沸切。
81. 晡：《廣韻》奔模切。
82. 迴：《正韻》胡瑰切。
83. 望：《唐韻》巫放切。
84. 木：《唐韻》莫卜切。
85. 合：《唐韻》侯閤切。
86. 但：《唐韻》徒旱切。
87. 見：《唐韻》古甸切。
88. 野：《唐韻》羊者切。
89. 鶻：《唐韻》古忽切。
90. 浮：《唐韻》縛牟切。
91. 圖：《唐韻》同都切。
92. 茲：《唐韻》子之切。
93. 遊：《唐韻》以周切。
94. 淡：《唐韻》徒覽切。
95. 泊：《廣韻》傍各切。
96. 歡：《唐韻》呼官切。
97. 餘：《唐韻》以諸切。
98. 到：《唐韻》都導切。
99. 家：《唐韻》古牙切。
100. 恍：《集韻》虎晃切。
101. 如：《唐韻》人諸切。
102. 夢：《唐韻》莫鳳切。
103. 蓬：《唐韻》強魚切。
104. 作：《唐韻》則洛切。
105. 詩：《唐韻》書之切。
106. 火：《唐韻》呼果切。
107. 急：《廣韻》居立切。
108. 追：《唐韻》陟佳切。
109. 亡：《唐韻》武方切。
100. 恍：《集韻》虎晃切。
101. 如：《唐韻》人諸切。

36

102. 夢：《唐韻》莫鳳切。
103. 蘧：《唐韻》強魚切。
104. 作：《唐韻》則洛切。
105. 詩：《唐韻》書之切。
106. 火：《唐韻》呼果切。
107. 急：《廣韻》居立切。
108. 追：《唐韻》陟佳切。
109. 亡：《唐韻》武方切。

110. 逋：《唐韻》博孤切。
111. 景：《唐韻》居影切。
112. 一：《唐韻》於悉切。
113. 失：《廣韻》式質切。
114. 後：《唐韻》胡口切。
115. 難：《廣韻》那干切。
116. 摹：《唐韻》莫胡切。

【作品簡析】

　　蘇軾在倅杭州路上，與子由同至潁州拜謁恩師歐陽脩。歐陽脩告訴他至杭後，可拜訪於孤山修道的惠勤、惠思二僧。蘇軾抵杭後三天，便訪二僧。此詩寫訪二僧後神清氣爽之心情。

　　詩由寫景起篇，「天欲雪，雲滿湖，樓臺明滅山有無」是遠景；「水清石出魚可數，林深無人鳥相呼。」是近景。景由遠而近，顯示蘇軾心境之轉變。蘇軾倅杭乃仕途之挫折，時隱時現之得失心，正如「天欲雪，雲滿湖，樓臺明滅山有無」般，彷彿籠著陰沉色彩，難以解開。而「水清石出魚可數，林深無人鳥相呼。」詩句鮮明，景物歷歷可數，氣象清新，彷彿是詩人訪僧後，無明消除，領悟開明的心境。寓情於景，常是書寫之手法。

　　蘇軾訪僧之時間在臘日，臘日為農曆十二月八日，乃佛祖得道之日。蘇軾臘日未返家，至寶雲山前路迂迴曲折之處，拜訪二僧。可見此行，在時間的因子，具有特定之意義。

　　孤山位在西湖中，如一座孤立島嶼，與世隔絕。修道之人因有道，在孤島上不感孤絕。僧舍乃竹搭之屋，紙糊之窗，內顯深邃，自有暖意。眾人擁穿褐衣，靠依團蒲，閉目打坐。僕夫深恐天寒時晚，路遠難行，未晡之時（未時約下午一到三點，晡時約下午三到五點）已備好車駕，催促蘇軾歸去。回程但見雲朵籠蓋樹巔，野鷹盤環飛翔於高塔之上。

　　一趟訪僧之行，讓蘇軾心靈平靜且歡樂。回到家中，深覺如莊周夢蝶般，不知是真是假？因此急忙作詩記錄此行之感，深怕清幽之景，過後就難以追摹描繪。

　　雖然蘇軾在詩中並未說明與山僧所談內容為何？但詩境與抵杭前之詩作，有不同氛圍，寫景中似有所悟。或許「孤山孤絕誰肯廬？道人有道山不孤。」不僅寫僧人，也是寫自己的堅持，讓自己更加欣然接受到地方為官的選擇。

37

雨中遊天竺靈感觀音院[106]

U² Tiong¹ Iu⁵ Thian¹ Tiok⁴ Leng⁵ Kam² Koan¹ Im¹ Oan⁷

蠶[107]欲老[108]，麥半黃，前山後[109]山雨浪浪。

Cham⁵ Iok⁸ Lo² Bek⁸ Poan³ Hong⁵ Chian⁵ San¹ Hiou⁷ San¹ U² Long⁵ Long⁵

農夫輟耒[110]女廢筐，白衣仙人在高堂。

Long⁵ Hu¹ Toat⁴ Loe⁷ Lu² Hoe³ Khong¹ Pek⁸ I¹ Sian¹ Jin⁵ Chai⁷ Ko¹ Tong⁵

反切

1. 雨：《唐韻》王矩切。
2. 遊：《唐韻》以周切。
3. 竺：《廣韻》張六切。
4. 靈：《唐韻》郎丁切。
5. 感：《唐韻》古禫切。
6. 觀：《廣韻》古丸切。
7. 音：《唐韻》於今切。
8. 院：《唐韻》王眷切。
9. 蠶：《唐韻》昨含切。
10. 欲：《唐韻》余蜀切。
11. 老：《廣韻》盧皓切。
12. 麥：《唐韻》莫獲切。
13. 黃：《唐韻》乎光切。
14. 前：《唐韻》昨先切。
15. 後：《唐韻》胡口切。
16. 浪：《廣韻》魯當切。
17. 農：《唐韻》奴冬切。
18. 輟：《廣韻》陟劣切。劣：《唐韻》力輟切。
19. 耒：《廣韻》盧對切。
20. 女：《唐韻》尼呂切。
21. 廢：《唐韻》方肺切。
22. 筐：《廣韻》去王切。
23. 白：《唐韻》旁陌切。
24. 仙：《廣韻》相然切。
25. 人：《唐韻》如鄰切。
26. 在：《唐韻》昨宰切。
27. 高：《廣韻》古勞切。
28. 堂：《唐韻》徒郎切。

---

[106] 院：正音 Oan⁷；詩韻 Ian⁷。
[107] 蠶：正音 Cham⁵；俗音 Chham⁵。
[108] 老：正音 Lo²；俗音 Nou²。
[109] 後：正音 Hou⁷；俗音 Hiou⁷。
[110] 耒：正音 Loe⁷；俗音 Le⁷。

【作品簡析】

　　這年時雨不斷，農事荒廢，官逼稅急，民生困苦。蘇軾在雨中遊觀音院，有感官吏不體民情，作詩諷刺。

　　蘇軾直接以民生苦境入筆，描述春蠶結繭，需桑餵食；麥已屆收，卻雨勢不斷。農不能耕，桑無法採，天不憐人，官不體民。蘇軾不得不對高堂之上白衣大士發出責難，謂其平時接受百姓供奉，卻對久雨天災視若無睹。借此責難高居廟堂之官員，薪俸來自人民繳交之稅款，受人民之恩。現天災連連，卻無視百姓生活困苦，仍催繳稅金，完全不顧民生。

六月二十七日望湖樓醉書五[111]絕

Liok[8] Goat[8] Ji[7] Sip[8] Chhit[4] Jit[8] Bong[7] Hou[5] Liu[5] Chui[3] Su[1] Ngou[2] Choat[8]

其一

Ki[5] It[4]

黑雲翻墨未遮山[112]，白雨跳[113]珠亂入船[114]。

Hek[4] Un[5] Hoan[1] Bek[8] Bi[7] Chia[1] Sian[1]　　Pek[8] U[2] Thiau[1]　Chu[1] Loan[7] Jip[8] Sian[5]

卷地[115]風來忽吹散，望湖樓下水如天。

Koan[2] Te[7]　　Hong[1] Lai[5] Hut[4]Chhui[1] San[3]　　Bong[7] Hou[5] Liu[5] Ha[7] Sui[2] Ju[5] Thian[1]

反切

1. 六：《唐韻》力竹切。
2. 月：《唐韻》魚厥切。
3. 十：《唐韻》是執切。
4. 七：《唐韻》親吉切。
5. 日：《唐韻》人質切。
6. 醉：《唐韻》將遂切。
7. 書：《廣韻》傷魚切。
8. 五：《唐韻》疑古切。
9. 其：《唐韻》渠之切。
10. 一：《唐韻》於悉切。
11. 黑：《唐韻》呼北切。
12. 翻：《廣韻》孚袁切。
13. 墨：《唐韻》莫北切。
14. 遮：《廣韻》正奢切。
15. 白：《唐韻》旁陌切。
16. 雨：《唐韻》王矩切。
17. 跳：《廣韻》徒聊切。
18. 珠：《唐韻》章俱切。
19. 亂：《唐韻》郎段切。
20. 入：《唐韻》人執切。
21. 船：《唐韻》食川切。又《集韻》余專切，音沿。義同。
22. 卷：《唐韻》居轉切。
23. 地：《廣韻》徒四切。又《集韻》大計切。
24. 風：《唐韻》方戎切。
25. 來：《廣韻》落哀切。
26. 忽：《唐韻》呼骨切。
27. 吹：《唐韻》昌垂切。
28. 散：《廣韻》蘇旰切。

---

[111] 五：正音 Gou[2]；俗音 Ngou[2]。
[112] 山：正音 San[1]；詩韻 Sian[1]。
[113] 跳：正音 Tiau[5]；俗音 Thiau[1]。
[114] 船：正音 Ian[5] 或 Soan[5]；詩韻 Sian[5]。
[115] 地：又音 Ti[7]。

29. 望：《唐韻》巫放切。

30. 下：《廣韻》胡雅切，遐上聲。在下之下，對上之稱。又《集韻》亥駕切，遐去聲。《正韻》降也，自上而下也。

【作品簡析】

　　望湖樓位於杭州西湖邊，蘇軾於此欣賞西湖雨景，並以詩記之。

　　烏雲如墨汁潑灑翻滾而來，尚未遮住青山，雨滴便如粒粒白色珍珠落入船中，在船板上任意跳動。忽然一陣風起，將烏雲吹散。雨停了！望湖樓下之水，復歸平靜，湖面又湛藍如天。

　　詩人以四詩句，描寫西湖瞬間氣象，栩栩如生，令人有目不暇給之感。其中「白雨跳珠亂入船」成為蘇軾得意詩句，當其五十歲第二次倅杭時，再次賦詩言：「還來一醉西湖雨，不見跳珠十五年。」足見對此詩之喜愛。

吳[116]中田婦嘆

Ngou[5]　Tiong[1]　Tian[5]　Hu[7]　Than[3]

今年粳稻熟苦遲，庶見霜風來幾時。

Kim[1]　Lian[5]Keng[1]　To[7]　Siok[8]Khou[2]　Ti[5]　　Su[3]　Kian[3]Song[1]Hong[1]　Lai[5]　Ki[2]　Si[5]

霜風來時雨如瀉，杷[117]頭出菌鐮生衣。

Song[1]Hong[1]Lai[5]　Si[5]　U[2]　Ju[5]　Sia[2]　　Pa[5]　Thiu[5]Chhut[4]Kun[2]Liam[5]　Seng[1]　I[1]

眼枯淚盡雨不盡，忍見黃穗臥青泥[118]。

Gan[2]　Khou[1]　Lui[7]　Chin[7]　U[2]　Put[4]　Chin[7]　　Jim[2]　Kian[3]　Hong[5]Sui[7]Ngou[7]Chheng[1]Li[5]

茅苫[119]一月壠上宿，天晴獲稻隨車歸。

Bau[5]　Siam[1]　　It[4]　Goat[8]Long[2]Siong[7]Siok[4]　　Thian[1]Cheng[5]Hek[8]　To[7]　Sui[5]　Chhia[1]　Kui[1]

汗流肩頳載入市，價賤乞與如糠粞[120]。

Han[7]　Liu[5]Kian[1]Theng[1]Chai[1]　Jip[8]　Si[7]　　Ka[3]　Chian[7]Khit[4]　U[2]　Ju[5]Khong[1]　Si[1]

賣牛納稅拆屋炊，慮淺不及明年飢。

Mai[7]　Giu[5]　Lap[8]　Soe[3]　Thek[4]　Ok[4]Chhui[1]　　Lu[7]Chhian[2]Put[4]　Kip[8]　Beng[5]Lian[5]　Ki[1]

官今要錢不要米，西北萬里招羌兒[121]。

Koan[1]　Kim[1]　Iau[3]Chian[5]Put[4]　Iau[3]　Be[2]　　Se[1]　Pok[4]　Ban[7]　Li[2]Chiau[1]Khiong[1]Ji[5]

---

[116] 吳：正音 Gou[5]；俗音 Ngou[5]。
[117] 杷：又音 Pai[7]。
[118] 泥：正音 Le[5]；詩韻 Li[5]。
[119] 苫：正音 Siam[1]；俗音 Chiam[1]。
[120] 粞：正音 Se[1]；詩韻 Si[1]。
[121] 兒：又音 Ge[5]。

龔黃滿朝人更苦¹²²，不如卻作河伯婦。

Kiong¹Hong⁵Boan²Tiau⁵Jin⁵ Keng³Khu²　　Put⁴ Ju⁵ Khiok⁴Chok⁴Ho⁵ Pek⁴ Hu⁷

反切

1.吳：《唐韻》午胡切。
2.粳：《集韻》居行切。
3.稻：《唐韻》徒皓切。
4.熟：《玉篇》市六切。
5.庶：《唐韻》商署切。
6.瀉：《廣韻》息姐切。
7.杷：《唐韻》蒲巴切。《說文》收麥器。一曰平田器。又薄邁切，音敗。義同。
8.菌：《唐韻》渠隕切。
9.鐮：《廣韻》力鹽切。
10.枯：《唐韻》苦胡切。
11.忍：《唐韻》而軫切。
12.穗：《唐韻》徐醉切。
13.茅：《唐韻》莫交切。
14.苫：《唐韻》失廉切。
15.壟：《廣韻》力踵切。
16.宿：《廣韻》息逐切。
17.獲：《唐韻》胡伯切。
18.歸：《唐韻》舉韋切。
19.肩：《唐韻》古賢切。

20.赬：《唐韻》丑貞切。
21.載：《廣韻》作代切。
22.入：《唐韻》人執切。
23.市：《唐韻》時止切。
24.乞：《廣韻》去訖切。
25.栖：《廣韻》先稽切。
26.牛：《唐韻》語求切。
27.納：《廣韻》奴答切。
28.拆：《集韻》恥格切。
29.屋：《廣韻》烏谷切。
30.及：《唐韻》其立切。
31.米：《廣韻》莫禮切。
32.招：《唐韻》止遙切。
33.羌：《廣韻》去羊切。
34.兒：《唐韻》汝移切；又《集韻》研稽切。
35.龔：《唐韻》俱容切。
36.苦：《唐韻》康土切。
37.卻：《唐韻》去約切。
38.作：《唐韻》則洛切。
39.伯：《唐韻》博陌切。

【作品簡析】

　　此詩借寫田婦之嘆，反映當時社會現況，為色彩鮮明的社會寫實詩。

　　「今年粳稻熟苦遲，庶見霜風來幾時。霜風來時雨如瀉，杷頭出菌鐮生衣。眼枯淚盡雨不盡，忍見黃穗臥青泥。」首六詩句，寫盡農夫靠天吃飯的無奈心

---

¹²² 苦：正音 Khou²；詩韻 Khu²。

情。今年稻粳本已晚熟，偏偏老天爺又不賞臉，在此時，吹起陣陣霜風，苦雨不斷。農事無法進行，農具生銹的生銹，發霉的發霉。田婦心酸望著稻穀傾倒浸臥泥中，而淚流不止。好不容易，天氣放晴，連夜搶割稻穀，揮汗如雨，載至市集販售，卻是「**價賤乞與如糠粞**」。

王安石推行新法，如免役法、青苗法等，皆規定人民賦稅，得以錢繳，不能以米糧替代。百姓農收不好，又無銀兩，只能將僅有之收成，運至市場轉賣，以應官府催稅，造成市場供過於求，糧價自然低賤，等於被官府剝削二層皮。酷吏為應西北戰事所需，催稅又急又苛，百姓只能以「**賣牛納稅拆屋炊**」方式應急，實無法顧慮來年之民生問題。如此之天災人禍，讓田婦深感不如投河自盡以求解脫。「**不如卻作河伯婦**」乃人民生於酷政天災下的血淚吶喊，反映百姓生不如死的社會現況。

詩中「**龔黃滿朝**」[123]典故，乃借漢代龔遂和黃霸二位好官，反諷當時滿朝所謂清官，對百姓之要求過於嚴厲，完全忽視社會的實際狀況。

---

[123] 馮應榴輯注，黃任軻、朱懷春校點：《蘇軾詩集合注》引王注繢曰：「龔遂，勃海太守。黃霸，潁川太守。二公皆以卹民稱善治。」繢案：張說詩：「龔黃安足尋？」，上海：上海古籍出版社，2001年，頁379。

飲湖[124]上初晴後雨

Im² → ¹ Hou⁵ Siong⁷ Chhou¹ Cheng⁵ Hou⁷ U²

其二

Ki⁵ Ji⁷

水光瀲灩晴方好，山色空濛雨亦奇。

Sui² Kong¹ Liam² Iam⁷ Cheng⁵ Hong¹ Ho² San¹ Sek⁴ Khong¹ Bong⁵ U² Ek⁸ Ki⁵

欲把西湖比西子，淡妝濃抹總相宜。

Iok⁸ Pa² Se¹ Hou⁵ Pi² Se¹ Chu² Tam⁷ Chong¹ Long⁵ Boat⁸ Chong² Siong¹ Gi⁵

反切

1. 飲：《廣韻》於錦切。
2. 瀲：《廣韻》良冉切。
3. 灩：《廣韻》以贍切。
4. 好：《唐韻》呼皓切。
5. 色：《廣韻》所力切。
6. 濛：《唐韻》莫紅切。
7. 亦：《唐韻》羊益切。
8. 欲：《唐韻》余署切。
9. 把：《唐韻》博下切。
10. 比：《廣韻》卑履切。
11. 妝：《廣韻》側羊切。
12. 濃：《廣韻》女容切。
13. 抹：《唐韻》莫撥切。
14. 總：《廣韻》作孔切。
15. 相：《唐韻》息良切。
16. 宜：《唐韻》魚羈切。

【作品簡析】

　　蘇軾此詩，乃千古名作，前人多所讚嘆。陳善《捫蝨新話》卷八：「要識西子，但看西湖，要識西湖，但看此詩。」查慎行《初白庵詩評》卷中：「（水光瀲灩晴方好二句）多少西湖詩被二語掃盡，何處著一毫脂粉顏色。」王文誥《蘇

---

[124] 湖：正音 Hou⁵；詩韻 Hu⁵；俗音 Ou⁵。

文忠公師編注集成》卷九：「**此是名篇，可謂前無古人，後無來者。**」[125]均對詩之藝術手法，推崇備至。寥寥四句，便將西湖晴雨之景細微道出。巧妙以西子比擬西湖，西湖之美出自天然，自不需過多文字描述。

---

[125] 曾棗莊、曾濤編：《蘇詩彙評（一）》，台北：文史哲出版社，1998 年，頁 317~318。

有美堂暴雨

Iu[2]　Bi[2]　Tong[5]　Po[7]　U[2]

遊人腳底一聲雷[126]，滿座頑雲撥不開。

Iu[5]　Jin[5]　Kiok[4]　Te[2]　It[4]　Seng[1]　Loai[5]　　　Boan[2]　Cho[7]　Goan[5]　Un[5]　Poat[4]　Put[4]　Khai[1]

天外黑風吹海立，浙東飛雨過江來。

Thian[1]Goe[7]　Hek[4]　Hong[1]Chhui[1]　Hai[2]　Lip[8]　　　Chiat[4]　Tong[1]　Hui[1]　U[2]　Ko[3]　Kang[1]　Lai[5]

十分瀲灩金樽凸，千杖敲鏗羯鼓催[127]。

Sip[8]　Hun[1]　Liam[2]　Iam[7]　Kim[1]　Chun[1]　Tut[8]　　　Chhian[1]Tiong[7]Khau[1]Kheng[1]Kiat[4]　Kou[2]　Chhai[1]

喚起謫仙泉灑面，倒傾鮫室[128]瀉瓊瑰[129]。

Hoan[3]　Khi[2]　Tek[4]　Sian[1]Choan[5]　Sa[2]　Bian[7]　　　To[3]　Kheng[1]　Kau[1]　Sit[4]　　Sia[2]Kheng[5]Koai[1]

反切

1. 有：《唐韻》云久切。
2. 美：《廣韻》無鄙切。
3. 堂：《唐韻》徒郎切。
4. 暴：《唐韻》薄報切。
5. 雨：《唐韻》王矩切。
6. 遊：《唐韻》以周切。
7. 人：《唐韻》如鄰切。
8. 腳：《唐韻》居勺切。
9. 底：《唐韻》都禮切。
10. 一：《唐韻》於悉切。
11. 聲：《唐韻》書盈切。
12. 雷：《唐韻》魯回切。
13. 滿：《唐韻》莫旱切。
14. 座：《廣韻》徂臥切。
15. 頑：《唐韻》五還切。
16. 雲：《唐韻》王分切。
17. 撥：《唐韻》北末切。
18. 不：《韻會》逋沒切。
19. 開：《廣韻》苦哀切。
20. 天：《唐韻》他前切。
21. 外：《廣韻》五會切。
22. 黑：《唐韻》呼北切。
23. 風：《唐韻》方戎切。
24. 吹：《唐韻》昌垂切。

---

[126] 雷：正音 Loe[5]；詩韻 Loai[5]。
[127] 催：正音 Chhoe[1]；詩韻 Chhai[1]。
[128] 室：正音 Sit[4]；俗音 Sek[4]。
[129] 瑰：正音 Koe[1]；詩韻 Koai[1]。

25. 海：《唐韻》呼改切。
26. 立：《廣韻》力入切。
27. 浙：《唐韻》旨熱切。
28. 東：《唐韻》德紅切。
29. 飛：《唐韻》甫微切。
30. 過：《廣韻》古臥切。
31. 江：《唐韻》古雙切。
32. 來：《廣韻》落哀切。
33. 十：《唐韻》是執切。
34. 分：《唐韻》府文切。
35. 潋：《廣韻》良冉切。
36. 灩：《廣韻》以贍切。
37. 金：《唐韻》居音切。
38. 樽：《唐韻》租昆切。
39. 凸：《唐韻》陀骨切。
40. 千：《唐韻》蒼先切。
41. 杖：《唐韻》直兩切。
42. 敲：《廣韻》口交切。
43. 鏗：《廣韻》口莖切。
44. 羯：《廣韻》居竭切。
45. 鼓：《唐韻》工戶切。
46. 催：《唐韻》倉回切。
47. 喚：《唐韻》呼貫切。
48. 起：《廣韻》墟里切。
49. 謫：《唐韻》陟革切。
50. 仙：《廣韻》相然切。
51. 泉：《唐韻》疾緣切。
52. 灑：《廣韻》所蟹切。
53. 面：《廣韻》彌箭切。
54. 倒：《集韻》刀號切。
55. 傾：《唐韻》去營切。
56. 鮫：《唐韻》古肴切。
57. 室：《唐韻》式質切。
58. 瀉：《廣韻》息姐切。
59. 瓊：《廣韻》渠營切。
60. 瑰：《唐韻》公回切。

【作品簡析】

　　「遊人腳底一聲雷，滿座頑雲撥不開。天外黑風吹海立，浙東飛雨過江來。十分潋灩金樽凸，千杖敲鏗羯鼓催。」詩之開端，詩人即以雷、雲、風、雨四元素，渲染西湖雨景，呈現視覺與聽覺之交感，將突來之一場暴雨，寫得氣勢澎湃，宛若千軍萬馬，排山倒海之勢，充滿動感與趣味。

　　詩末「喚起謫仙泉灑面，倒傾鮫室瀉瓊瑰」，詩人借用唐玄宗以水灑面，讓李白由醉中醒來之典故，形容雨似珍玉仙泉，灑在此片人、魚所居的西湖上。二句表面寫景，時則充滿詩人自我期許之豪氣。李白為飛揚跋扈之浪漫詩人，其胸懷報國壯志，大塊文章常自筆端而出。蘇軾於此方面特質，與李白頗相似。故「喚起謫仙泉灑面」表面上欲喚醒李白，實乃詩人欲喚醒自己的靈魂。唯有勇於面對眼前逆境，方能如西湖經雷電風雨之洗禮後，湖光山色更加動人。全詩讓人讀來有「意興風發，自負豪傑，詩中有我，故興味盎然，讀之有一股磊落之氣，使人驚服」[130]之感。

---

[130] 張高評：〈蘇軾遷謫與山水紀遊詩之新變——兼論道家思想與生命安頓〉，《中國蘇軾研究（第一輯）》（北京：學苑出版社，2004年7月），頁228-229。

八月十五日看潮五絕

Pat⁴ Goat⁸ Sip⁸ Ngou² Jit⁸ Khan³ Tiau⁵ Ngou² Choat⁸

定知玉兔十分圓，化作霜風九月寒。

Teng⁷ Ti¹ Giok⁸ Thou³ Sip⁸ Hun¹ Oan⁵ Hoa³ Chok⁴ Song¹ Hong¹ Kiu² Goat⁸ Han⁵

寄語重門休上鑰，夜潮流向月中看。

Ki³ Gu² Tiong⁵ Bun⁵ Hiu¹ Siong² Iok⁸ Ia⁷ Tiau⁵ Liu⁵ Hiong³ Goat⁸ Tiong¹ Khan¹

萬人鼓噪[131]慴[132]吳儂，猶似浮江老[133]阿[134]童。

Ban⁷ Jin⁵ Kou² So³ Liap⁴ Ngou⁵ Long⁵ Iu⁵ Su⁷ Hiu⁵ Kang¹ Lo² A¹ Tong⁵

欲識潮頭高幾許，越山渾在浪花中。

Iok⁸ Sek⁴ Tiau⁵ Thiu⁵ Ko¹ Ki² Hu² Oat⁸ San¹ Hun⁵ Chai⁷ Long⁷ Hoa¹ Tiong¹

江邊身世兩悠悠，久與滄波共白頭。

Kang¹ Pian¹ Sin¹ Se³ Liong² Iu⁵ Iu⁵ Kiu² U² Chhong¹ Pho¹ Kiong⁷ Pek⁸ Thiu⁵

造物亦知人易老，故教江水向西流。

Cho⁷ But⁸ Ek⁸ Ti¹ Jin⁵ I⁷ Lo² Kou³⁻²Kau¹ Kang¹ Sui² Hiong³ Se¹ Liu⁵

---

[131] 噪：正音 So³；俗音 Chho³。
[132] 慴：正音 Siap⁴；俗音 Liap⁴。
[133] 老：正音 Lo²；俗音 Nou²。
[134] 阿：正音 O¹；俗音 A¹。

吳兒生長狎¹³⁵濤淵，冒利輕生不自憐。

Ngou⁵ Ji⁵ Seng¹Tiong²Hap⁸　To⁵ Ian¹　　Bek⁸ Li⁷ Kheng¹Seng¹ Put⁴ Chu⁷ Lian⁵

東海若知明主意，應教斥鹵變桑田。

Tong¹ Hai²　Jiok⁸ Ti¹　Beng⁵ Chu² I³　　Eng¹ Kau¹Chhek⁴Lou² Pian³ Song¹ Tian⁵

江神河伯兩醯雞，海若東來氣吐霓。

Kang¹ Sin⁵　Ho⁵ Pek⁴ Liong² He¹ Ke¹　　Hai² Jiok⁸ Tong¹ Lai⁵ Khi³ Thou^{3→2}Ge⁵

安得夫差水犀手，三千強弩射¹³⁶潮低。

An¹　Tek⁴　Hu¹ Chhai¹ Sui^{2→1} Se¹　Siu²　　Sam¹Chhian¹Kiong⁵Lou² Sek⁸　　Tiau⁵　Te¹

反切

1. 八：《唐韻》博拔切。	17. 鑠：《廣韻》以灼切。
2. 看：《唐韻》苦旰切。	18. 夜：《唐韻》羊謝切。
3. 絕：《廣韻》情雪切。	19. 向：《唐韻》許亮切。
4. 定：《唐韻》徒徑切。	20. 看：《唐韻》苦寒切。
5. 知：《唐韻》陟离切。	21. 萬：《唐韻》無販切。
6. 玉：《唐韻》魚欲切。	22. 噪：《廣韻》蘇到切。
7. 兔：《唐韻》湯故切。	23. 懾：《集韻》失涉切。
8. 圓：《唐韻》王權切。	24. 吳：《唐韻》午胡切。
9. 化：《唐韻》呼霸切。	25. 儂：《廣韻》奴冬切。
10. 作：《唐韻》則洛切。	26. 猶：《唐韻》以周切。
11. 霜：《唐韻》所莊切。	27. 似：《唐韻》詳里切。
12. 寄：《唐韻》居義切。	28. 浮：《集韻》房尤切。
13. 語：《唐韻》魚舉切。	29. 老：《廣韻》盧皓切。
14. 重：《廣韻》直容切。	30. 阿：《唐韻》於何切。
15. 門：《唐韻》莫奔切。	31. 童：《廣韻》徒紅切。
16. 休：《唐韻》許尤切。	32. 識：《唐韻》賞職切。

---

¹³⁵ 狎：正音 Hiap⁸；俗音 Hap⁸。
¹³⁶ 射：又音 Sia⁷。

33. 頣：《唐韻》度侯切。
34. 高：《廣韻》古勞切。
35. 幾：《廣韻》居狶切。
36. 許：《唐韻》虛呂切。
37. 越：《廣韻》王伐切。
38. 渾：《唐韻》戶昆切。
39. 邊：《集韻》卑眠切。
40. 世：《廣韻》舒制切。
41. 悠：《唐韻》以周切。
42. 久：《唐韻》舉有切。
43. 滄：《唐韻》七剛切。
44. 波：《唐韻》博禾切。
45. 共：《唐韻》渠用切。
46. 白：《唐韻》旁陌切。
47. 造：《廣韻》昨早切。
48. 物：《唐韻》文弗切。
49. 易：《正韻》以智切。
50. 故：《廣韻》古暮切。
51. 教：《廣韻》古肴切。
52. 西：《唐韻》先稽切。
53. 流：《唐韻》力求切。
54. 兒：《唐韻》汝移切。
55. 生：《唐韻》所庚切。
56. 長：《韻會》展兩切。
57. 狎：《唐韻》胡甲切。
58. 濤：《唐韻》徒刀切。

59. 淵：《唐韻》烏圓切。
60. 冒：《集韻》密北切。
61. 利：《唐韻》力至切。
62. 輕：《廣韻》去盈切。
63. 自：《唐韻》疾二切。
64. 憐：《唐韻》落賢切。
65. 若：《唐韻》而灼切。
66. 意：《廣韻》於記切。
67. 應：《廣韻》於陵切。
68. 斥：《廣韻》昌石切。
69. 鹵：《唐韻》郎古切。
70. 變：《唐韻》祕戀切。
71. 桑：《唐韻》息郎切。
72. 田：《唐韻》待年切。
73. 伯：《唐韻》博陌切。
74. 兩：《唐韻》良獎切。
75. 醯：《廣韻》呼雞切。
76. 雞：《唐韻》古兮切。
77. 強：《唐韻》巨良切。
78. 弩：《唐韻》奴古切。
79. 射：《廣韻》食亦切。《增韻》以弓弩失射物也。又指物而取曰射。《論語》弋不射宿。又《正韻》神夜切。《說文》弓弩發於身，而中於遠也。
80. 低：《廣韻》都奚切。

【作品簡析】

　　熙寧六年（1073）八月十五日，蘇軾夜觀錢塘潮，作七言絕句五首，可視為組詩。

　　第一首詩首句點明時間，中秋之時天氣晴朗，詩人預知月色將圓滿明朗。次句點明觀潮地點之氣候，因位處錢塘江入海口處，已有九月寒氣。為夜觀潮、月，詩人特囑管門之小吏，勿將門上鎖，以便月下觀潮。此詩可視為觀潮序曲。

　　第二首詩先寫所聽，詩人以「萬人鼓譟慴吳儂」喻浪潮滔天蓋地，挾巨大聲響，若萬人鼓譟，奔騰而來，震慴弄潮與觀潮之人。此引用春秋魯哀公十七

年吳越戰爭，越軍深夜進攻吳軍，萬軍吶喊，吳軍主力於驚嚇中一敗塗地。蘇軾借此典故，形容月下潮頭奔嘯之聲；其後詩句「猶似浮江老阿童」，詩人再以西晉王濬（小名阿童）統率水軍，戰船千里，順長江而下，一舉攻下吳都建業之氣勢，描寫浪潮奔騰壯闊而來之氣勢，二句即狀聲且狀勢。後二句「欲識潮頭高幾許，越山渾在浪花中。」則實寫潮高之狀，以越山在浪花載浮載沉，形容白浪滔天的潮頭，幾乎將越山吞沒，將浪高之狀，動然寫出。

第三首詩轉寫身世之嘆，詩人感於外放地方，政治前途不安，深覺處境如潮水般起落不定，而年華流逝，滿頭烏絲亦將如潮頭一般變白。「江邊身世兩悠悠，久與滄波共白頭」二句，說出詩人對現實遭遇的無奈感，和對客觀時間因素的無力感。不過蘇軾不是一位易耽溺於感傷中之人，其由造物者之體貼「故教江水更西流」，體會人豈無逆勢再起之機會，終有一日必可再回朝廷。馮應榴《蘇軾詩集合注》引查注：「枚乘〈七發〉：『江水逆流，海水上潮』。蓋江水本自東流，潮自東海門逆入，江勢不能敵，往往隨潮西流。」[137]，此江水西流之象，激勵蘇軾拔地奮起之志。

第四首含雙重詩意：一為憐惜弄潮人冒利輕生，二為諷刺朝廷興建水利，無實際成效，害多利少。每年錢塘潮起之時，弄潮之人為貪得利物，冒險踏潮，因而溺死事件時而發生。朝廷雖禁令弄潮，卻於此大興水利，吸引更多弄潮人參與，反增死傷。詩句「東海若知明主意，應教斥鹵變桑田」即諷刺當時官府行事之矛盾。若東海之神知道君王之旨意，應教海邊鹽鹵之地變為肥腴桑田，如此弄潮人不再弄潮，亦不會因此失去生命。

第五首詩前二句「江神河伯兩醯雞，海若東來氣吐霓」，詩人於觀潮中，聯想到《莊子·秋水》河伯與海若之典故，以形容錢塘怒潮之澎湃，非江河中潮水可以比擬。後二句「安得夫差水犀手，三千強弩射潮低！」蘇軾自注言：「吳越王嘗以弓弩射潮頭，與海神戰，自爾水不近城。」吳越王指錢鏐，海神指錢塘江潮神伍子胥。後梁太祖開平四年八月，吳越王錢鏐為保護人民生命財產，決定修築海塘以抗錢塘江潮。但因江潮日夜不斷沖擊，海塘版築始終無法完成。於是錢鏐決定精製三千利箭，召五百士兵，以強弩射向波波潮頭，逼退潮水。吳越王先祭告蒼天言：「願退一兩月之怒濤，以建數百年之厚業。」隨後再至潮神伍子胥祠廟祈求：「願息忠憤之氣，暫收洶湧之潮。」最後潮水果為箭逼退，海塘順利建成，此即是「錢王射潮」之傳說故事。[138]蘇軾引用此典故，乃

---

[137] 馮應榴輯注，黃任軻、朱懷春校點：《蘇軾詩集合注》，上海：上海古籍出版社，2001年，頁456。

[138] 曾棗莊、劉琳主編：《全宋文》冊五，成都：巴蜀書社，1989年10月，1版1刷，頁353-354。

希望自己能如吳越王錢鏐，率領三千弓箭手射下潮頭，為百姓解除錢塘潮之危害，足見其愛民之心。

少年遊

Siau³ Lian⁵ Iu⁵

潤 州 作 ， 代 人 寄 遠

Jun⁷ Chiu¹ Chok⁴　　Tai⁷ Jin⁵ Ki³ Oan²

去 年 相 送 ， 餘 杭[139] 門 外 ， 飛 雪 似 楊 花 。

Khu³ Lian⁵ Siong¹ Song³　　U⁵ Hong⁵ Bun⁵ Goe⁷　　Hui¹ Soat⁴ Su⁷ Iong⁵ Hoa¹

今 年 春 盡 ， 楊 花 似 雪 ， 猶 不 見 還 家 。

Kim¹ Lian⁵ Chhun¹ Chin⁷　　Iong⁵ Hoa¹ Su⁷ Soat⁴　　Iu⁵ Put⁴ Kian³ Hoan⁵ Ka¹

對[140]酒 捲 簾 邀 明 月 ，風 露 透 窗 紗 。

Tui³　Chiu² Koan² Liam⁵ Iau¹ Beng⁵ Goat⁸　Hong¹ Lou⁷ Thou³ Chhong¹ Sa¹

恰 似 姮 娥[141]憐 雙 燕 ， 分 明 照 ， 畫 梁 斜 。

Khap⁴ Su⁷ Heng⁵ Ngou⁵ Lian⁵ Song¹ Ian³　　Hun¹ Beng⁵ Chiau³　　Hoa⁷ Liong⁵ Sia⁵

反切

1. 少：《廣韻》式照切。	11. 楊：《唐韻》與章切。
2. 年：《唐韻》奴顛切。	12. 花：《唐韻》呼瓜切。
3. 潤：《唐韻》如順切。	13. 春：《廣韻》昌脣切。
4. 州：《唐韻》職流切。	14. 盡：《唐韻》慈忍切。
5. 代：《唐韻》徒耐切。	15. 見：《唐韻》古甸切。
6. 去：《唐韻》丘據切。	16. 還：《唐韻》戶關切。
7. 送：《唐韻》蘇弄切。	17. 家：《唐韻》古牙切。
8. 餘：《唐韻》以諸切。	18. 對：《唐韻》都隊切。
9. 杭：《集韻》寒剛切。	19. 捲：《唐韻》居轉切。
10. 外：《廣韻》五會切。	20. 簾：《唐韻》力鹽切。

---

[139] 杭：正音 Hong⁵；俗音 Hang⁸。
[140] 對：正音 Toe³；俗音 Tui³。
[141] 娥：正音 Go⁵；俗音 Ngou⁵。

21. 邀：《廣韻》于宵切。
22. 露：《唐韻》洛故切。
23. 透：《唐韻》他候切。
24. 窗：《唐韻》楚江切。
25. 紗：《廣韻》所加切。
26. 恰：《廣韻》苦洽切。
27. 姮：《廣韻》胡登切。
28. 娥：《唐韻》五何切。

29. 雙：《唐韻》所江切。
30. 燕：《唐韻》於甸切。
31. 照：《唐韻》之少切。
32. 畫：《廣韻》胡卦切。
33. 梁：《唐韻》呂張切。
34. 斜：《唐韻》似嗟切。
35. 似：《唐韻》詳里切。

【作品簡析】

　　欣賞蘇軾詞作，需注意詞牌名下副標題，蘇軾常於此處交代創作動機。此詞副標題雖言：「代人寄遠。」實為託詞，托寓詩人行役未歸之感。

　　作者於熙寧七年（1074）冬離開杭州，前往潤州等地辦理賑饑之事，至次年春天尚未歸家。詞以婦人盼君歸來，代言自己思歸之心。

　　上片以時節的反差，寫行旅已久。記得去年離杭之時，正值白雪紛飛。現已是楊花紛飛似雪之季節，卻仍在行旅之中，頗有《詩經·小雅·采薇》：「昔我往矣，楊柳依依，今我來思，雨雪霏霏。」之意境。

　　下片寫行役中孤寂之感，捲簾邀月對酒，風透窗紗，明月斜照畫梁雙飛燕。詞意充滿寂寥與自哀自憐之情。

　　中國文人對於一些不便明說的情感，常會以託詞方式表現，蘇軾此詞是一例。唐朝詩人張籍的〈節婦吟〉更以「節婦不事二夫」表達「節士不事二主」之志。此種以委婉間接方式表達內心濃烈的情感，為中國文人創作方式之一。

南鄉子

Lam⁵ Hiong¹ Chu²

送 述 古

Song³ Sut⁸ Kou²

回首亂山橫，不見居[142]人只見城。誰似

Hai⁵ Siu² Loan⁷ San¹ Heng⁵ Put⁴ Kian³ Ku¹ Jin⁵ Chi² Kian³ Seng⁵ Sui⁵ Su⁷

臨平山上塔[143]，亭亭，迎客西來送客行

Lim⁵ Peng⁵ San¹ Sinog⁷ Tap⁸ Teng⁵ Teng⁵ Geng⁵ Khek⁴ Se¹ Lai⁵ Song³ Khek⁴ Heng⁵

。 歸路晚風清，一枕初寒夢不成。

Kui¹ Lou⁷ Boan² Hong¹ Chheng¹ It¹ Chim² Chhou¹ Han⁵ Bong⁷ Put⁴ Seng⁵

今夜殘燈斜照處，熒熒，秋雨晴時淚

Kim¹ Ia⁷ Chan⁵ Teng¹ Sia⁵ Chiau³ Chhu³ Eng⁵ Eng⁵ Chhiu¹ U² Cheng⁵ Si⁵ Lui⁷

不晴。

Put⁴ Cheng⁵

反切

1. 南：《唐韻》那含切。
2. 鄉：《廣韻》許良切。
3. 子：《唐韻》即里切。
4. 述：《廣韻》食律切。
5. 古：《唐韻》公戶切。
6. 回：《唐韻》戶恢切。
7. 首：《廣韻》書久切。
8. 橫：《唐韻》戶盲切。
9. 居：《廣韻》九魚切。
10. 只：《唐韻》諸氏切。
11. 城：《唐韻》是征切。
12. 臨：《唐韻》力尋切。
13. 平：《集韻》蒲兵切。
14. 亭：《唐韻》特丁切。
15. 塔：《唐韻》吐盍切。物墮聲也。又《集韻》達合切。累土也。《說文》西域浮屠也。
16. 迎：《唐韻》語京切。

---

[142] 居：正音 Ku¹；漳州音 Ki¹。
[143] 塔：正音 Tap⁸；俗音 Thap⁸。

17. 客：《唐韻》苦格切。
18. 晚：《唐韻》無遠切。
19. 枕：《唐韻》章荏切。
20. 初：《唐韻》楚居切。
21. 殘：《唐韻》昨干切。
22. 燈：《廣韻》都騰切。

23. 處：《廣韻》昌據切。
24. 熒：《唐韻》戶扃切。
25. 秋：《唐韻》七由切。
26. 晴：《唐韻》疾盈切。
27. 淚：《廣韻》力遂切。

【作品簡析】

　　蘇軾任杭州通判時，與當時太守陳襄（述古）結下深厚情誼。但宋朝官制規定三年一任，任職滿必須調往他處。熙寧七年（1074）陳襄任期已到，改移守南都。離去時，蘇軾送至臨平，二人方始道別。蘇軾不捨友人離去，作此詞。

　　詞上片追憶二人於臨平話別後，蘇軾回望臨平，但見城景，不見城中人影。表達對陳襄離去的不捨與依戀。而臨平山下高塔筆直矗立，迎接行客西來，又送行客東去，依然如故，不因客來而喜，亦不因客去而悲。「誰似」二字，以客觀之物的無知，襯托出主觀詩人的濃烈情感，讓詞境掉入一股哀傷氛圍之中，詞於此轉入下片。

　　千里送友後，蘇軾在歸途中，因思念友人，而夜不成眠。晚風淒清，枕寒燈殘，在暗淡燈火下，獨自面對秋夜，窗外秋雨涔涔，窗內淚眼潸潸。「**秋雨晴時淚不晴**」將雨與淚做交乘作用，以雨停淚不停意象，表達思念友人的不絕情感。

采桑子

Chhai[2] Song[1] Chu[2]

潤 州 甘 露 寺 多 景 樓[144]，天 下 之 殊 景 也 。
Jun[7] Chiu[1] Kam[1] Lou[7] Si[7] To[1] Keng[2] Liu[5] Thian[1] Ha[7] Chi[1] Su[5] Keng[2] Ia[2]

甲 寅 仲 冬 ， 余 同 孫 巨 源 、 王 正 仲 參 會
Kap[4] In[5] Tiong[7] Tong[1] U[5] Tong[5] Sun[1] Ku[7] Goan[5] Ong[5] Cheng[3] Tiong[7] Chham[1] Hoe[7]

於 此 。 有 胡 琴 者 ， 姿[145]色 尤 好 。 三 公 皆
U[1] Chhu[2] Iu[2] Hou[5] Khim[5] Chia[2] Chi[1] Sek[4] Iu[5] Ho[2] Sam[1] Kong[1] Kai[1]

一 時 英 秀 ， 景 之 秀 ， 妓 之 妙 ， 真 為 希
It[4] Si[5] Eng[1] Siu[3] Keng[2] Chi[1] Siu[3] Ki[7] Chi[1] Biau[7] Chin[1] Ui[5] Hi[1]

遇 。 飲 闌 ， 巨 源 請 於 余 曰「 殘 霞 晚 照 ，
Gu[7] Im[2] Lan[5] Ku[7] Goan[5] Chheng[5] U[1] U[5] Oat[8] Chan[5] Ha[5] Boan[2] Chiau[3]

非 奇 才 不 盡 。 」 余 作 此 詞[146]。
Hui[1] Ki[5] Chai[5] Put[4] Chin[7] U[5] Chok[4] Chhu[2] Su[5]

多 情 多 感 仍 多 病 ， 多 景 樓 中 。 尊 酒 相
To[1] Cheng[5] To[1] Kam[2] Jeng[5] To[1] Peng[7] To[1] Keng[2] Liu[5] Tiong[1] Chun[1] Chiu[2] Siong[1]

逢 ， 樂 事 回[147]頭 一 笑 空 。 停[148]杯[149]且 聽
Hong[5] Lok[8] Su[7] Hai[5] Thiu[5] It[4] Siau[3] Khong[1] Theng[5] Poe[1] Chhia[2] Theng[1]

---

[144] 樓：正音 Lou5；詩韻 Liu5。
[145] 姿：正音 Chi[1]；泉州音 Chu[1]。
[146] 詞：正音 Si[5]；泉州音 Su[5]。
[147] 回：正音 Hoe[5]；詩韻 Hai[5]。
[148] 停：正音 Teng[5]；俗音 Theng[5]。
[149] 杯：正音 Poe[1]；詩韻 Pai[1]。

琵琶語，細撚輕攏。醉臉春融，斜照

Pi⁵　Pa⁵　Gu²　　Se³　Lian² Kheng¹Long⁵　　Chui³ Liam² Chhun¹ Iong⁵　　Sia⁵ Chiau³

江天一抹紅。

Kang¹ Thian¹　It⁴　Boat⁸ Hong⁵

反切

1. 采：《唐韻》倉宰切。
2. 桑：《唐韻》息郎切。
3. 甘：《唐韻》古三切。
4. 寺：《廣韻》祥吏切。
5. 多：《廣韻》得何切。
6. 樓：《唐韻》落侯切。
7. 殊：《唐韻》市朱切。
8. 也：《唐韻》羊者切。
9. 甲：《唐韻》古狎切。
10. 寅：《唐韻》弋真切。
11. 仲：《唐韻》直眾切。
12. 冬：《唐韻》都宗切。
13. 余：《唐韻》以諸切。
14. 巨：《唐韻》其呂切。
15. 源：《廣韻》愚袁切。
16. 正：《唐韻》之盛切。
17. 參：《唐韻》倉含切。
18. 於：《唐韻》哀都切。
19. 此：《唐韻》雌氏切。
20. 胡：《唐韻》戶孤切。
21. 琴：《唐韻》巨今切。
22. 者：《廣韻》章也切。
23. 姿：《廣韻》即夷切。
24. 尤：《唐韻》羽求切。
25. 好：《唐韻》呼皓切。
26. 皆：《唐韻》古諧切。
27. 秀：《唐韻》息救切。
28. 妓：《唐韻》渠綺切。
29. 妙：《廣韻》彌笑切。
30. 為：《唐韻》薳支切。
31. 遇：《唐韻》牛具切。
32. 闌：《唐韻》洛干切。
33. 請：《唐韻》七井切。
34. 曰：《唐韻》王伐切。
35. 奇：《廣韻》渠羈切。
36. 才：《唐韻》昨哉切。
37. 詞：《唐韻》似茲切。
38. 仍：《唐韻》如乘切。
39. 逢：《唐韻》符容切。
40. 樂：《唐韻》盧各切。
41. 事：《唐韻》鉏吏切。
42. 笑：《廣韻》私妙切。
43. 停：《唐韻》特丁切。
44. 杯：《唐韻》布回切。
45. 且：《廣韻》淺野切。
46. 琵：《集韻》頻脂切。
47. 琶：《唐韻》蒲巴切。
48. 語：《唐韻》魚舉切。
49. 細：《唐韻》蘇計切。
50. 撚：《唐韻》乃殄切。
51. 輕：《廣韻》去盈切。
52. 攏：《集韻》盧東切。
53. 臉：《廣韻》力減切。
54. 融：《唐韻》以戎切。
55. 抹：《唐韻》莫撥切。

【作品簡析】

蘇軾於熙寧七年（1074）罷杭州任，改任密州太守。此詞為前往密州就任途中，與孫巨源、王正仲相聚於潤州甘露寺多景樓時作。席間有色藝俱佳的官妓胡琴相伴，四周是殘霞晚照的奇麗美景。孫巨源深覺此一美景，非得有位奇才之人，否則無法將殘霞晚照，描寫得動人，故而請蘇軾臨景填詞。這雖是逞才之作品，卻可見蘇軾在才氣中之真情。

多情多感是詩人之特質，也是多病之原因。蘇軾的多情多感，來自於對兄弟、對朋友、對國家、對百姓的關懷。他為兄弟朋友愁，為國家人民憂，自然就會多病。蘇軾將「多情、多感、多病」帶到「多景樓」中，複雜之情緒可想而知。

好友相聚雖充滿美好，卻是短暫又無法長留的歡樂。樂事在轉頭、笑聲中，將消失得無影無蹤。歡樂既然難留，不如就珍惜當下，「停杯且聽琵琶語」，欣賞歌妓「細撚輕攏」之驕態與落日晚霞的美景。「醉臉春融，斜照江天一抹紅。」可作二種解釋，一為指歌妓因飲酒歡樂的氣氛中，臉上洋溢著如春天的笑容，就像晚霞映照在江水上，那般燦爛。另一種解釋是指席上眾人，在佳人美酒陪伴下，臉上洋溢著如春景般歡樂醉態，燦爛似夕陽下殘霞映照江面一片通紅。不管是由佳人之角度，或是席上眾人之角度看江水意象，均帶有朋友溫情。「江天一抹紅」不僅是景的燦爛美麗，也是人情的溫暖。蘇軾以「斜照江天一抹紅」呼應詞牌副標題之「殘霞晚照」，展現其才學，也印證孫巨源對蘇軾乃當世「奇才」之看法。

沁園春

Sim² Oan⁵ Chhun¹

赴 密 州 早 行 ， 馬 上 寄 子 由

Hu³⁻² Bit⁸ Chiu¹ Cho² Heng⁵　　Ma² Siong⁷Ki³ Chu² Iu⁵

孤 館 鐙 青 ， 野 店 雞 號 ， 旅 枕 夢 殘 。 漸

Kou¹ Koan²Teng¹Chheng¹　Ia²⁻¹ Tiam³ Ke¹ Ho⁵　　Lu² Chim² Bong⁷Chan⁵　Chiam⁷

月 華 收 練 ， 晨 霜 耿 耿 ； 雲 山 摛 錦¹⁵⁰ ， 朝

Goat⁸ Hoa⁵ Siu¹ Lian⁷　　Sin⁵ Song¹ Keng²⁻¹Keng²　Un⁵ San¹ Thi¹ Kim¹　　Tiau¹

露 團 團 。 世 路 無 窮 ， 勞 生 有 限 ， 似 此

Lou⁷Thoan⁵⁻⁷Thoan⁵　Se³ Lou⁷ Bu⁵ Kiong⁵　Lo⁵ Seng¹ Iu² Han⁷　　Su⁷ Chhu²

區 區 長 鮮 歡 。 微 吟 罷 ， 憑 征 鞍 無 語 ，

Khu¹ Khu¹ Tiong⁵Sian²Hoan¹　Bi⁵ Gim⁵ Pa⁷　　Peng⁵Cheng¹An¹　Bu⁵ Gu²

往 事 千 端 。　　　當 時 共 客 長 安 ， 似 二

Ong² Su⁷ Chhian¹Toan¹　　Tong¹ Si⁵ Kiong⁷Khek⁴Tiong⁵ An¹　　Su⁷ Ji⁷

陸 初 來 俱 少 年 。 有 筆 頭 千 字 ， 胸 中 萬

Liok⁸Chhou¹ Lai⁵　Ku¹ Siau³⁻²Lian⁵　　Iu² Pit⁴ Thiu⁵Chhian¹Chu⁷　Hiong¹Tiong¹Ban⁷

卷 ， 致 君 堯 舜 ， 此 事 何 難 ？ 用 舍 由 時

Koan³　　Ti³⁻²Kun¹ Giau⁵ Sun³　Chhu² Su⁷ Ho⁵ Lan⁵　Iong⁷ Sia³ Iu⁵ Si⁵

， 行 藏 在 我 ， 袖 手 何 妨 閑 處 看 。 身 長

Heng⁵Chong⁵Chai⁷Ngou²　Siu⁷ Siu² Ho⁵ Hong¹Han⁵Chhu³Khan¹　Sin¹ Tiong⁵

---

¹⁵⁰ 錦：正音 Kim²；俗音 Gim²。

健，但優遊卒歲，且¹⁵¹鬥¹⁵²尊前。

Kian⁷　　Tan⁷　Iu¹　Iu⁵ Chut^{4→8}Soe³　Chhia²　Tiu³　Chun¹ Chian⁵

反切

1.沁：《唐韻》所錦切。
2.赴：《廣韻》芳遇切。
3.密：《唐韻》美畢切。
4.店：《廣韻》都念切。
5.號：《唐韻》胡刀切。
6.枕：《唐韻》章荏切。
7.漸：《唐韻》慈冉切。
8.摛：《唐韻》丑知切。
9.錦：《唐韻》居飲切。
10.團：《唐韻》度官切。
11.窮：《唐韻》渠弓切。
12.勞：《唐韻》魯刀切。
13.區：《唐韻》豈俱切。
14.鮮：《廣韻》息淺切。
15.吟：《廣韻》魚金切。
16.罷：《韻會》皮駕切。
17.客：《唐韻》苦格切。
18.陸：《唐韻》力竹切。
19.俱：《唐韻》舉朱切。

20.少：《廣韻》式照切。
21.筆：《廣韻》鄙密切。
22.頭：《唐韻》度侯切。
23.字：《唐韻》疾置切。
24.胸：《廣韻》許容切。
25.卷：《唐韻》居倦切。
26.致：《廣韻》陟利切。
27.堯：《廣韻》五聊切。
28.舜：《廣韻》輸閏切。
29.用：《廣韻》余頌切。
30.舍：《廣韻》始夜切。
31.袖：《唐韻》似祐切。
32.妨：《廣韻》敷方切。
33.看：《唐韻》苦寒切。
34.健：《集韻》渠建切。
35.卒：《唐韻》藏沒切。
36.且：《廣韻》淺野切。
37.鬥：《唐韻》都豆切。

【作品簡析】

　　熙寧七年（1074）蘇軾杭州三年任滿，改知密州。九月，離杭赴任。蘇軾原打算繞道前往探望時在濟南任職的蘇轍，但未能如願。十月，在往密州途中作此詞，寄予子由，以表思念之意。

　　詞開始描寫黎明時分，雞鳴驚夢，孤旅燈暗，冷清無比。踏上旅程，殘月

---

¹⁵¹ 且：正音 Chhia²；俗音 ChhiaN²。
¹⁵² 鬥：正音 Tou³；詩韻 Tiu³。

光華漸收，山巒雲霧繚繞，晨霜閃閃，露華晶瑩清洌，晨景冷清。面對勞頓旅程，蘇軾喟嘆世路本無窮盡，人生卻有限。偏偏在有限人生裡，常是歡少苦多。此刻蘇軾憑依馬鞍無語，往事種種浮上心頭。詞上片於此作結，總結自踏入仕途以來的感觸，同時引出下片之主題。

　　蘇軾回憶當年與弟弟子由一同客遊京都，正值風華少年之際，好似西晉陸機、陸雲兄弟，以文學才華，驚動京城。當時二人躊躇滿志，認為天下事無不可為，欲輔佐國君成就堯舜之治，實現經國濟世之理想。然現實並非如此，仕途艱難受挫，讓他體會欲有作為，尚需決於時勢，不是光憑自己之意志。既然時勢決定一切，但選擇入世或出世，卻可由自己決定。何妨袖手旁觀，落個清閒，看待眼前一切。《論語·述而》說：「用之則行，舍之則藏。」蘇軾化用此意，將自己由官場的糾葛中暫時抽身，表達曠達襟懷與自信。期許與弟弟二人可「身長健，但優遊卒歲，且鬥尊前。」彼此身體健康，一起飲酒作樂，無憂無慮度過一生。

江城子

Kang[1] Seng[5] Chu[2]

乙 卯 正 月 二 十 日 夜 寄 夢

It[4] Bau[2] Cheng[1] Goat[8] Ji[7] Sip[8] Jit[8] Ia[7] Ki[3] Bong[7]

十 年 生 死 兩 茫 茫 ， 不 思 量 ， 自 難 忘 。

Sip[8] Lian[5] Seng[1] Su[2] Liong[2] Bong[5] Bong[5] Put[4] Su[1] Liong[5] Chu[7] Lan[5] Bong[5]

千 里 孤 墳 ， 無 處 話 淒 涼 。 縱[153] 使 相 逢 應

Chhian[1] Li[2] Kou[1] Hun[5] Bu[5] Chhu[3] Hoa[7] Chhe[1] Liong[5] Chiong[3] Su[2] Siong[1] Hong[5] Eng[1]

不 識 ， 塵 滿 面 ， 鬢 如 霜 。 夜 來 幽

Put[4] Sek[4] Tin[5] Boan[2] Bian[7] Pin[3] Ju[5] Song[1] Ia[7] Lai[5] Iu[1]

夢 忽 還 鄉 ， 小 軒 窗 ， 正 梳 妝 。 相 顧 無

Bong[7] Hut[4] Hoan[5] Hiong[1] Siau[2] Hian[1] Chhong[1] Cheng[3] Su[1] Chong[1] Siong[1] Kou[3] Bu[5]

言 ， 惟 有 淚 千 行 。 料 得 年 年 腸 斷 處 ，

Gian[5] Ui[5] Iu[2] Lui[7] Chhian[1] Hong[5] Liau[7] Tek[4] Lian[5] Lian[5] Tiong[5] Toan[7] Chhu[3]

明 月 夜 ， 短 松 岡 。

Beng[5] Goat[8] Ia[7] Toan[2] Siong[5] Kong[1]

反切

1. 乙：《唐韻》於筆切。
2. 卯：《唐韻》莫飽切。
3. 正：《廣韻》之盈切。
4. 寄：《唐韻》居義切。
5. 夢：《唐韻》莫鳳切。
6. 死：《廣韻》息姊切。
7. 兩：《唐韻》良獎切。
8. 茫：《唐韻》莫郎切。
9. 思：《廣韻》息茲切。
10. 量：《唐韻》呂張切。

---

[153] 縱：正音 Chiong[3]；俗音 Chhiong[3]。

11. 自：《唐韻》疾二切。　　　27. 軒：《廣韻》虛言切。
12. 忘：《集韻》武方切。　　　28. 窗：《唐韻》楚江切。
13. 孤：《唐韻》古乎切。　　　29. 正：《唐韻》之盛切。
14. 墳：《唐韻》符分切。　　　30. 梳：《集韻》山於切。
15. 話：《正韻》胡挂切。　　　31. 妝：《廣韻》側羊切。
16. 淒：《唐韻》七稽切。　　　32. 顧：《唐韻》古慕切。
17. 涼：《唐韻》呂張切。　　　33. 言：《廣韻》語軒切。
18. 縱：《廣韻》子用切。　　　34. 惟：《唐韻》以追切。
19. 使：《唐韻》疏士切。　　　35. 行：《集韻》寒岡切。
20. 應：《廣韻》於陵切。　　　36. 料：《廣韻》力弔切。
21. 識：《唐韻》賞職切。　　　37. 腸：《唐韻》直良切。
22. 滿：《唐韻》莫旱切。　　　38. 斷：《廣韻》徒管切。
23. 面：《唐韻》彌箭切。　　　39. 短：《廣韻》都管切。
24. 鬢：《唐韻》必刃切。　　　40. 松：《唐韻》詳容切。
25. 霜：《唐韻》所莊切。　　　41. 岡：《廣韻》古郎切。
26. 忽：《唐韻》呼骨切。

【作品簡析】

蘇軾十九歲時與同郡王弗結婚，王弗時歲十六，夫妻同甘共苦，感情深厚。宋英宗治平二年（1065）王弗不幸病逝於汴京，年僅二十七歲，次年歸葬於故鄉四川祖塋。熙寧八年（1075）王弗去世已十年，蘇軾在正月二十日夜裡，夢中回到故鄉，再見王弗窗下梳妝倩影，夢醒後寫下此闋悼亡詞，傳誦至今。

十年生死陰陽兩隔，音訊渺茫。但愛妻倩影卻自然浮現眼前，蘇軾心中酸楚可想而知！而在千里外孤墳裡的亡妻，或許也與其相同，內心淒涼無處訴說。十年之光陰不短，蘇軾昔日年少英姿煥發的容顏，如今已是「塵滿面，鬢如霜」。縱使此刻二人重逢，夢境中容顏依舊的妻子，恐難認出眼前滿是滄桑的自己。

蘇軾在夢裡彷彿回到故鄉，見到愛妻，在小窗下對鏡梳妝，景象那般熟悉。二人默默相視無言，淚眼千行。蘇軾夢回舊處，竟是「物是人非事事休，欲語淚先流」。

一場夢醒，蘇軾遙想千里外，矮松旁的岡壟上，妻子每每在明月下，對其思念之深，正如自己對她的思念。

一首江城子，訴說對亡妻之情。見證蘇軾之多情，不只對兄弟、朋友，更有對愛妻之深情。

江城子

Kang[1] Seng[5] Chu[2]

密 州 出 獵

Bit[8] Chiu[1] Chhut[4] Liap[8]

老[154]夫聊發少年狂，左牽黃，右擎[155]蒼，

Lo[2] Hu[1] Liau[5]Hoat[4]Siau[3→2]Lian[5]Kong[5] Cho[2]Khian[1]Hong[5] Iu[7] Keng[5] Chhong[1]

錦帽貂裘，千騎卷平岡。為報傾城隨

Kim[2] Bo[7] Tiau[1] Kiu[5] Chhian[1] Ki[7] Koan[2] Peng[5] Kong[1] Ui[7] Po[3] Kheng[1]Seng[5] Sui[5]

太守，親射[156]虎，看孫郎。　　酒酣胸

Thai[3→2] Siu[3] Chhin[1] Sek[8] Hou[2] Khan[3]Sun[1] Long[5] Chiu[2]Ham[1] Hiong[1]

膽尚開張，鬢微霜，又何妨！持節雲

Tam[2] Siong[7]Khai[1] Tiong[1] Pin[3] Bi[5] Song[1] Iu[7] Ho[5] Hong[1] Chhi[5] Chiat[4] Un[5]

中，何日遣馮唐？會挽雕弓如滿月，

Tiong[1] Ho[5] Jit[8] Khian[2]Hong[5]Tong[5] Hoe[7] Boan[2]Tiau[1] Kiong[1] Ju[5] Boan[2] Goat[8]

西北望，射天狼。

Se[1] Pok[4] Bong[7] Sek[8] Thian[1] Long[5]

反切

1. 密：《唐韻》美畢切。　　2. 州：《唐韻》職流切。

---

[154] 老：正音 Lo[2]；俗音 Nou[2]。
[155] 擎：正音 Keng[5]；俗音 Kheng[5]。
[156] 射：又音 Sia[7]。

3. 出：《唐韻》赤律切。
4. 獵：《唐韻》良涉切。
5. 發：《唐韻》方伐切。
6. 左：《唐韻》臧可切。
7. 牽：《唐韻》苦堅切。
8. 右：《唐韻》于救切。
9. 擎：《唐韻》渠京切。
10. 帽：《唐韻》莫報切。
11. 騎：《廣韻》奇寄切。
12. 卷：《唐韻》居轉切。
13. 報：《唐韻》博耗切。
14. 守：《唐韻》舒救切。

15. 射：《廣韻》食亦切。《增韻》以弓弩失射物也。又指物而取曰射。《論語》弋不射宿。又《正韻》神夜切。《說文》弓弩發於身，而中於遠也。
16. 虎：《唐韻》火古切。
17. 酣：《唐韻》胡甘切。
18. 尚：《唐韻》時亮切。
19. 持：《唐韻》直之切。
20. 節：《廣韻》子結切。
21. 遣：《廣韻》去演切。
22. 挽：《唐韻》無遠切。
23. 弓：《唐韻》居戎切。
24. 望：《唐韻》巫放切。

【作品簡析】

　　熙寧七年（1074），蘇軾自杭赴密州太守任，時密州長旱，到任後第二年，即熙寧八年（1075），蘇軾禱雨於常山，歸途與同僚獵於鐵溝。在狩獵奔馳之時，有感壯志未消，特寫此詞自勵。

　　蘇軾作此詞，時年三十八歲，在當時已屬中年，故蘇軾以「老夫聊發少年狂」之語開篇，揭示自己不服老之心與積極向上之精神。並以「左牽黃，右擎蒼，錦帽貂裘，千騎卷平岡」，充滿氣勢之詞句，將狂放之豪情，展現於獵場上。他左牽黃狗，右舉蒼鷹，頭戴錦帽，身穿貂裘，帶領千餘名隨從，縹馬席捲奔過山岡。為報答全城之人跟隨出獵之盛意，親自搭弓射虎，宛如三國時孫權般，英姿勃發，氣慨豪放，文武兼備。

　　年歲既然不重要，唯有以氣慨與活力證明自己身、志皆不輸年輕之人。因此「酒酣胸膽尚開張，鬢微霜，又何妨！」此刻酒意正濃，胸懷開闊，膽氣豪壯，絲毫不減報國之雄心，雖然兩鬢白髮已生，絲毫不減報國之熱情。期許自己能如漢時魏尚[157]，有朝一日被朝廷賞識，帶兵出使邊塞，為國家擊退邊患。「會挽雕弓如滿月，西北望，射天狼。」將蘇軾奮進報效國家之壯志，再次於詞中重申。

---

[157] 「持節雲中，何日遣馮唐？」乃用漢朝雲中郡郡守魏尚守邊有方，戰績卓著，後因上報戰果時，被查出多報六人的殺敵數，被削職。馮唐上諫文帝此舉不宜，文帝乃派馮唐持節往雲中郡赦免魏尚，官復原職。

水調歌頭

Sui² Tiau⁷ Ko¹ Thiu⁵

丙 辰 中 秋 ， 歡 飲 達 旦 ， 大 醉 ， 作 此 篇¹⁵⁸ ，

Peng² Sin⁵ Tiong¹Chhiu¹　Hoan¹ Im² Tat⁸ Tan³　Tai⁷ Chui³　Chok⁴Chhu² Pian¹

兼 懷 子 由 。

Kiam¹Hoai⁵ Chu²　Iu⁵

明 月 幾 時 有 ？ 把 酒 問 青 天 。 不 知 天 上

Beng⁵ Goat⁸ Ki² Si⁵　Iu²　Pa² Chiu² Bun⁷Chheng¹Thian¹　Put⁴ Ti¹ Thian¹Siong⁷

宮 闕 ， 今 夕 是 何 年 ？ 我 欲 乘 風 歸 去 ，

Kiong¹Khoat⁴　Kim¹ Sek⁸ Si⁷ Ho⁵ Lian⁵　Ngou² Iok⁸ Seng⁵ Hong¹Kui¹　Khu³

又 恐 瓊 樓 玉 宇 ， 高 處 不 勝 寒 。 起 舞 弄

Iu⁷Khiong²Kheng⁵Liu⁵　Giok⁸ U²　Ko¹ Chhu³ Put⁴ Seng¹　Han⁵　Khi² Bu² Long⁷

清 影 ， 何 似 在 人 間 。　　　 轉 朱 閣 ， 低

Chheng¹Eng²　Ho⁵ Su⁷ Chai⁷ Jin⁵ Kan¹　　　Choan² Chu¹ Kok⁴　Te¹

綺 戶 ， 照 無 眠 。 不 應 有 恨 ， 何 事 長 向

Khi² Hou⁷　Chiau³ Bu⁵ Bian⁵　Put⁴ Eng¹ Iu² Hun⁷　Ho⁵ Su⁷Tiong⁵Hiong⁷

別 時 圓 ？ 人 有 悲 歡 離 合 ， 月 有 陰 晴 圓

Piat⁸ Si⁵ Oan⁵　Jin⁵ Iu² Pi¹ Hoan¹ Li⁵ Hap⁸　Goat⁸ Iu² Im¹ Cheng⁵ Oan⁵

缺 ， 此 事 古 難 全 。 但 願 人 長 久 ， 千 里

Khoat⁴　Chhu² Su⁷ Kou² Lan⁵ Choan⁵　Tan⁷ Goan⁷Jin⁵ Tiong⁵ Kiu²　Chhian¹ Li²

---

¹⁵⁸ 篇：正音 Pian¹；俗音 Phian¹。

68

共嬋娟[159]。

Kiong⁷Sian⁵ Koan¹

反切

1.水：《唐韻》式軌切。
2.調：《廣韻》徒弔切。
3.歌：《唐韻》古俄切。
4.頭：《唐韻》度侯切。
5.丙：《唐韻》兵永切。
6.辰：《唐韻》植鄰切。
7.達：《廣韻》唐割切。
8.旦：《唐韻》得案切。
9.大：《唐韻》徒蓋切。
10.醉：《唐韻》將遂切。
11.篇：《集韻》紕延切。
12.兼：《唐韻》古甜切。
13.把：《唐韻》博下切。
14.不：《韻會》逋沒切。
15.闕：《集韻》丘月切。
16.夕：《唐韻》祥易切。
17.欲：《唐韻》余蜀切。

18.瓊：《廣韻》渠營切。
19.玉：《唐韻》魚欲切。
20.宇：《唐韻》王矩切。
21.勝：《唐韻》識蒸切。
22.轉：《廣韻》陟兗切。
23.閣：《唐韻》古洛切。
24.低：《廣韻》都奚切。
25.綺：《廣韻》墟彼切。
26.圓：《唐韻》王權切。
27.合：《唐韻》侯閣切。
28.陰：《唐韻》於今切。
29.缺：《廣韻》苦穴切。
30.願：《唐韻》魚怨切。
31.嬋：《唐韻》市連切。
32.娟：《廣韻》於緣切。又《彙音寶鑒》求觀切。

【作品簡析】

此詞為蘇軾之千古名作。寫於熙寧九年（**1076**）中秋與朋友歡飲之後，表達對弟弟的殷切思念之情。

蘇軾以對宇宙叩問開篇，追問明月起源於何時？與李白〈把酒問月〉開篇言：「青天有月來幾時？我今停杯一問之。」之情懷完全相同。正因明月起源之時不可追，所以詩人才有「**不知天上宮闕，今夕是何年？**」的疑問。此種情懷乃在宇宙時空下之悲感，一種對時空永恆，生命短暫、渺小的悲嘆。因為深感

---

[159] 娟：正音 Oan¹；俗音 Koan¹。

生命渺小短暫，蘇軾才會「我欲乘風歸去」，想像自己如列子御風般逍遙，乘風飛上天闕，拋開世俗牽絆與煩惱。但天闕雖高，卻是寂寞孤寒，正如李商隱所言：「碧海青天夜夜心。」怎能如在人間一般，有舉杯邀明月，對影成三人之樂。在文字流動中，作者心靈已由人間天上，來回一遭，重新將自己定位在人間。正因為人間有情，才會引出下片詞意，表達對弟弟的思念之情。

「轉朱閣，低綺戶」言月亮緩緩移動，含有時間流轉之意象。「照無眠」所言者，乃蘇軾在月光緩動下輾轉難眠。月亮本是自然之物，沒有愁恨之情，卻往往在故交親友離別時特別圓滿。月的圓滿與人的分離，形成美好與缺憾的強烈對比，說出作者不能和弟弟相聚的憾恨。但蘇軾並不會耽溺於眼前之悲感，提示出「人有悲歡離合，月有陰晴圓缺，此事古難全。」人類同情共感之哲理，將眼光放於更遠處，期待自己和弟弟都能健健康康，將來定有機會相聚。雖然當下相隔千里，卻可藉由月亮打破空間之隔，互傳思念之情。本是無情的月亮，此刻變得有情，連繫分居兩地的兄弟之情，充滿人間有情的美好。

永遇樂

Eng² Gu⁷ Lok⁸

彭 城 夜 宿 燕 子 樓 ， 夢 盼 盼 ， 因 作 此 詞 。

Peng⁵ Seng⁵ Ia⁷ Siok⁴ Ian³ Chu² Liu⁵　　Bong⁷ Phan³→²Phan³　　In¹ Chok⁴ Chhu² Su⁵

明 月 如 霜 ， 好 風 如 水 ， 清 景[160] 無 限 。

Beng⁵ Goat⁸ Ju⁵ Song¹　　Ho² Hong¹ Ju⁵ Sui²　　Chheng¹ Eng⁵ Bu⁵ Han⁷

曲 港 跳[161] 魚 ， 圓[162] 荷[163] 瀉 露 ， 寂 寞 無 人 見 。

Khiok⁴ Kang² Tiau⁵ Gu⁵　　Oan⁵ Ho⁵　　Sia² Lou⁷ Chek⁸ Bok⁸ Bu⁵ Jin⁵ Kian³

統 如 三 鼓 ， 鏗 然 一 葉 ， 黯 黯 夢 雲 驚 斷 。

Tam² Ju⁵ Sam¹ Kou²　　Kheng¹ Jian⁵ It⁴ Iap⁸　　Am² Am² Bong⁷ Un⁵ Keng¹ Toan⁷

夜 茫 茫 ， 重 尋 無 處 ， 覺 來 小 園 行 遍 。

Ia⁷ Bong⁵ Bong⁵　　Tiong⁵ Sim⁵ Bu⁵ Chhu³　　Kau³ Lai⁵ Siau² Oan⁵ Heng⁵ Phian⁵

天 涯 倦 客 ， 山 中 歸 路 ， 望 斷 故 園

Thian¹ Gai⁵ Koan³ Khek⁴　　San¹ Tiong ¹ Kui¹ Lou⁷　　Bong⁷ Toan⁷ Kou³→² Oan⁵

心 眼 。 燕 子 樓 空 ， 佳 人 何 在 ， 空 鎖 樓

Sim¹ Gan²　　Ian³→²Chu² Liu⁵ Khong¹　　Ka¹ Jin⁵ Ho⁵ Chai⁷　　Khong¹ So² Liu⁵

中 燕 。 古 今 如 夢 ， 何 曾 夢 覺 ， 但 有 舊

Tiong¹ Ian³　　Kou² Kim¹ Ju⁵ Bong⁷　　Ho⁵ Cheng⁵ Bong⁷ Kau³　　Tan⁷ Iu² Kiu⁷

---

[160] 景：古之「影」字
[161] 跳：正音 Tiau⁵；俗音 Thiau¹。
[162] 圓：正音 Oan⁵；詩韻 Ian⁵。
[163] 荷：正音 Ho⁵；俗音 O⁵。

歡 新 怨 。 異 時 對 ， 黃 樓 夜 景 ， 為 余 浩

Hoan¹ Sin¹ Oan³　　　I⁷ Si⁵ Tui³　　Hong⁵ Liu⁵ Ia⁷ Eng⁵　　Ui⁷ U⁵ Ho⁷

歎 。

Than³

反切

1. 永：《唐韻》于憬切。
2. 遇：《唐韻》牛具切。
3. 樂：《唐韻》盧各切。
4. 彭：《唐韻》薄庚切。
5. 宿：《廣韻》息六切。
6. 燕：《唐韻》於甸切。
7. 盼：《唐韻》匹莧切。
8. 作：《唐韻》則洛切。
9. 好：《唐韻》呼皓切。
10. 曲：《廣韻》丘玉切。
11. 跳：《廣韻》徒聊切。
12. 魚：《唐韻》語居切。
13. 荷：《唐韻》胡歌切。
14. 寂：《唐韻》前歷切。
15. 寞：《廣韻》慕各切。
16. 瀉：《廣韻》息姐切。《玉篇》傾也。
一曰瀉水也。謝靈運詩：石磴瀉紅泉。

17. 紞：《集韻》都感切。
18. 鼓：《唐韻》工戶切。
19. 鏗：《廣韻》口莖切。
20. 葉：《唐韻》與涉切。
21. 黯：《唐韻》乙減切。
22. 覺：《唐韻》古孝切。《增韻》夢醒
曰覺。《詩·王風》尚寐無覺。
23. 遍：《廣韻》比薦切。
24. 涯：《唐韻》五佳切。
25. 倦：《廣韻》渠卷切。
26. 客：《唐韻》苦格切。
27. 眼：《唐韻》五限切。
28. 鎖：《唐韻》蘇果切。
29. 曾：《唐韻》昨稜切。
30. 怨：《唐韻》於願切。
31. 異：《唐韻》羊吏切。

【作品簡析】

　　元豐元年（1078）蘇軾已由密州改任徐州太守，任職期間適逢黃河決口泛濫，蘇軾與全城百姓共抗洪水，並用由河道挖起之黃泥，建蓋土樓一座，取名為黃樓，以五行中土剋水之意命名。

　　一天蘇軾夜宿彭城燕子樓，夢見唐朝徐州太守張封建的愛妾關盼盼，感於盼盼懷念舊愛而不嫁，居此樓十年，最後絕食明志，而寫此詞。

開篇「明月如霜，好風如水，清景無限。」寫出燕子樓秋涼清幽夜景與寧靜，時間在清景中緩緩移動，引領詩人走進寂靜夜晚。不管是「曲港跳魚」聲響，或是「圓荷瀉露」滴落水中聲音，除表現夜之靜謐外，亦隱藏時間累積之意象。露珠需經長時間凝結體積與重量後，方可由荷葉表面滑落水中；曲港中之跳魚亦需有時間之等待，方可聽見魚入水中之聲。時間就似跳魚與露珠入水所激起之漣漪，一層層往外擴散，一圈圈流逝。「紞如三鼓」明確寫出時已三更，在十分寂靜之夜，才可被「鏗然一葉」之聲響驚醒，由夢境走向實境。不管是「寂寞無人見」，還是「黯黯夢雲驚斷」，皆是憾恨，一是心志無人了解，另一是好夢被驚醒。只能在茫茫夜裡，行遍小園，尋找夢中之境。詞之上片，在追尋一段歷史事件中，隱含寂寞孤獨之感。

下片蘇軾由關盼盼心志無人解，轉為對自己身世之嘆。因此「天涯倦客，山中歸路，望斷故園心眼。」就有對仕途挫折後的厭倦感和對歸鄉的渴望。回顧眼前歷史陳跡，樓在人空，只剩燕子呢喃穿梭樑間。古今如夢，夢醒成空。偏偏人卻愛耽溺於名利、離合、愛恨的人生大夢中，不願覺醒，執著交纏在舊歡新怨的生命中。

蘇軾在燕子樓中憑弔關盼盼，為其一生感嘆。反觀自己呢？也許他日有人來到其所建的黃樓之上，憑弔蘇軾的事跡，也會如他為關盼盼感嘆般，為其一生發出讚嘆！

百步洪其一

Pek[4] Pou[7] Hong[5] Ki[5] It[4]

長洪斗[164]落生跳[165]波，輕舟南下如投[166]梭。
Tiong[5]Hong[5]Tou[2] Lok[8] Seng[1]Tiau[5]　Pho[1]　Kheng[1]Chiu[1] Lam[5] Ha[7] Ju[5] Tou[5]　So[1]

水師[167]絕叫鳧雁起，亂石一線爭磋磨。
Sui[2]　Su[1]　Choat[8]Kiau[3] Hu[5] Gan[7] Khi[2]　　Loan[7] Sek[8]　It[4]　Sian[3] Cheng[1]Chho[1] Bo[5]

有如兔走鷹隼落，駿馬下注千丈坡。
Iu[2]　Ju[5]　Thou[3]Chou[2] Eng[1]　Sun[2] Lok[8]　　Chun[3] Ma[2]　　Ha[3] Chu[3]Chhian[1]Tiong[7]Pho[1]

斷弦離柱箭脫手，飛電過隙珠翻荷。
Toan[7] Hian[5] Li[5]　Chu[7] Chian[3] Toat[8] Siu[2]　　Hui[1] Tian[7] Ko[3] Khek[4] Chu[1] Hoan[1] Ho[5]

四[168]山眩轉風掠耳，但見流沫生千渦。
Si[3]　　San[1] Hian[7] Choan[2]Hong[1]Liok[8] Ji[2]　　Tan[7] Kian[3] Liu[5] Boat[8] Seng[1]Chhian[1]Ko[1]

嶮中得樂雖一快，何意水伯夸秋河。
Hiam[2]Tiong[1]Tek[4] Lok[8] Sui[1]　It[4]　Khoai[3]　　Ho[5]　I[3]　Sui[2] Pek[4] Khoa[1] Chhiu[1] Ho[5]

我生乘化日夜逝，坐覺一念逾新羅。
Ngou[2]Seng[1] Seng[5] Hoa[3]　Jit[8]　Ia[7]　Se[7]　　Cho[7] Kak[4] It[4] Liam[7] U[5]　Sin[1] Lo[5]

紛紛爭奪醉夢裏，豈信荊棘埋銅駝。
Hun[1] Hun[1] Cheng[1] Toat[8] Chui[3] Bong[7] Li[2]　　Khi[2] Sin[3] Keng[1] Kek[4] Bai[5] Tong[5] To[5]

覺來俛仰失千劫，回視此水殊委蛇。
Kak[4]　Lai[5]　Hu[2] Giong[2]　Sit[4]Chhian[1]Kiat[4]　　Hoe[5] Si[7] Chhu[2] Sui[2] Su[5] Ui[1] To[5]

---

[164] 斗：正音 Tou[2]；詩韻 Tiu[2]。
[165] 跳：正音 Tiau[5]；俗音 Thiau[1]。
[166] 投：正音 Tou[5]；詩韻 Tiu[5]。
[167] 師：正音 Si[1]；泉州音 Su[1]。
[168] 四：正音 Si[3]；泉州音 Su[3]。

君看岸邊蒼石上，古來篙眼如蜂窠。

Kun¹ Khan³ Gan⁷ Pian¹ Chhong¹ Sek⁸ Siong⁷　　Kou² Lai⁵ Ko¹ Gan² Ju⁵ Hong¹ Kho¹

但應此心無所住¹⁶⁹，造物雖駃如吾何。

Tan⁷ Eng³ Chhu² Sim¹ Bu⁵ Sou² Chu⁷　　Cho⁷ But⁸ Sui¹ Su³ Ju⁵ Ngou⁵ Ho⁵

回船上馬各歸去，多言譊譊師所呵。

Hoe⁵ Soan⁵ Siong² Ma² Kok⁴ Kui¹ Khu³　　To¹ Gian⁵ Lau¹ Lau¹ Su¹ Sou² Ho¹

反切

1. 百：《唐韻》博陌切。
2. 步：《唐韻》薄故切。
3. 洪：《唐韻》戶公切。
4. 斗：《唐韻》當口切。
5. 落：《唐韻》盧各切。
6. 跳：《廣韻》徒聊切。
7. 波：《唐韻》博禾切。
8. 輕：《廣韻》去盈切。
9. 投：《唐韻》度侯切。
10. 梭：《廣韻》蘇禾切。
11. 師：《唐韻》疏夷切。
12. 絕：《廣韻》情雪切。
13. 叫：《唐韻》吉弔切。
14. 鳧：《唐韻》防無切。
15. 雁：《唐韻》五宴切。
16. 石：《唐韻》常隻切。
17. 綫：《廣韻》私箭切。
18. 磋：《廣韻》七何切。
19. 磨：《廣韻》莫婆切。
20. 兔：《唐韻》湯故切。
21. 走：《廣韻》子苟切。
22. 隼：《唐韻》息允切。
23. 駿：《唐韻》子峻切。
24. 注：《唐韻》之戍切。
25. 坡：《唐韻》滂禾切。
26. 弦：《廣韻》戶田切。
27. 柱：《唐韻》直主切。
28. 箭：《廣韻》子賤切。
29. 脫：《唐韻》徒活切。
30. 手：《唐韻》書九切。
31. 電：《唐韻》唐練切。
32. 隙：《集韻》乞逆切。
33. 四：《唐韻》息利切。
34. 眩：《唐韻》黃絢切。
35. 掠：《唐韻》離灼切。
36. 耳：《唐韻》而止切。
37. 但：《唐韻》徒旱切。
38. 沫：《廣韻》莫撥切。
39. 渦：《廣韻》古禾切。
40. 嶮：《廣韻》虛檢切。
41. 得：《唐韻》多則切。
42. 快：《唐韻》苦夬切。
43. 伯：《唐韻》博陌切。
44. 夸：《廣韻》苦瓜切。
45. 河：《唐韻》乎哥切。
46. 乘：《唐韻》食陵切。
47. 逝：《唐韻》時制切。
48. 逾：《唐韻》羊朱切。

---

¹⁶⁹ 住：正音 Tu⁷；俗音 Chu⁷。

49. 羅：《廣韻》魯何切。
50. 奪：《唐韻》徒活切。
51. 荊：《廣韻》舉卿切。
52. 棘：《唐韻》紀力切。
53. 埋：《唐韻》莫皆切。
54. 銅：《唐韻》徒紅切。
55. 駝：《廣韻》徒何切。
56. 俯：《廣韻》方矩切。
57. 仰：《唐韻》魚兩切。
58. 失：《廣韻》式質切。
59. 劫：《唐韻》居怯切。
60. 殊：《唐韻》市朱切。
61. 委：《集韻》邕危切。
62. 蛇：《韻補》徒河切。
63. 岸：《唐韻》五旰切。
64. 邊：《集韻》卑眠切。
65. 古：《唐韻》公戶切。
66. 篙：《廣韻》古勞切。
67. 蜂：《唐韻》敷容切。
68. 窠：《唐韻》苦禾切。
69. 住：《集韻》廚遇切。
70. 造：《廣韻》昨早切。
71. 駛：《廣韻》疎事切。
72. 船：《唐韻》食川切。
73. 各：《唐韻》古洛切。
74. 譊：《唐韻》女交切。
75. 呵：《廣韻》虎何切。
76. 上：《廣韻》時亮切。在上之上，下之對也。又《唐韻》時掌切。登也，升也，自下而上也。
77. 下：《廣韻》胡雅切。在下之下，上之對也。又《集韻》亥駕切。《正韻》降也，自上而下也。

【作品簡析】

　　此詩寫於元豐元年（1078），蘇軾任徐州知府時。此年九月詩友王定國訪蘇軾，與顏回四十八世孫顏復攜營妓放舟百步洪，蘇軾因事未能同往。同年十月，杭州僧參寥子亦訪蘇軾，蘇軾與其放舟百步洪下，並作二詩分贈王定國與參寥子。此第一首，為送參寥子之作。

　　詩之前半主寫舟行水上驚險之勢。前四句狀百步洪地形陡峭，水流湍急，舟行水上，勢若投梭，難以駕控。水手不得不借吼叫聲，以舒解緊張，叫聲驚得鳧雁亂飛。輕舟磋磨亂石，僅在一線之距。此四句將百步洪之險，和水手操舟技術之高超與純熟，描繪得聲色俱佳。

　　次四句以狡兔疾走，鷹隼猛落，駿馬下奔險坡；舟如斷弦離柱，似飛箭脫手，如飛電過隙，若荷上水珠亂跳，形容百步洪水勢快急，同時表現舟行之快。接著，以四山眩轉、風掠耳際，沫生千渦，言乘舟之感，畫面充滿動感。以上為全詩的上半部，以鋪敘手法，狀寫放舟之情形。

　　詩之下半部，進入議論。「嶮中得樂雖一快，何異水伯夸秋河。我生乘化日夜逝，坐覺一念逾新羅。紛紛爭奪醉夢裡，豈信荊棘埋銅駝。」連用三個典故。第一個用《莊子·秋水》：「秋水時至，百川灌河，涇流之大，兩涘渚崖之間，

不辨牛馬。於是焉，河伯欣然自喜，以天下之美為盡在己。」說明放舟險水中，所見所聽所感，充滿樂趣。但此種樂趣，事實上不值一提，就像河伯以為天下之美盡在於己一樣，比起大海，簡直是小巫見大巫。第二典故出自佛書《景德傳燈錄》：「有僧問：如何是覿面事？師曰：『新羅國去也。』」此一典故謂人之意念，在動念之間便可超越萬里之遙，言意念轉動之快速。相形之下，前面強調百步洪水勢之快，也不算什麼。第三個典故用《晉書‧索靖傳》：「（靖）知天下將亂，指洛陽宮門銅駝，歎曰：『會見汝在荊棘中耳。』」乃言人生如在醉夢之中，世事紛紛擾擾，人急於求名、利，爭奪不休，全不知世事變化之迅疾，轉眼間一切如埋於荊棘中之銅駝，榮耀已失。這六詩句在說生命如流水般快速逝去，而人之感覺、念頭雖可以奔得很遠很廣，相對於時間來說，都是短暫的。夢裡來、夢裡去，最後還是歸於幻滅。詩人由此種省思中覺醒，感覺就像佛語所言之「千劫」，歷經過一段很長時間，然而回頭看看百步洪之水，依然盤曲自適奔流著。看看岸邊蒼石上，密如蜂窠之篙眼，正證明前面所思之理。曾經在百步洪上放舟、撐舟者，已不復在。因此心若不為世俗所牽絆，思想便能曠達，時間運行再快，亦無礙於心，無絆於身。從「嶮中得樂雖一快」到「造物雖駛如吾何」共十二句，可窺見蘇軾之思想，除有儒家外，尚吸收道家與釋家之哲思，進而融合三家思想後呈現出之生命情態。

最後二句「回船上馬各歸去，多言譊譊師所呵。」總結前文，嘎然而止，言眾人此刻亦該離船上馬歸去，人生無需再多說多辯，參寥禪師聽到可會呵責於人。雖有與參寥子開玩笑之味，但實際上禪宗主張不立文字，蘇軾花如此多文句，講述道理，本已違反禪宗之精神，何況此乃贈參寥子之詩。二句正回應佛曰：「不可說。」的生活趣味。

舟中夜起

Chiu¹ Tiong¹　Ia⁷　Khi²

微風蕭蕭吹菰蒲[170]，開門看雨月滿湖[171]。

Bi⁵ Hong¹ Siau¹ Siau¹ Chhui¹ Kou¹　Pu⁵　　Khai¹ Bun⁵ Khan³ U² Goat⁸ Boan² Hu⁵

舟人水鳥兩同夢，大魚驚竄如奔狐[172]。

Chiu¹ Jin⁵ Sui² Niau² Liong² Tong⁵ Bong⁷　　Tai⁷ Gu⁵ Keng¹ Chhoan³ Ju⁵ Pun¹ Hu⁵

夜深人物不相管，我獨形影相嬉娛。

Ia⁷ Sim¹ Jin⁵ But⁸ Put⁴ Siong¹ Koan²　　Ngou² Tok⁸ Heng⁵ Eng² Siong¹ Hi¹ Gu⁵

暗潮生渚弔寒蚓，落月挂柳看懸蛛。

Am³ Tiau⁵ Seng¹ Chu² Tiau³ Han⁵ In²　　Lok⁸ Goat⁸ Koa³ Liu² Khan³ Hian⁵ Tu¹

此生忽忽憂患裏，清境過眼能須臾。

Chhu² Seng¹ Hut⁴ Hut⁴ Iu¹ Hoan⁷ Li²　　Chheng¹ Keng² Ko³ Gan² Leng⁵ Su¹ U⁵

雞鳴鐘動百鳥散，船頭擊鼓還相呼。

Ke¹ Beng⁵ Chiong¹ Tong⁷ Pek⁴ Niau² San³　　Soan⁵ Thiu⁵ Kek⁴ Kou² Hoan⁵ Siong¹ Hu¹

反切

1. 微：《唐韻》無非切。
2. 菰：《唐韻》古胡切。
3. 蒲：《唐韻》薄胡切。
4. 竄：《唐韻》七亂切。

5. 奔：《唐韻》博昆切。
6. 湖：《唐韻》戶吳切。
7. 魚：《唐韻》語居切。
8. 狐：《唐韻》戶吳切。

---

[170] 蒲：正音 Pou⁵；詩韻 Pu⁵。
[171] 湖：正音 Hou⁵；詩韻 Hu⁵。
[172] 狐：正音 Hou⁵；詩韻 Hu⁵。

9. 深：《唐韻》式針切。
10. 物：《唐韻》文弗切。
11. 獨：《唐韻》徒谷切。
12. 嬉：《廣韻》許其切。
13. 娛：《廣韻》元俱切。
14. 暗：《唐韻》烏紺切。
15. 渚：《唐韻》章與切。
16. 弔：《唐韻》多嘯切。
17. 蚓：《唐韻》余忍切。
18. 落：《唐韻》盧各切。
19. 挂：《唐韻》古賣切。

20. 懸：《廣韻》胡涓切。
21. 蛛：《唐韻》陟輸切。
22. 忽：《唐韻》呼骨切。
23. 患：《唐韻》胡慣切。
24. 境：《唐韻》居影切。
25. 須：《廣韻》錫俞切。
26. 臾：《廣韻》羊朱切。
27. 百：《唐韻》博陌切。
28. 散：《廣韻》蘇旰切。
29. 擊：《唐韻》古歷切。
30. 呼：《集韻》荒胡切。

【作品簡析】

此詩為宋神宗元豐二年（1079）蘇軾赴湖州知州任途中所作。

夜裡，蘇軾在舟中將微風吹拂水草之聲，誤為雨聲。本欲推門欣賞雨景，卻見月光灑滿湖面，方知是風聲。「舟中夜起」之詩意於此點明。

「舟人水鳥兩同夢，大魚驚竄如奔狐。」以動靜對比，凸顯夜之靜。在人與水鳥均入夢鄉之時，大魚驚竄激起水聲，如野狐奔竄草中。此人、物互不相干，夜深人靜之刻，詩人獨與影子相戲，反映蘇軾自仕宦以來，抱負難張之孤寂。「暗潮生渚弔寒蚓，落月挂柳看懸蛛。」將夜帶進幾分詭冷氛圍中。洲渚邊之潮水暗暗漲高，聲音幽幽咽咽，似寒蚓之叫聲；落月挂在柳樹枝頭中，彷如懸絲的蜘蛛。詩境呈現安靜、孤寂與冷清之味。

蘇軾之苦悶來自仕宦生活的不得意，自踏入宦海，日日在憂患中度過，因此常會由大自然之景中尋求慰藉。但眼前美麗夜景，卻轉眼即逝。夜走了，天亮了，在雞鳴與晨鐘聲中，百鳥皆已飛散。在船鼓聲咚咚中，再航向下一旅程。

余 以 事 繫 御 史 [173] 臺 獄 ， 獄 吏 稍 見
U[5] I[2] Su[7] Ke[3] Gu[7] Su[2] Tai[5] Giok[8] Giok[8] Li[7] Sau[1] Kian[3]

侵 ， 自 度 不 能 堪 ， 死 [174] 獄 中 ， 不
Chhim[1] Chu[7] Tok[8] Put[4] Leng[5] Kham[1] Su[2] Giok[8] Tiong[1] Put[4]

得 一 別 子 由 ， 故 作 二 詩 授 獄 卒 梁
Tek[4] It[4] Piat[8] Chu[2] Iu[5] Kou[3] Chok[4] Ji[7] Si[1] Siu[7] Giok[8] Chut[8] Liong[5]

成 以 遺 子 由 。
Seng[5] I[2] Ui[7] Chu[2] Iu[5]

聖 主 如 天 萬 物 春 [175] ， 小 臣 愚 暗 自 亡 身 。
Seng[3] Chu[2] Ju[5] Thian[1] Ban[7] But[8] Chhin[1] Siau[2] Sin[5] Gu[5] Am[3] Chu[7] Bong[5] Sin[1]

百 年 未 滿 先 償 債 ， 十 口 無 歸 更 累 人 。
Pek[4] Lian[5] Bi[7] Boan[2] Sian[1] Siong[5] Chai[3] Sip[8] Khou[2] Bu[5] Kui[1] Keng[1] Lui[7] Jin[5]

是 處 青 山 可 藏 骨 ， 它 年 夜 雨 獨 傷 神 。
Si[7] Chhu[3] Chheng[1] San[1] Kho[2] Chong[5] Kut[4] Tho[1] Lian[5] Ia[7] U[2] Tok[8] Siong[1] Sin[5]

與 君 世 世 為 兄 弟 ， 又 結 來 生 未 了 因 。
U[2] Kun[1] Se[3] Se[3] Ui[5] Heng[1] Te[7] Iu[7] Kiat[4] Lai[5] Seng[1] Bi[7] Liau[2] In[1]

柏 臺 霜 氣 夜 淒 淒 ， 風 動 琅 璫 月 向 低 。
Pek[4] Tai[5] Song[1] Khi[3] Ia[7] Chhe[1] Chhe[1] Hong[1] Tong[7] Long[5] Tong[1] Goat[8] Hiong[3] Te[1]

---

[173] 史：正音 **Si[2]**；泉州音 **Su[2]**。
[174] 死：正音 **Si[2]**；泉州音 **Su[2]**。
[175] 春：正音 Chhun[1]；詩韻 Chhin[1]。

夢繞雲山心似¹⁷⁶鹿，魂驚湯火命如雞。
Bong⁷ Jiau² Un⁵ San¹ Sim¹ Su⁷　　Lok⁸　　Hun⁵ Keng¹Thong¹Ho² Beng⁷　Ju⁵ Ke¹

眼中犀角真吾子，身後牛衣愧老¹⁷⁷妻。
Gan² Tiong¹ Se¹ Kak⁴ Chin¹ Ngou⁵ Chu²　　Sin¹　Hou⁷ Giu⁵　I¹　　Kui³　Lo²　Chhe¹

百歲神游定何處，桐鄉知葬浙江西。
Pek⁴　Soe³　Sin⁵　Iu⁵　Teng⁷　Ho⁵ Chhu³　　Tong⁵ Hiong¹ Ti¹　Chong³ Chiat⁴ Kang¹ Se¹

反切

1. 余：《唐韻》以諸切。
2. 事：《集韻》仕吏切。
3. 繫：《廣韻》古詣切。約束也，留滯也。
4. 御：《唐韻》牛據切。
5. 史：《正韻》師止切。
6. 獄：《唐韻》魚欲切。
7. 吏：《唐韻》力置切。
8. 稍：《唐韻》所教切。
9. 侵：《唐韻》七林切。
10. 自：《唐韻》疾二切。
11. 度：《廣韻》徒落切。
12. 堪：《唐韻》口含切。
13. 死：《廣韻》息姊切。
14. 別：《廣韻》皮列切。
15. 子：《唐韻》即里切。
16. 故：《廣韻》古暮切。
17. 二：《唐韻》而至切。
18. 授：《唐韻》殖酉切。
19. 卒：《唐韻》藏沒切。
20. 遺：《廣韻》以醉切。
21. 聖：《唐韻》式正切。
22. 主：《唐韻》之庾切。
23. 春：《廣韻》昌脣切。
24. 小：《唐韻》私兆切。
25. 愚：《唐韻》麌俱切。
26. 暗：《唐韻》烏紺切。
27. 亡：《唐韻》武方切。
28. 未：《唐韻》無沸切。
29. 滿：《唐韻》莫旱切。
30. 償：《廣韻》市羊切。
31. 債：《唐韻》側賣切。
32. 口：《唐韻》苦后切。
33. 更：《廣韻》古孟切。
34. 累：《廣韻》力委切。
35. 它：《唐韻》託何切。
36. 獨：《唐韻》徒谷切。
37. 與：《集韻》演女切。
38. 世：《廣韻》舒制切。
39. 兄：《唐韻》許榮切。
40. 弟：《廣韻》徒禮切。
41. 結：《廣韻》古屑切。
42. 了：《廣韻》盧鳥切。
43. 柏：《唐韻》博陌切。
44. 淒：《唐韻》七稽切。
45. 動：《韻會》徒弄切。

---

¹⁷⁶ 似：正音 Si⁶，今讀成 Si⁷ 或 Su⁷。
¹⁷⁷ 老：正音 Lo²；俗音 Nou²。

46. 琅：《唐韻》魯當切。
47. 璫：《唐韻》都郎切。
48. 向：《唐韻》許亮切。
49. 低：《廣韻》都奚切。
50. 繞：《廣韻》而沼切。
51. 心：《唐韻》息林切。
52. 似：《唐韻》詳里切。
53. 鹿：《唐韻》盧各切。
54. 湯：《唐韻》土郎切。
55. 火：《唐韻》呼果切。
56. 命：《唐韻》眉病切。
57. 雞：《唐韻》古兮切。
58. 犀：《唐韻》先稽切。
59. 角：《唐韻》古岳切。
60. 吾：《唐韻》五乎切。
61. 後：《唐韻》呼口切。

62. 牛：《唐韻》語求切。
63. 衣：《唐韻》於希切。
64. 愧：《廣韻》俱位切。
65. 老：《廣韻》盧皓切。
66. 妻：《唐韻》七稽切。
67. 歲：《唐韻》相銳切。
68. 游：《唐韻》以周切。
69. 定：《唐韻》徒徑切。
70. 處：《廣韻》昌據切。
71. 鄉：《廣韻》許良切。
72. 知：《唐韻》陟离切。
73. 葬：《唐韻》則浪切。
74. 浙：《唐韻》旨熱切。
75. 江：《唐韻》古雙切。
76. 西：《唐韻》先稽切。

【作品簡析】

　　元豐二年（1097）蘇軾至湖州上任不久，即因烏臺詩案被捕入獄，受到獄卒凌辱，唯有獄卒梁成對其頗好。獄中自覺恐難免於難，特寫此二詩請獄卒梁成轉交愛弟子由。

　　第一首詩蘇軾充滿憾恨，不但感嘆自己生年未滿百，更將為自己口直心快與魯莽行為付出代價，死後須將十餘口家人交由弟弟照顧，更不捨之事，乃自己死不足惜，死後隨處埋葬即可，但獨留弟弟一人，孤單對雨傷神，無法實現二人相約早退的盟約。「與君世世為兄弟，又結來生未了因。」二句寫盡兄弟人間至情。蘇軾對子由之情深，躍然紙上。

　　第二首描寫身繫臺獄，陰森蕭然，枷鍊縛身，聲響驚心。心如迷途之鹿，命如待宰之雞，驚恐充塞內心。唯可安慰乃兒子時時至獄中探望，卻又感愧對家中妻小。聽聞湖州、杭州等地百姓，為求解其厄運而興道場，作齋戒，深感百姓之情難報，希望死後葬於湖杭一帶，以報答父老之情。

　　二首詩除了充滿懊恨與心驚膽跳之感外，尚有感人的手足之情，父子之情與百姓父老的恩情，文淺情深，讀之令人感動。

梅[178]花二首

Boe[5]　　Hoa[1]　Ji[7]　Siu[2]

春來幽谷水潺潺，的皪梅花草棘間。

Chhun[1]Lai[5]　Iu[1]　Kok[4]　Sui[2] Chhan[1]Chhan[1]　　Tek[4] Lek[8] Boe[5]　Hoa[1] Chho[2]　Kek[4] Kan[1]

一夜東風吹石裂，半隨飛雪渡關山。

It[4]　　Ia[7]　Tong[1]Hong[1] Chhui[1] Sek[8]　Liat[8]　　Poan[3] Sui[5]　Hui[1]　Soat[4] Tou[7] Koan[1] San[1]

何人把酒慰深幽，開自無聊落更愁。

Ho[5]　Jin[5]　Pa[2]　Chiu[2] Ui[3]　Sim[1]　Iu[1]　　Khai[1]　Chu[7] Bu[5] Liau[5]　Lok[8] Keng[3] Chhiu[5]

幸有清溪三百曲，不辭相送到黃州。

Heng[7]　Iu[2]Chheng[1]Khe[1]　Sam[1] Pek[4] Khiok[4]　　Put[4]　Si[5]　Siong[1]Song[3]　To[3]　Hong[5] Chiu[1]

反切

1. 梅：《唐韻》莫杯切。
2. 花：《唐韻》呼瓜切。
3. 谷：《唐韻》古祿切。
4. 潺：《集韻》鋤山切。
5. 的：《唐韻》丁歷切。
6. 皪：《廣韻》郎擊切。
7. 草：《唐韻》采老切。
8. 棘：《唐韻》紀力切。
9. 裂：《唐韻》力蘗切。

10. 半：《唐韻》博漫切。
11. 渡：《唐韻》徒故切。
12. 把：《唐韻》博下切。
13. 慰：《唐韻》於胃切。
14. 幸：《唐韻》胡耿切。
15. 溪：《廣韻》苦奚切。
16. 辭：《唐韻》似茲切。
17. 到：《唐韻》都導切。

【作品簡析】

---

[178] 梅：正音 Boe[5]；俗音 Moai[5] 或 Mui[5]。

　　蘇軾因烏臺詩案被捕，在獄中度過一百多個日子。經張方平等老臣營救，貶黃州團練副使安置。出獄後，於元豐三年（1080）正月初一，出發前往貶地黃州。此二詩乃其前往黃州路過春風嶺時所作。

　　第一首言梅花開在幽谷春水旁的草棘間，一夜東風之後，花一半吹落水面，一半隨風遠去。惜花飄零傷感之情，油然而生。

　　第二首透露寂寞不樂之心。蘇軾以酒與梅對飲，以慰梅花自開自落於幽谷中無人欣賞之幽情。梅花為人冷落，正如詩人遭受冷淡待遇一樣。蘇軾不僅寫梅花的命運，也藉梅花表達高節之志。春風嶺上梅花的寂寞，正與孤獨的蘇軾一樣，默默前往黃州。所幸尚有青溪流水，一路相伴。「幸」字表達蘇軾雖處於生命低潮中，仍不失豁然曠達的生活態度，於自然之景中，尋求自我慰藉的方法。

初到黃州

Chhou[1] To[3] Hong[5] Chiu[1]

自笑平生為口忙，老來事業轉荒唐。

Chu[7] Siau[3] Peng[5] Seng[1] Ui[7] Khiou[2] Bong[5]　Nou[2] Lai[5] Su[7] Giap[8] Choan[2→1] Hong[1] Tong[5]

長江繞郭知魚美，好竹連山覺筍香。

Tiong[5] Kang[1] Jiau[2→1] Kok[4] Ti[1]　Gu[5] Bi[2]　Ho[2] Tiok[4] Lian[5] San[1] Kak[4] Sun[2] Hiong[1]

逐客不妨員外置，詩人例作水曹郎。

Tiok[8] Khek[4] Put[4] Hong[1] Oan[5] Goe[7] Ti[3]　Si[1] Jin[5] Le[7] Chok[4] Sui[2] Cho[5] Long[5]

只慚無補絲毫事，尚費官家壓酒囊。

Chi[2] Cham[5] Bu[5] Pou[5] Si[1] Ho[5] Su[7]　Siong[7] Hui[3] Koan[1] Ka[1] Ap[4] Chiu[2] Long[5]

反切

1.初：《唐韻》楚居切。
2.到：《唐韻》都導切。
3.黃：《唐韻》乎光切。
4.州：《唐韻》職流切。
5.笑：《廣韻》私妙切。
6.口：《唐韻》苦后切。
7.業：《唐韻》魚怯切。
8.郭：《唐韻》古博切。
9.竹：《廣韻》張六切。
10.覺：《唐韻》古岳切。
11.筍：《正韻》聳允切。
12.逐：《唐韻》直六切。
13.妨：《廣韻》敷方切。
14.員：《唐韻》王權切。
15.外：《廣韻》五會切。
16.置：《廣韻》陟吏切。
17.例：《唐韻》力制切。
18.作：《唐韻》則洛切。
19.曹：《唐韻》昨牢切。
20.只：《唐韻》諸氏切。
21.慚：《廣韻》昨甘切。
22.補：《唐韻》博古切。
23.絲：《廣韻》息茲切。
24.毫：《廣韻》胡刀切。
25.尚：《唐韻》時亮切。
26.費：《廣韻》芳未切。
27.壓：《廣韻》烏甲切。

【作品簡析】

　　蘇軾流貶黃州，官職責授檢校水部員外郎、黃州團練副使，不得簽書公事，本州安置。實為無權之低等官職，且行動受限，宛若軟禁。此詩是蘇軾初到黃州寓居於定惠院時之作。

　　「自笑平生為口忙，老來事業轉荒唐。」看似自我解嘲詩句，實含對人生際遇之悲感。蘇軾感嘆自己勞碌一生但求口飯吃而已，沒想到竟是荒唐一場！這何嘗不是在說自己因口不遮言，而引起大禍，落得遠貶黃州之下場。蘇軾貶謫黃州時年四十五歲，對當時人言已屆老年之歲。此際於鬼門關前走一遭，雖逃離生死之門，但回首過去一切，想來可笑。二詩句是自嘲，也是自省。

　　蘇軾為人最佳之處，乃處絕望之境時，會為自己尋求解懷之道。因此黃州雖是荒涼落後之地，但蘇軾見所居之處，前有長江，後有竹山，便聯想此地至少有魚味之美，山筍之香。何況歷史上處境與其相似者大有其人，梁代何遜與唐代張籍二位著名詩人均任過水部官職，想想至此，心中亦感寬慰。

　　詩末則以無法再有所作為為憾，自嘲自己乃在浪費朝廷俸祿，對境遇實有無力之感。

定惠院¹⁷⁹寓居月夜偶出

Teng⁷　Hui⁷　Oan⁷　　Gu⁷　Ku¹　Goat⁸　Ia⁷　Gou²　Chhut⁴

幽 人 無 事 不 出 門， 偶 逐 東 風 轉 良 夜 。
Iu¹　Jin⁵　Bu⁵　Su⁷　Put⁴ Chhut⁴ Bun⁵　　Gou² Tiok⁸ Tong¹ Hong¹ Choan² Liong⁵ Ia⁷

參 差 玉 宇 飛 木 末， 繚 繞 香 煙 來 月 下 。
Chhim¹ Chhi¹ Giok⁸ U²　Hui¹ Bok⁸ Boat⁸　　Liau⁵ Jiau² Hiong¹ Ian¹ Lai⁵ Goat⁸ Ha⁷

江 雲 有 態 清 自 媚， 竹 露 無 聲 浩 如 瀉 。
Kang¹ Un⁵　Iu²　Thai³ Chheng¹ Chu⁷ Bi⁷　　Tiok⁴ Lou⁵ Bu⁵ Seng¹ Ho⁷ Ju⁵ Sia³

已 驚 弱 柳 萬 絲 垂， 尚 有 殘 梅 一 枝 亞 。
I²　Keng¹ Jiok⁸ Liu² Ban⁷ Si¹ Sui⁵　　Siong⁷ Iu² Chan⁵ Boe⁵ It⁴ Chi¹ A³

清 詩 獨 吟 還 自 和， 白 酒 已 盡 誰 能 借 ？
Chheng¹ Si¹ Tok⁸ Gim⁵ Hoan⁵ Chu⁷ Ho⁷　　Pek⁸ Chiu² I² Chin⁷ Sui⁵ Leng⁵ Chia³

不 辭 青 春 忽 忽 過， 但 恐 歡 意 年 年 謝 。
Put⁴ Si⁵ Chheng¹ Chhun¹ Hut⁴ Hut⁴ Ko¹　　Tan⁷ Khiong² Hoan¹ I³ Lian⁵ Lian⁵ Sia⁷

自 知 醉 耳 愛 松 風， 會 揀 霜 林 結 茅 舍 。
Chu⁷ Ti¹ Chui³ Ji² Ai³ Siong⁵ Hong¹　　Hoe⁷ Kan² Song¹ Lim⁵ Kiat⁴ Bau⁵ Sia³

浮 浮 大 瓶 長 炊 玉， 溜 溜 小 槽 如 壓 蔗 。
Hiu⁵ Hiu⁵ Tai⁷ Cheng³ Tiong⁵ Chhui¹ Giok⁸　　Liu⁷ Liu⁷ Siau² Cho⁵ Ju⁵ Ap⁴ Chia³

飲 中 真 味 老 更 濃， 醉 裏 狂 言 醒 可 怕 。
Im² Tiong¹ Chin¹ Bi⁷ Nou² Keng¹ Long⁵　　Chui³ Li² Kong⁵ Gian⁵ Seng¹ Kho² Pha³

閉 門 謝 客 對 妻 子， 倒 冠 落 佩 從 嘲 罵 。
Pe³ Bun⁵ Sia⁷ Khek⁴ Tui³ Chhe¹ Chu²　　To³ Koan¹ Lok⁸ Poe⁷ Chiong⁵ Tau¹ Ma⁷

---

¹⁷⁹ 院：正音 Oan⁷；詩韻 Ian⁷。

反切

1.定：《唐韻》徒徑切。
2.惠：《唐韻》胡桂切。
3.院：《唐韻》王眷切。
4.寓：《唐韻》牛具切。
5.居：《廣韻》九魚切。
6.月：《唐韻》魚厥切。
7.夜：《唐韻》羊謝切。
8.偶：《唐韻》五口切。
9.出：《唐韻》赤律切。
10.參：《唐韻》楚簪切。
11.差：《廣韻》楚宜切。
12.末：《唐韻》莫撥切。
13.態：《唐韻》他代切。
14.媚：《廣韻》明祕切。
15.瀉：《廣韻》司夜切。
16.弱：《唐韻》而灼切。
17.垂：《唐韻》是為切。
18.殘：《廣韻》昨干切。
19.枝：《唐韻》章移切。
20.亞：《唐韻》衣駕切。
21.和：《廣韻》胡臥切。
22.借：《廣韻》子夜切。
23.過：《廣韻》古禾切。

24.恐：《唐韻》丘隴切。
25.松：《唐韻》詳容切。
26.揀：《唐韻》古限切。
27.結：《廣韻》古屑切。
28.茅：《唐韻》莫交切。
29.舍：《廣韻》始夜切。
30.浮：《集韻》房尤切。
31.甄：《唐韻》子孕切。
32.炊：《唐韻》昌垂切。
33.溜：《唐韻》力救切。
34.槽：《唐韻》昨勞切。
35.蔗：《唐韻》之夜切。
36.味：《唐韻》無沸切。
37.狂：《廣韻》巨王切。
38.醒：《唐韻》桑經切。
39.怕：《廣韻》普駕切。
40.閉：《唐韻》博計切。
41.冠：《唐韻》古丸切。
42.佩：《廣韻》蒲昧切。
43.嘲：《唐韻》陟交切。
44.罵：《廣韻》莫駕切。
45.倒：《集韻》刀號切。

【作品簡析】

　　蘇軾謫貶黃州初期，於定惠院過著足不出戶的生活，偶爾方於夜晚走出屋外，至院寺外走走。此詩為月夜偶出，見周邊清景所感之作。

　　幽人乃指被幽禁之人，不被關注之人，此當指詩人自己。蘇軾在偶然機會，夜裡追逐春風來到寺院之外。見寺院建築高聳，月下香煙繚繞飄動，江上雲朵自有清新姿態，聽見竹露於靜夜中滴落之聲，夜色顯得清幽無限。不過在清幽夜景中，卻隱含蘇軾的感嘆。「江雲有態清自媚」雖寫江上白雲的姿態，亦反映

出蘇軾自我高潔，不與小人同流合污之志節，呼應下面「清詩獨吟還自和，白酒已盡誰能借？」詩句之孤獨感。「竹露無聲浩如瀉」雖寫夜之寂靜，又含對時間流動之驚恐感。靜夜裡感覺竹露慢慢凝聚，而後滴落的聲響令人驚心。蘇軾自然產生「已驚弱柳萬絲垂，尚有殘梅一枝亞。」欲留春住春不住之憾恨，呼應下面詩句「不辭青春忽忽過，但恐歡意年年謝。」的嘆時之情。

生命處於低落之時，最好的撫慰方式，便是由大自然中尋找。「自知醉耳愛松風」，蘇軾選擇醉後走入松林聽風之聲，借此安撫自己，學習「會揀霜林結茅舍」，隨遇而安的心境，將精神放於日常生活趣味上。不妨將水缸儲滿水，好好做頓飯，閒來釀釀酒過生活。雖有苦中作樂之味，卻是蘇軾對處境的圓融生活態度。謹記勿再狂言，以免惹禍上身，「閉門謝客對妻子」方是萬全的自保之道，何必在乎旁人的冷嘲熱諷與謾罵。

卜算子

Pok[4] Soan[3→2] Chu[2]

黃州定惠院寓居作

Hong[5]Chiu[1] Teng[7] Hui[7] Ian[7] Gu[7] Ku[1] Chok[4]

缺月掛疏[180]桐，漏斷人初靜。誰見幽人

Khoat[4]Goat[8] Koa[3] Sou[1] Tong[5] Lou[7] Toan[7] Jin[5] Chhou[1]Cheng[2] Sui[5] Kian[3] Iu[1] Jin[5]

獨往來，飄渺孤鴻影。　　驚起卻回

Tok[8] Ong[2] Lai[5] Phiau[1] Biau[2] Kou[1] Hong[5] Eng[2] Keng[1] Khi[2] Khiok[4] Hoe[5]

頭[181]，有恨無人省。揀盡寒枝不肯棲，

Thiu[5] Iu[2] Hun[7] Bu[5] Jin[5] Seng[2] Kan[2→1]Chin[7] Han[5] Chi[1] Put[4] Kheng[2→1]Chhe[1]

寂寞沙洲冷。

Chek[8] Bok[8] Sa[1] Chiu[1] Leng[2]

反切

1.卜：《廣韻》博木切。
2.算：《廣韻》蘇管切。
3.子：《唐韻》即里切。
4.缺：《廣韻》苦穴切。
5.疏：《集韻》山於切。
6.靜：《唐韻》疾郢切。
7.誰：《五音集韻》是為切。
8.幽：《唐韻》於虯切。
9.獨：《唐韻》徒谷切。

10.渺：《廣韻》亡沼切。
11.卻：《唐韻》去約切。
12.省：《唐韻》息并切。
13.揀：《唐韻》古限切。
14.肯：《正韻》苦等切。
15.寂：《唐韻》前歷切。
16.寞：《廣韻》慕各切。
17.沙：《唐韻》所加切。
18.冷：《韻會》魯杏切。

---

[180] 疏：正音 Su[1]；俗音 Sou[1]。
[181] 頭：正音 Tou[5]；詩韻 Tiu[5]；俗音 Thiou[5] 或 Thiu[5] 或 Thou[5]。

【作品簡析】

　　此乃蘇軾名詞之一，寫初貶黃州，對詩案餘悸猶存之感。

　　上片以「缺月」、「疏桐」、「漏斷」表現生命不圓滿之感。此刻夜裡，蘇軾步出庭院，獨自月下徘徊，似天穹飛過之孤鴻，孤寂滿懷。

　　下片將人與鴻同寫。「**驚起卻回頭，有恨無人省。**」是孤鴻為人所驚，亦是人為鴻鳥所驚。飛鴻睜著驚恐之眼，環顧四周，深怕獵人靠近。此時的蘇軾，在詩案之後，驚恐未定，正如驚鴻，深怕暗處有人監聽。在孤寂暗夜裡，萬般憾恨襲上心頭，無人知曉。

　　蘇軾已不願再回到無情的廟堂之上，寧願屈居於偏遠的黃州，就像飛鴻不願棲息於寒冷之枝頭，寧願忍受寂寞，曲縮於冷冷的沙洲之上。

　　全詞透露蘇軾在詩案之後，初到黃州寓居定惠院中，驚魂未定與流貶黃州的孤寂感。

寓 居 定 惠 院 之 東 ， 雜 花 滿 山 ， 有
Gu⁷　Ku¹　Teng⁷　Hui⁷　Ian⁷　Chi¹　Tong¹　　Chap⁸　Hoa¹　Boan²ˉ¹　San¹　　　Iu²

海 棠 一 株 ， 土 人 不 知 貴 也 。
Hai²　Tong⁵　It⁴　Tu¹　　Thou²　Jin⁵　Put⁴　Ti¹　Kui³　Ia²

江 城 地 瘴 蕃 草 木 ， 只 有 名 花 苦 幽 獨 。
Kang¹Seng⁵　Te⁷Chiong³Hoan⁵Chho²Bok⁸　　Chi²　Iu²　Beng⁵Hoa¹Khou²ˉ¹Iu¹　Tok⁸

嫣 然 一 笑 ¹⁸² 竹 籬 間 ， 桃 ¹⁸³ 李 漫 山 總 麤 俗 。
Ian¹　Jian⁵　It⁴　Siau³　Tiok⁴　Li⁵　Kan¹　　Tho⁵　Li²　Ban⁵San¹Chong²Chhou¹Siok⁸

也 知 造 物 有 深 意 ， 故 遣 佳 人 在 空 谷 。
Ia²ˉ¹　Ti¹　Cho⁷　But⁸　Iu²ˉ¹　Sim¹　I³　　Kou³Khian²ˉ¹Ka¹　Jin⁵　Chai⁷Khong¹Kok⁴

自 然 富 貴 出 天 姿 ¹⁸⁴ ， 不 待 金 盤 薦 華 屋 。
Chu⁷　Jian⁵　Hu³　Kui³Chhut⁴Thian¹Chu¹　　Put⁴　Tai⁷　Kim¹Phoan⁵Chian³Hoa⁵　Ok⁴

朱 唇 得 酒 暈 生 臉 ， 翠 袖 卷 紗 紅 映 肉 。
Chu¹　Sun⁵　Tek⁴　Chiu²　Un⁷Seng¹Liam²　　Chhui³Siu⁷Koan²　Sa¹　Hong⁵Eng³　Jiok⁸

林 深 霧 暗 曉 光 遲 ， 日 暖 風 輕 春 睡 足 。
Lim⁵　Sim¹　Bu⁷　Am³　Hiau²Kong¹Ti⁵　　Jit⁸　Loan²Hong¹Kheng¹Chhun¹Sui⁷Chiok⁴

雨 中 有 淚 亦 悽 愴 ， 月 下 無 人 更 清 淑 。
U²　Tiong¹　Iu²　Lui⁷　Ek⁸　Chhe¹Chhong³　Goat⁸Ha⁷　Bu⁵　Jin⁵　Keng³Chheng¹Siok⁸

先 生 食 ¹⁸⁵ 飽 無 一 事 ， 散 步 逍 遙 自 捫 腹 。
Sian¹Seng¹Sit⁸　Pau²　Bu⁵　It⁴　Su⁷　San³Pou⁷Siau¹Iau⁵Chu⁷Bun⁵Hok⁴

---

¹⁸² 笑：正音 Siau³；俗音 Chhiau³。
¹⁸³ 桃：正音 To⁵；俗音 Tho⁵。
¹⁸⁴ 姿：正音 Chi¹；泉州音 Chu¹。
¹⁸⁵ 食：正音 Sit⁸；俗音 Sek⁸。

不問人家與僧舍，拄杖敲門看修竹。

Put⁴ Bun⁷ Jin⁵ Ka¹ U² Seng¹ Sia³　Chu²Tiong⁷Khau¹ Bun⁵ Khan³ Siu¹ Tiok⁴

忽逢絕豔照衰朽，歎息無言揩病目。

Hut⁴ Hong⁵Choat⁸ Iam⁷ Chiau³ Sui¹ Hiu²　Than³ Sek⁴ Bu⁵ Gian⁵Khai¹ Peng⁷ Bok⁸

陋邦何處得此花，無乃好事移西蜀。

Lou⁷ Pang¹ Ho⁵ Chhu³ Tek⁴ Chhu² Hoa¹　Bu⁵ Nai² Ho² Su⁷ I⁵ Se¹ Siok⁸

寸根千里不易致，銜子¹⁸⁶飛來定鴻鵠。

Chhun³Kun¹Chhian¹Li² Put⁴ I⁷ Ti³　Ham⁵ Chu² Hui¹ Lai⁵ Teng⁷ Hong⁵ Hok⁸

天涯流落俱可念，為飲一樽歌此曲。

Thian¹ Gai⁵ Liu⁵ Lok⁸ Ku¹ Kho² Liam⁷　Ui⁷ Im² It⁴ Chun¹ Ko¹ Chhu²⁻¹Khiok⁴

明朝酒醒還獨來，雪落紛紛哪忍¹⁸⁷觸。

Beng⁵Tiau¹ Chiu² Seng² Hoan⁵Tok⁸ Lai⁵　Soat⁴ Lok⁸ Hun¹ Hun¹ Lo⁵ Jim²　Chhiok⁴

反切

1. 雜：《集韻》昨合切。
2. 株：《唐韻》陟輸切。
3. 土：《唐韻》他魯切。
4. 瘴：《廣韻》之亮切。
5. 木：《唐韻》莫卜切。
6. 只：《唐韻》諸氏切。
7. 嫣：《廣韻》於乾切。
8. 笑：《廣韻》私妙切。
9. 桃：《唐韻》徒刀切。
10. 麤：《唐韻》倉胡切。
11. 俗：《唐韻》似足切。
12. 造：《廣韻》昨早切。
13. 物：《唐韻》文弗切。
14. 意：《唐韻》於記切。
15. 故：《廣韻》古暮切。
16. 遣：《廣韻》去演切。
17. 谷：《唐韻》古祿切。
18. 富：《廣韻》方復切。
19. 姿：《廣韻》即夷切。
20. 待：《唐韻》徒在切。

---

¹⁸⁵ 食：正音 Sit⁸；俗音 Sek⁸。
¹⁸⁶ 子：正音 Chi²；泉州音 Chu²。
¹⁸⁷ 忍：正音 Jin²；俗音 Jim²。

21. 金：《唐韻》居音切。
22. 盤：《唐韻》薄官切。
23. 薦：《唐韻》作甸切。
24. 屋：《廣韻》烏谷切。
25. 得：《唐韻》多則切。
26. 暈：《廣韻》王問切。
27. 臉：《廣韻》力減切。
28. 翠：《廣韻》七醉切。
29. 袖：《唐韻》似祐切。
30. 卷：《唐韻》居倦切。
31. 紗：《廣韻》所加切。
32. 映：《廣韻》於敬切。
33. 肉：《唐韻》如六切。
34. 林：《唐韻》力尋切。
35. 霧：《廣韻》亡遇切。
36. 暗：《唐韻》烏紺切。
37. 曉：《集韻》馨鳥切。
38. 遲：《唐韻》直尼切。
39. 輕：《廣韻》去盈切。
40. 足：《唐韻》即玉切。
41. 淚：《廣韻》力遂切。
42. 亦：《唐韻》羊益切。
43. 悽：《唐韻》七稽切。
44. 愴：《唐韻》初亮切。
45. 淑：《唐韻》殊六切。
46. 食：《唐韻》乘力切。
47. 飽：《唐韻》博巧切。
48. 散：《廣韻》蘇旱切。
49. 步：《唐韻》薄故切。
50. 捫：《唐韻》謨奔切。
51. 腹：《唐韻》方六切。

52. 舍：《廣韻》始夜切。
53. 拄：《正韻》腫庾切。
54. 敲：《廣韻》口交切。
55. 豔：《唐韻》以贍切。
56. 照：《唐韻》之少切。
57. 衰：《唐韻》所危切。
58. 朽：《唐韻》許久切。
59. 息：《唐韻》相即切。
60. 揩：《唐韻》口皆切。
61. 目：《唐韻》莫六切。
62. 陋：《唐韻》盧候切。
63. 邦：《唐韻》博江切。
64. 乃：《唐韻》奴亥切。
65. 好：《唐韻》呼皓切。
66. 蜀：《唐韻》市玉切。
67. 寸：《唐韻》倉困切。
68. 易：《正韻》以智切。
69. 致：《廣韻》陟利切。
70. 銜：《廣韻》戶監切。
71. 鵠：《唐韻》胡沃切。
72. 涯：《唐韻》五佳切。
73. 俱：《唐韻》舉朱切。
74. 可：《唐韻》肯我切。
75. 為：《廣韻》于偽切。
76. 樽：《唐韻》租昆切。
77. 曲：《廣韻》丘玉切。
78. 朝：《唐韻》陟遙切。
79. 醒：《廣韻》蘇挺切。
80. 哪：《集韻》囊何切。
81. 忍：《唐韻》而軫切。
82. 觸：《唐韻》尺玉切。

【作品簡析】

　　黃州位於長江北岸，氣候濕熱，雖不利於人之身體，卻利於草木蕃生。蘇軾在定惠院東邊滿山雜花之處，無意間見一株海棠花盛開。海棠本是西蜀名花，但當地人卻不知其名貴，任其幽獨在荒野開落，讓蘇軾對其產生憐惜之感。

　　由於海棠珍貴，卻出現在荒涼瘴癘的黃州，而且僅有一株，仿若杜甫〈佳人〉詩中「絕代有佳人，幽居在深谷。自云良家子，零落依草木」的女子，在滿山滿谷桃李姿色中，顯得佳色照人。

　　海棠之美，美在何處？蘇軾以「**自然富貴出天姿，不待金盤薦華屋。朱唇得酒暈生臉，翠袖卷紗紅映肉。林深霧暗曉光遲，日暖風輕春睡足。雨中有淚亦悽愴，月下無人更清淑。**」描繪海棠花於日、夜、晴、雨時不同樣態，其天然富貴之姿，不需其它花朵陪襯，自然動人。

　　蘇軾在黃州，雖有官職，卻無官權。閒來無事，便出門散步，見人家或僧舍有種竹者，便敲門拜訪，欣賞竹子之丰姿。此次無意間發現盛開的海棠，正值最嬌豔美麗之樣，相較詩人此刻，卻是衰朽病目，僅能無言嘆息，更為名花為何出現於此感到疑惑？原懷疑有好事者，特意將花移植至此，然而四川與黃州相隔千里之遙，若真有人欲移植海棠恐不易，進而推斷應是飛鴻銜帶海棠種子而來。海棠遠從四川流落至此，和蘇軾流貶黃州，身世遭遇頗類似。因此詩人便將自己身世遭遇投射到海棠花上，人與花之命運產生交疊，「同是天涯淪落人」之感，便浮現在蘇軾心頭。此刻失意人欲安慰失意花，僅能以歌以酒，深恐明天酒醒，在歷經一夜風雪後，花兒佳色已失，令人不忍觀之。

　　海棠產於四川，蘇軾故鄉亦在四川，在相同生長地條件下，蘇軾將黃州的海棠看成自己的化身，海棠成為其另一身分的象徵。

遷居臨皋亭

Chhian[1] Ku[1] Lim[5] Ko[1] Teng[5]

我[188]生天地[189]間， 一 蟻 寄 大 磨 。
Ngou[2] Seng[1] Thian[1] Te[7] Kan[1]　　It[4] Gi[2] Ki[3] Tai[7] Bo[7]

區 區 欲 右 行， 不 捄 風 輪 左 。
Khu[1] Khu[1] Iok[8] Iu[7] Heng[5]　Put[4] Kiu[3] Hong[1] Lun[5] Cho[7]

雖 云 走 仁 義， 未 免 違 寒 餓 。
Sui[1] Un[5] Chou[2] Jin[5] Gi[7]　　Bi[7] Bian[2] Ui[5] Han[5] Go[7]

劍 米 有 危 炊， 針 氈 無 穩 坐 。
Kiam[3] Be[2] Iu[2] Gui[5] Chhui[1]　Chim[1] Chian[1] Bu[5] Un[2] Cho[7]

豈 無 佳 山 水， 借 眼 風 雨 過 。
Khi[2] Bu[5] Ka[1] San[1] Sui[2]　Chia[3] Gan[2] Hong[1] U[2] Ko[3]

歸 田 不 待[190]老， 勇 決 凡 幾 箇 。
Kui[1] Tian[5] Put[4] Tai[7] Nou[2]　Iong[2] Koat[4] Hoan[5] Ki[2] Ko[3]

幸 茲 廢 棄 餘， 疲[191]馬 解 鞍 馱 。
Heng[7] Chu[1] Hoe[3] Khi[3] U[5]　　Phi[5] Ma[2] Kai[2] An[1] To[7]

全 家 占 江 驛， 絕 境 天 為 破 。
Choan[5] Ka[1] Chiam[3] Kang[1] Ek[8]　Choat[8] Keng[2] Thian[1] Ui[5] Pho[3]

飢 貧 相 乘 除， 未 見 可 弔 賀 。
Ki[1] Pin[5] Siong[1] Seng[5] Tu[5]　　Bi[7] Kian[3] Kho[2] Tiau[3] Ho[7]

---

[188] 我：正音 Go[2]；俗音 Ngou[2]。
[189] 地：又音 Ti[7]。
[190] 待：正音 Tai[7]；俗音 Thai[7]。
[191] 疲：正音 Pi[5]；俗音 Phi[5]。

澹 然 無 憂 樂 ， 苦 語 不 成 些 。

Tam^7　Jian^5　Bu^5　Iu^1　Lok^8　　Khou^2　Gu^2　Put^4　Seng^5　So^3

反切

1. 邅：《唐韻》七然切。
2. 居：《廣韻》九魚切。
3. 臨：《唐韻》力尋切。
4. 皋：《唐韻》古勞切。
5. 亭：《唐韻》特丁切。
6. 我：《唐韻》五可切。
7. 地：《廣韻》徒四切。又《集韻》大計切。
8. 蟻：《唐韻》魚倚切。
9. 寄：《唐韻》居義切。
10. 磨：《唐韻》模臥切。
11. 區：《唐韻》豈俱切。
12. 欲：《唐韻》余蜀切。
13. 右：《唐韻》于救切。
14. 捄：《集韻》居又切。
15. 輪：《集韻》龍春切。
16. 左：《集韻》子賀切。
17. 走：《廣韻》子苟切。
18. 義：《廣韻》宜寄切。
19. 免：《唐韻》亡辨切。
20. 違：《唐韻》羽非切。
21. 餓：《唐韻》五箇切。
22. 劍：《唐韻》居欠切。
23. 米：《廣韻》莫禮切。
24. 危：《唐韻》魚為切。
25. 針：《廣韻》之林切。
26. 甎：《唐韻》諸延切。
27. 穩：《唐韻》烏本切。
28. 坐：《唐韻》徂臥切。
29. 佳：《唐韻》古膎切。
30. 借：《廣韻》子夜切。
31. 眼：《唐韻》五限切。
32. 過：《廣韻》古臥切。
33. 田：《唐韻》待年切。
34. 待：《唐韻》徒在切。
35. 老：《廣韻》盧皓切。
36. 勇：《唐韻》余隴切。
37. 決：《廣韻》古穴切。
38. 箇：《廣韻》古賀切。
39. 幸：《唐韻》胡耿切。
40. 茲：《唐韻》子之切。
41. 廢：《唐韻》方肺切。
42. 棄：《唐韻》詰利切。
43. 餘：《唐韻》以諸切。
44. 疲：《集韻》蒲麋切。
45. 解：《唐韻》佳買切。
46. 馱：《唐韻》唐佐切。
47. 家：《唐韻》古牙切。
48. 占：《唐韻》章豔切。
49. 驛：《唐韻》羊益切。
50. 境：《唐韻》居影切。
51. 破：《唐韻》普過切。
52. 飢：《唐韻》居夷切。
53. 貧：《集韻》皮巾切。
54. 乘：《唐韻》食陵切。
55. 除：《唐韻》直魚切。
56. 弔：《唐韻》多嘯切。
57. 賀：《唐韻》胡箇切。
58. 澹：《廣韻》徒覽切。
59. 樂：《唐韻》盧各切。
60. 苦：《唐韻》康土切。
61. 語：《唐韻》魚舉切。
62. 些：《韻會》蘇箇切，娑去聲。語辭也。《楚辭·招魂》何為四方些。

【作品簡析】

　　蘇軾至黃州不久後，家人便前來相聚，住所在長江岸邊臨皋亭內。此詩為由定惠院遷居臨皋亭，與家人團聚有感而發之作品。

　　古人解釋天象，認為天幕乃向左運轉，日月則向右運行。《晉書・天文志》上形容為「譬之於蟻行磨石之上，磨左轉而蟻右去。」蘇軾化用此典故為「**我生天地間，一蟻寄大磨。區區欲右行，不搽風輪左。**」用以形容事與願違，無力扭轉形勢的無可奈何之感。雖然自己以仁義為本，但仍須面對現實之衣食問題。

　　官場上陷阱滿佈，你爭我奪，處處充滿危機。蘇軾形容為「**劍米有危炊，針氈無穩坐。**」意用《晉書・顧愷之傳》中桓玄與殷仲堪比賽作危險之語，桓玄所作之危語為「矛頭淅米箭頭炊」；和《晉書・杜錫傳》中杜錫為人剛直，多次像太子進言，太子後執針於杜錫所坐氈中「刺之流血」二典故，言官場之險詐。所以縱使有風光之時，也往往如風雨般，短暫消失無蹤。但官場上雖是危險重重，能在未老之時即下定決心歸居田園者，卻沒幾個人。幸此次因貶謫，方能如疲馬棄籠解鞍般輕鬆。「**幸茲廢棄餘，疲馬解鞍馱。**」看出蘇軾努力將自己之心境做轉換。

　　現在蘇軾全家雖瀕江而居，無遷居之喜，卻有天倫團圓之愉悅；雖難免飢寒之苦，卻脫離官場之險惡。澹然看待一切之後，也覺得沒有什麼苦可說了。

西江月

Se¹ Kang¹ Goat⁸

黃州中秋

Hong⁵ Chiu¹Tiong¹Chhiu¹

世事一場大夢，人生幾度新涼。夜來

Se³⁻² Su⁷ It⁴ Tiong⁵Tai⁷ Bong⁷　Jin⁵ Seng¹ Ki²⁻¹ Tou⁷ Sin¹ Liong⁵　Ia⁷ Lai⁵

風葉已鳴廊，看取眉頭鬢上。　　酒

Hong¹ Iap⁸ I²⁻¹ Beng⁵ Long⁵　Khan³⁻²Chhu² Bi⁵ Thiu⁵ Pin³⁻²Siong⁷　　Chiu²

賤常愁客少，月明多被雲¹⁹²妨。中秋誰

Chian⁷Siong⁵Chhiu⁵Khek⁴Siau²　Goat⁸ Beng⁵ To¹ Pi⁷ Un⁵　Hong¹　Tiong¹Chhiu¹ Sui⁵

與共孤光，把盞淒然北¹⁹³望。

U² Kiong⁷Kou¹ Kong¹　Pa²⁻¹Chan²Chhe¹ Jian⁵ Pok⁴　Bong⁷

反切

1. 場：《唐韻》直良切。
2. 夢：《唐韻》莫鳳切。
3. 度：《唐韻》徒故切。
4. 涼：《唐韻》呂張切。
5. 夜：《唐韻》羊謝切。
6. 葉：《唐韻》與涉切。
7. 看：《唐韻》苦旰切。
8. 取：《唐韻》七庾切。
9. 眉：《唐韻》武悲切。

10. 鬢：《唐韻》必刃切。
11. 少：《唐韻》書沼切。
12. 被：《唐韻》皮彼切。
13. 妨：《廣韻》敷方切。
14. 與：《廣韻》弋諸切。
15. 孤：《唐韻》古乎切。
16. 盞：《唐韻》阻限切。
17. 北：《唐韻》博墨切。

---

¹⁹² 雲：正音 Un⁵；俗音 Hun⁵。
¹⁹³ 北：正音 Pek⁴；先秦兩漢古音 Pok⁴；俗音 Pak⁴。

【作品簡析】

　　蘇軾在黃州的第一個中秋夜，顯得格外冷清，面對過去種種，恍如大夢一場。觀看歲月流跡，人生還有幾個秋涼可度？晚風吹得長廊上落葉作響，歲月悄悄將眉鬢染霜。時間之無情，成為詩人此刻最大的壓力。

　　昔日酒好價高，無能力買好酒邀友共飲；今日酒賤價低，卻無好友可邀對飲。中秋之月本皎潔明亮，卻被雲朵遮蔽光芒。如此夜晚，沒人陪伴共看月色，唯有自己孤獨面對冷月。

　　蘇軾此刻感受到人情冷淡，在孤冷的中秋夜晚，只能舉杯遙望北方（京城）獨飲，冷清中透著一分孤獨的傲氣，畢竟蘇軾從未對詩案認罪過。

浣[194]溪沙其一

Hoan² Khe¹ Sa¹ Ki⁵ It⁴

十 二 月 二 日 ， 雨 後 微 雪 。 太 守 徐 君 猷

Sip⁸ Ji⁷ Goat⁸ Ji⁷ Jit⁸ 　 U² Hou⁷ Bi⁵ Soat⁴ 　 Thai³ Siu³ Su⁵ Kun¹ Iu⁵

攜 酒 見 過 ， 坐 上 作 〈 浣 溪 沙 〉 三 首 。

He⁵ Chiu² Kian³ Ko¹ 　 Cho⁷ Siong⁷ Chok⁴ 　 Hoan² Khe¹ Sa¹ 　 Sam¹ Siu²

明 日 ， 酒 醒 ， 雪 大 作 ， 又 作 二 首 。

Beng⁵ Jit⁸ 　 Chiu² Seng¹ 　 Soat⁴ Tai⁷ Chok⁴ 　 Iu⁷ Chok⁴ Ji⁷ Siu²

覆[195]塊青青麥未蘇[196] ， 江南雲葉暗隨車 ，

Hu³ 　 Khoai³ Chheng¹ Chheng¹ Bek⁸ Bi⁷ Su¹ 　 Kang¹ Lam⁵ Un⁵ Iap⁸ Am³ Sui⁵ Ku¹

臨 皋 煙 景 世 間 無 。 　 雨 腳 半 收 簷 斷

Lim⁵ Ko¹ Ian¹ Keng² Se³ Kan¹ Bu⁵ 　 U² Kiok⁴ Poan³ Siu¹ Iam⁵ Toan⁷

線 ， 雪 床[197]初[198]下 瓦 跳[199]珠 ， 歸 來 冰 顆

Sian³ 　 Soat⁴ Chhong⁵ Chhou¹ 　 Ha³ Goa² Thiau¹ Chu¹ 　 Kui¹ Lai⁵ Peng¹ Kho²

亂 黏 須 。

Loan⁷ Liam⁵ Su¹

反切

---

[194] 浣：正音 Hoan²；俗音 Oan²。
[195] 覆：正音 Hiu³；俗音 Hu³。
[196] 蘇：正音 Sou¹；詩韻 Su¹。
[197] 床：正音 Chong⁵；俗音 Chhong⁵。
[198] 初：正音 Chhu¹；俗音 Chhou¹。
[199] 跳：正音 Tiau⁵；俗音 Thiau¹。

1.浣:《廣韻》胡管切。
2.溪:《廣韻》苦奚切。
3.沙:《唐韻》所加切。
4.二:《唐韻》而至切。
5.守:《唐韻》舒救切。
6.徐:《唐韻》似魚切。
7.猷:《廣韻》以周切。
8.攜:《唐韻》戶圭切。
9.過:《廣韻》古禾切。
10.醒:《唐韻》桑經切。
11.覆:《廣韻》敷救切。
12.塊:《集韻》苦怪切。
13.麥:《唐韻》莫獲切。
14.蘇:《唐韻》素姑切。
15.車:《廣韻》九魚切。
16.腳:《唐韻》居勺切。

17.半:《唐韻》博漫切。
18.收:《唐韻》式周切。
19.檐:《唐韻》余廉切。
20.斷:《廣韻》徒管切。
21.線:《唐韻》私箭切。
22.床:《正韻》助莊切。
23.初:《唐韻》楚居切。
24.下:《集韻》亥駕切。《正韻》降也，
自上而下也。
25.瓦:《唐韻》五寡切。
26.跳:《廣韻》徒聊切。
27.顆:《廣韻》苦果切。
28.亂:《唐韻》郎段切。
29.黏:《唐韻》女廉切。
30.須:《廣韻》錫俞切。

【作品簡析】

　　蘇軾以〈浣溪沙〉所作農村組詞，共有五首，標誌蘇軾心境之變，已漸不困於「人」之困境。農村組詞之前，蘇軾始終難脫於「人」之因素，陷溺在人之得失中，無純寫景之詞作。此組農村詞有別以往，於景中寓託溫暖之人情。此處所選為組詞之第一闋。

　　元豐四年（1081）蘇軾已在朋友馬夢得協助下，請領到一塊位於東邊之坡地，嘗試農耕生活，自號東坡居士。當時太守徐君猷，不以罪人對待蘇軾，知蘇軾無好酒可飲，常利用節日之慶，邀約蘇軾赴宴，或攜酒探望，讓蘇軾倍感人情之溫暖。

　　這天蘇軾聽聞太守徐君猷攜酒至家中探望，心中萬分愉悅，急忙由東坡駕車回臨皋亭。故詞一開端便充滿大地生生氣息，雲朵伴隨車駕而回，昔往臨皋亭瀰漫現實生活愁苦之氣象，今日變成動人的獨有美景。上有炊煙縷縷，簷下有雨水結成之冰線垂掛。隨雪降下之冰珠在瓦上跳動聲聲作響。蘇軾回至家中，鬢上已黏滿點點冰珠。

　　一切景物於詩人眼中，充滿活躍氣象，洋溢急與好友相見共飲的雀躍心情。

水龍吟

Sui²⁻¹ Liong⁵ Gim⁵

次韻章質夫〈楊花詞〉

Chhu³ Un⁷ Chiong¹Chit⁴ Hu¹　　Iong⁵ Hoa¹ Su⁵

似花還似非花，也無人惜從教墜。拋

Su⁷ Hoa¹ Hoan⁵Su⁷ Hui¹ Hoa¹　　Ia² Bu⁵ Jin⁵ Sek⁴Chiong⁵Kau¹⁻⁷Tui⁷　　Phau¹

家傍路，思量卻是，無情有思。縈損

Ka¹ Pong⁷Lou⁷　　Su¹ Liong⁵Khiok⁴Si⁷　　Bu⁵ Cheng⁵ Iu² Si³　　Eng⁵ Sun²

柔腸，困酣嬌眼，欲開還閉。夢隨風

Jiu⁵ Tiong⁵　　Khun³⁻²Ham¹Kiau¹Gan²　　Iok⁸ Khai¹ Hoan⁵ Pi³　　Bong⁷ Sui⁵Hong¹

萬里，尋郎去處，又還被、鶯呼起。

Ban⁷ Li²　　Sim⁵ Long⁵Khu³ Chhi³　　Iu⁷ Hoan⁵ Pi⁷　　Eng¹ Hou¹ Khi³

不恨²⁰⁰此²⁰¹花飛盡，恨西園、落紅難

Put⁴ Hun⁷　　Chhu²　　Hoa¹Hui¹ Chin⁷　　Hun⁷ Se¹ Oan⁵　　Lok⁸Hong⁵Lan⁵

綴²⁰²。曉來雨過，遺蹤何在，一池萍碎²⁰³。

Tui³　　Hiau²Lai⁵ U² Ko³　　Ui⁵Chong¹Ho⁵Chai⁷　　It⁴ Ti⁵ Peng⁵Sui³

春色三分，二分塵土，一分流水。細

Chhun¹Sek⁴Sam¹ Hun¹　　Ji⁷ Hun¹ Tin⁵ Thou²　　It⁴ Hun¹ Liu⁵ Sui²　　Se³⁻²

---

[200] 恨：正音 Hun⁷；漳州音 Hin⁷。
[201] 此：正音 Chhi²；泉州音 Chhu²。
[202] 綴：正音 Toe³；詩韻 Tui³。
[203] 碎：正音 Soe³；詩韻 Sui³。

看來不是，楊花點點，是離人淚。

Khan¹ Lai⁵ Put⁴ Si⁷　　Iong⁵ Hoa¹ Tiam²→¹Tiam²　　Si⁷ Li⁵ Jin⁵ Lui⁷

反切

1. 水：《唐韻》式軌切。
2. 龍：《唐韻》力鍾切。
3. 吟：《唐韻》魚音切。
4. 也：《唐韻》羊者切。
5. 惜：《唐韻》思積切。
6. 教：《廣韻》古肴切。
7. 墜：《唐韻》直類切。
8. 拋：《唐韻》匹交切。
9. 傍：《廣韻》蒲浪切。
10. 量：《唐韻》呂張切。
11. 卻：《唐韻》去約切。
12. 思：《廣韻》息茲切；《廣韻》相吏切。
13. 縈：《廣韻》於營切。
14. 損：《唐韻》蘇本切。
15. 柔：《唐韻》耳由切。
16. 困：《唐韻》苦悶切。
17. 酣：《唐韻》胡甘切。
18. 嬌：《廣韻》舉喬切。
19. 閉：《唐韻》博計切。又《彙音寶鑒》邊居切。
20. 處：《廣韻》昌據切。
21. 呼：《唐韻》荒烏切。
22. 恨：《唐韻》胡艮切。
23. 此：《唐韻》雌氏切。
24. 園：《唐韻》羽元切。
25. 綴：《廣韻》陟衛切。
26. 曉：《集韻》馨鳥切。
27. 過：《廣韻》古臥切。
28. 遺：《唐韻》以追切。
29. 蹤：《廣韻》即容切。
30. 碎：《廣韻》蘇內切。
31. 色：《廣韻》所力切。
32. 三：《唐韻》蘇甘切。
33. 點：《唐韻》多忝切。

【作品簡析】

　　此詞為蘇軾著名之詠物詞作。有別於其他詩人詠物作品，多由物之形描摹入手，蘇軾由楊花質性起篇。

　　楊花即柳絮，為柳樹的種子，表面有白色絨毛，會隨風飛散，輕飄如絮。它不是花，卻有花落之態；它有落花之態，卻無其它花朵美麗鮮豔之姿，激起人惜花傷春之感。「似花還似非花，也無人惜從教墜。」說出楊花的特質，和無人憐惜其紛飛飄落的命運。

　　楊花雖隨風飄落，但總落在柳樹四周，看似無情離枝，卻有依戀柳樹不忍

遠去之狀。正因為楊花與柳樹此種似離而不離，讓蘇軾構築出一位浪人與女子的愛情故事。

蘇軾以柳絮比喻浪人，柳枝比喻女子，楊花離枝，正如浪人離佳人遠行。柳條於風中搖擺，分分合合交錯之姿，恰似女子「縈損柔腸，困酣嬌眼，欲開還閉」之態，殷切等待良人歸來之身影，卻又抵擋不住等候的疲倦感，而漸漸睡去。夢中女子追尋至萬里之外，情郎去處相會。怎奈一陣鶯啼，將美夢驚醒。詞之上片，正在此種離合氛圍中，營造徘徊在有情與無情之情境中。

下片轉為作者對時間流逝之感慨。雖然楊花飛盡，不免讓人感到惋惜，但西園的落花，卻已凋落，難回枝頭，春光也將盡矣。蘇軾於此筆鋒一轉，由寫楊花情態轉而寫惜春傷逝之感。

在一夜風雨後，楊花的蹤跡何在？全化為一池浮萍（古時認為浮萍乃為楊花所化）。如將春色分為三，二分已隨塵土葬去，僅剩的一分正隨眼前流水而去。這是對時間無情流去的感嘆，時間再次成為蘇軾關懷的重點。正因對春光流逝之嘆，再細看池中萍碎，卻不是點點楊花，而是離人的滴滴眼淚。詞境回扣上片良人遠離，女子傷春之嘆，也是詩人對時間年華無情離去之淚。

此詞由正反二面（花←→非花、無←→有、不恨←→恨、不是←→是）寫述楊花，反映此刻蘇軾對事物已作雙向思考，不再侷限於單向思考問題，揭示其已漸漸開啟曠達人生之心境。

江城子

Kang[1] Seng[5] Chu[2]

陶 淵 明 以 正 月 五 日 遊 斜 川 ， 臨 流 班 坐
To[5] Ian[1] Beng[5] I[2] Cheng[1]Goat[8] Ngou[2] Jit[8] Iu[5] Sia[5] Chhoan[1] Lim[5] Liu[5] Pan[1] Cho[7]

， 顧 瞻 南 阜[204]， 愛 曾 城 之 獨 秀 ， 乃 作 《 斜
Kou[3]Chiam[1]Lam[5] Hiu[7] Ai[3] Cheng[1] Seng[5] Chi[1] Tok[8] Siu[3] Nai[2] Chok[4] Sia[5]

川 詩 》， 至 今 使 人 想 見 其 處 。 元 豐 壬 戌
Chhoan[1]Si[1] Chi[3] Kim[1] Su[2] Jin[5] Siong[2]Kian[3] Ki[5] Chhu[3] Goan[5] Hong[1] Jim[5] Sut[4]

之 春 ， 余 躬 耕 於 東 坡 ， 築 雪[205]堂 居 之 ，
Chi[1] Chhun[1] U[5] Kiong[1]Keng[1] U[1] Tong[1] Pho[1] Tiok[4] Soat[4] Tong[5] Ku[1] Chi[0]

南 挹 四 望 亭 之 後 丘 ， 西 控 北 山 之 微 泉
Lam[5] Ip[4] Si[3] Bong[7] Teng[5] Chi[1] Hou[7] Khiu[1] Se[1] Khong[3]Pok[4] San[1] Chi[1] Bi[5]Choan[5]

， 慨 然 而 歎 ， 此 亦 斜 川 之 遊 也 。 乃 作
Khai3 Jian[5] Ji[5] Than[3] Chhu[2] Ek[8] Sia[5] Chhoan[1] Chi[1] Iu[5] Ia[2] Nai[2] Chok[4]

長 短 句 ， 以 〈 江 城 子 〉 歌 之 。
Tiong[5]Toan[2] Ku[3] I[2] Kang[1] Seng[5] Chu[2] Ko[1] Chi[0]

夢 中 了 了 醉 中 醒 。 只 淵 明 ， 是 前 生 。
Bong[7]Tiong[1]Liau[2→1]Liau[2]Chui[3→2]Tiong[1]Seng1 Chi[2→1]Ian[1] Beng[5] Si[7] Chian[5] Seng[1]

走 遍 人 間 ， 依 舊 卻 躬 耕 。 昨 夜 東 坡 春
Chou[2] Phian[3] Jin[5] Kan[1] I[1] Kiu[7]Khiok[4]Kiong[1]Keng[1] Chok[8] Ia[7] Tong[1] Pho[1]Chhun[1]

---

[204] 阜：正音 Hiu[6]，今讀 Hiu[7]；俗音 Hu[7]。
[205] 雪：正音 Soat[4]；詩韻 Siat[4]。

雨 足 ， 烏 鵲 喜 ， 報 新 晴 。　　雪 堂 西

U² Chiok⁴　　Ou¹ Chhiok⁴ Hi²　　Po³→² Sin¹ Cheng⁵　　　　Soat⁴ Tong⁵ Se¹

畔 暗 泉 鳴 。 北 山 傾 ， 小 溪 橫 。 南 望 亭

Poan⁷Am³→²Choan⁵Beng⁵　　Pok⁴ San¹ Kheng¹　　Siau² Khe¹ Heng⁵　　Lam⁵ Bong⁷ Teng⁵

丘 ， 孤 秀 聳 曾 城 。 都 是 斜 川 當 日 景 ，

Khiu¹　　Kou¹ Siu³ Siong²Cheng¹Seng⁵　　Tou¹ Si⁷ Sia⁵Chhoan¹Tong¹ Jit⁸ Keng²

吾 老 矣 ， 寄 餘 齡 。

Ngou⁵ Nou² I²　　Ki³→² U⁵ Leng⁵

反切

1. 陶：《唐韻》徒刀切。		21. 泉：《唐韻》疾緣切。	
2. 淵：《唐韻》烏圓切。		22. 慨：《集韻》口溉切。	
3. 明：《廣韻》武兵切。		23. 了：《唐韻》盧鳥切。	
4. 正：《廣韻》之盈切。		24. 醒：《唐韻》桑經切。	
5. 斜：《唐韻》似嗟切。		25. 只：《唐韻》諸氏切。	
6. 川：《唐韻》昌緣切。		26. 走：《廣韻》子苟切。	
7. 班：《廣韻》布還切。		27. 遍：《廣韻》比薦切。	
8. 瞻：《唐韻》職廉切。		28. 卻：《唐韻》去約切。	
9. 阜：《唐韻》房九切。又《彙音寶鑒》喜居切。		29. 昨：《唐韻》在各切。	
10. 曾：《廣韻》作滕切。		30. 足：《唐韻》即玉切。	
11. 秀：《唐韻》息救切。		31. 鵲：《廣韻》七雀切。	
12. 壬：《廣韻》如林切。		32. 報：《唐韻》博耗切。	
13. 戌：《唐韻》辛聿切。		33. 雪：《唐韻》相絕切。	
14. 躬：《唐韻》居崇切。		34. 畔：《廣韻》薄半切。	
15. 耕：《唐韻》古莖切。		35. 暗：《唐韻》烏紺切。	
16. 坡：《唐韻》滂禾切。		36. 傾：《唐韻》去營切。	
17. 築：《廣韻》張六切。		37. 橫：《唐韻》戶盲切。	
18. 挹：《唐韻》於汲切。		38. 望：《廣韻》巫放切。	
19. 丘：《廣韻》去鳩切。		39. 聳：《廣韻》息拱切。	
20. 控：《唐韻》苦貢切。		40. 都：《唐韻》當孤切。	
		41. 矣：《唐韻》于己切。	

【作品簡析】

　　元豐五年（1082）初春，東坡耕地整理有成，蘇軾開始學習躬耕生活。也從躬耕生活中，效法陶淵明之精神，將自己視為陶淵明之化身。忘掉舊日繁華，努力回歸田園之恬淡。雖然蘇軾與陶淵明歸園田居之原因並不相同，但在躬耕田園中，安頓心靈精神，卻是相似的。

　　這一日，蘇軾見東坡雪堂北有連山斜傾，旁有小溪橫流，南有亭丘，景色頗似陶淵明昔遊斜川時之曾城秀景，感覺自己亦正作斜川之遊，遂作此詞。

　　蘇軾言：「夢中了了醉中醒。」有眾人皆醉我獨醒之味。自己就像陶淵明轉世再生，在紛擾的人間走了一遭，終究回歸到平淡的躬耕生活。「昨夜東坡春雨足，烏鵲喜，報新晴。」蘇軾在躬耕生活中，生命感受到喜悅、和諧、希望與滿足。

　　東坡雪堂四週之景，宛若是陶淵明斜川之遊時之曾城，孤聳秀麗。蘇軾將東坡雪堂視為淵明在斜川臨流班坐之勝景，把淵明形象投射到自我心境。東坡雪堂成為其想要安享餘年之地，為貶謫生活尋求另種人生註解，開拓生命另種境界。

寒食雨二首

Han⁵　Sit⁸　U²　Ji⁷　Siu²

自　我　來　黃　州　，　已　過　三　寒　食²⁰⁶　。
Chu⁷　Ngou²　Lai⁵　Hong⁵　Chiu¹　　I²　Ko³　Sam¹　Han⁵　Sek⁸

年　年　欲　惜　春　，　春　去　不　容　惜　。
Lian⁵　Lian⁵　Iok⁸　Sek⁴　Chhun¹　　Chhun¹　Khu³　Put⁴　Iong⁵　Sek⁴

今　年　又　苦　雨　，　兩　月　秋　蕭　瑟　。
Kim¹　Lian⁵　Iu⁷　Khou²　U²　　Liong²　Goat⁸　Chhiu¹　Siau¹　Sek⁴

臥　聞　海　棠　花　，　泥　汙²⁰⁷　燕　脂　雪²⁰⁸　。
Ngou⁷　Bun⁵　Hai²　Tong⁵　Hoa¹　　Le⁵　U¹　Ian¹　Chi¹　Siat⁴

暗　中　偷　負　去　，　夜　半　真　有　力　。
Am³⁻²　Tiong¹　Thou¹　Hu⁷⁻³　Khu³　　Ia⁷　Poan³　Chin¹　Iu²　Lek⁸

何　殊　病　少　年　，　病　起　頭²⁰⁹　已　白　。
Ho⁵　Su⁵　Peng⁷　Siau³⁻²　Lian⁵　　Peng⁷　Khi²　Thou⁵　I²　Pek⁸

春　江　欲　入　戶　，　雨　勢　來　不　已　。
Chhun¹　Kang¹　Iok⁸　Jip⁸　Hou⁷　　U²　Se³　Lai⁵　Put⁴　I²

小　屋　如　漁　舟　，　濛　濛　水　雲　裏　。
Siau²　Ok⁴　Ju⁵　Gu⁵　Chiu¹　　Bong⁵　Bong⁵　Sui²　Un⁵　Li²

---

²⁰⁶ 食：正音 Sek⁸；俗音 Sit⁸。
²⁰⁷ 汙：正音 Ou¹；詩韻 U¹。
²⁰⁸ 雪：正音 Soat⁴；詩韻 Siat⁴。
²⁰⁹ 頭：正音 Tou⁵；俗音 Thiu⁵ 或 Thiou⁵ 或 Thou⁵；詩韻 Tiu⁵。

空 庖 煮 寒 菜 ， 破 灶 燒 濕 葦 。
Khong¹ Pau⁵ Chu² Han⁵ Chhai³　Pho³ Cho³ Siau¹ Sip⁴ Ui²

那 知 是 寒 食 ， 但 感 烏 銜 紙 。
Lo⁵ Ti¹ Si⁷ Han⁵ Sek⁸　Tan⁷ Kam² Ou¹ Ham⁵ Chi²

君 門 深 九 重 ， 墳 墓 在 萬 里 。
Kun¹ Bun⁵ Sim¹ Kiu² Tiong⁵　Hun⁵ Bou⁷ Chai⁷ Ban⁷ Li²

也 擬 哭 途 窮 ， 死²¹⁰ 灰²¹¹ 吹 不 起 。
Ia² Gi² Khok⁴ Tou⁵ Kiong⁵　Si² Hai¹ Chhui¹ Put⁴ Khi²

反切

1.寒：《唐韻》胡安切。
2.食：《唐韻》乘力切。
3.雨：《唐韻》王矩切。
4.惜：《唐韻》思積切。
5.容：《廣韻》餘封切。
6.瑟：《唐韻》所櫛切。
7.泥：《廣韻》奴低切。
8.汙：《唐韻》屋孤切。
9.燕：《廣韻》烏前切。
10.脂：《唐韻》旨夷切。
11.偷：《廣韻》託侯切。
12.負：《唐韻》房久切。
13.力：《唐韻》林直切。
14.勢：《唐韻》舒制切。
15.屋：《廣韻》烏谷切。
16.漁：《唐韻》語居切。

17.庖：《唐韻》薄交切。
18.破：《唐韻》普過切。
19.灶：《五音集韻》則到切。
20.燒：《唐韻》式昭切。
21.濕：《廣韻》失入切。
22.葦：《集韻》羽鬼切。
23.那：《唐韻》諾何切。
24.烏：《唐韻》哀都切。
25.銜：《廣韻》戶監切。
26.紙：《廣韻》諸氏切。
27.墓：《廣韻》莫故切。
28.擬：《唐韻》魚紀切。
29.哭：《廣韻》空谷切。
30.途：《唐韻》同都切。
31.窮：《廣韻》渠弓切。
32.灰：《唐韻》呼詼切。

---

²¹⁰ 死：正音 Si²；泉州音 Su²。
²¹¹ 灰：正音 Hoe¹；詩韻 Hai¹。

【作品簡析】

蘇軾開墾東坡不久，本將有可觀收成，以補生活之不足。不料天公不作美，竟連下二個月春雨。他被困守在臨皋亭中，生活幾乎走到絕望之地，寫下此二首名作，書法真跡現藏於台北故宮博物院中。

元豐五年（1082）寒食節，是蘇軾在黃州的第三個寒食。年年春光來到，讓蘇軾年年感嘆春光難留。時間流逝之壓力，一直是蘇軾在黃州時最大生命課題。

春光難留，本已是相當無奈之事；偏偏今年春雨不停，已連下二個月。原是美麗之春景，竟如秋天般蕭瑟，連最愛的定惠院東籬下海棠，聽說已被春泥所汙，燕脂容顏漸失。就像一位少年，在一場大病之後，黑髮已成衰白。

第一首詩完全是在時間壓力的恐懼感中，所逼出之作品。此刻蘇軾年歲四十有七，雙鬢已白，年輕之容顏消褪，青春正一點一點流逝，正如春雨中海棠，日漸衰殘一般。

第二首詩寫現實生活中之困境。苦雨不斷，江水似將漫堤淹入家中。小屋宛若小舟，搖蕩於濛濛水煙裡。廚房中可食者，僅剩寒菜；破灶中可燒者，僅有濕葦，倘若不見烏鴉口銜墳紙飛過，尚不知寒食已到，足見蘇軾在現實生活中的慘淡苦悶。想回朝廷效力，君門卻有九重之深，望而不及；想回故里歸隱，家墳卻在萬里之遙，思而不得。亦想效法阮籍駕車於路之盡頭大哭一場，心卻如死灰般無法燃起激情。

寒食雨二首詩作，寫出蘇軾被連綿不斷春雨，困在臨皋亭中，生氣盡失，望天興嘆與無能為力之心情。

定風波

Teng⁷ Hong¹ Pho¹

三 月 七 日 沙 湖 道 中 遇 雨 。 雨 具 先 去 ，
Sam¹ Goat⁸ Chhit⁴ Jit⁸ Sa¹ Hou⁵ To⁷ Tiong¹ Gu⁷ U²   U² Ku⁷ Sian¹ Khu³

同 行 皆 狼 狽 ， 余 獨 不 覺 。 已 而 遂 晴 ，
Tong⁵ Heng⁵ Kai¹ Long⁵ Pai³   U⁵ Tok⁸ Put⁴ Kak⁴   I² Ji⁵ Sui⁷ Cheng⁵

故 作 此 詞 。
Kou³ Chok⁴ Chhu² Su⁵

莫 聽 穿 林 打 葉 聲 ， 何 妨 吟 嘯 且 徐 行 。
Bok⁸ Theng³ Chhoan¹ Lim⁵ Ta² Iap8 Seng¹   Ho⁵ Hong¹ Gim⁵ Siau³ Chhia² Su⁵ Heng⁵

竹 杖 芒 鞋 輕 勝 馬 ， 誰 怕 ？ 一 簑 煙 雨 任
Tiok⁴ Tiong⁷ Bong⁵ Hai⁵ Kheng¹ Seng³ Ma²   Sui⁵ Pha³   It⁴ So¹ Ian¹ U² Jim⁷

平 生 。 料 峭 春 風 吹 酒 醒 ， 微 冷 ，
Peng⁵ Seng¹   Liau⁷ Chhiau³ Chhun¹ Hong¹ Chhui¹ Chiu² Seng²   Bi⁵ Leng²

山 頭 斜 照 卻 相 迎 。 回 首 向 來 蕭 瑟 處 ，
San¹ Thiu⁵ Sia⁵ Chiau³ Khiok⁴ Siong¹ Geng⁵   Hai⁵ Siu² Hiong³⁺² Lai⁵ Siau¹ Sek⁴ Chhu³

歸 去 ， 也 無 風 雨 也 無 晴 。
Kui¹ Khu³   Ia² Bu⁵ Hong¹ U² Ia² Bu⁵ Cheng⁵

反切

1. 定：《唐韻》徒徑切。　　　　　2. 風：《唐韻》方戎切。

3. 波：《唐韻》博禾切。
4. 七：《唐韻》親吉切。
5. 遇：《唐韻》牛具切。
6. 雨：《唐韻》王矩切。
7. 具：《唐韻》其遇切。
8. 皆：《唐韻》古諧切。
9. 狼：《唐韻》魯當切。
10. 狽：《廣韻》博蓋切。
11. 覺：《唐韻》古岳切。
12. 遂：《唐韻》徐醉切。
13. 莫：《唐韻》慕各切。
14. 聽：《廣韻》他定切。
15. 打：《六書故》都假切。
16. 葉：《唐韻》與涉切。
17. 妨：《廣韻》敷方切。
18. 吟：《唐韻》魚音切。
19. 嘯：《唐韻》蘇弔切。
20. 且：《廣韻》淺野切。

21. 鞋：《廣韻》戶佳切。
22. 勝：《唐韻》詩證切。
23. 馬：《唐韻》莫下切。
24. 怕：《廣韻》普駕切。
25. 蓑：《唐韻》蘇和切。
26. 任：《唐韻》如林切。又《集韻》如鴆切。克也，用也。又所負也。
27. 料：《廣韻》落蕭切。
28. 峭：《廣韻》七肖切。
29. 吹：《唐韻》昌垂切。
30. 醒：《廣韻》蘇挺切。
31. 迎：《唐韻》語京切。
32. 回：《唐韻》戶恢切。
33. 瑟：《唐韻》所櫛切。
34. 處：《唐韻》昌與切。
35. 也：《唐韻》羊者切。
36. 無：《唐韻》武扶切。

【作品簡析】

　　寒食過後，蘇軾聽說螺絲店有田地欲出售，與朋友一同前往。回程途中遇雨，但雨具早已讓僮僕先行攜回。一行人行走雨中，均感狼狽不堪，唯蘇軾以從容態度面對突來之雨勢，果然不久後天氣放晴，一抹斜陽陪伴眾人而歸。

　　以詞說理是東坡詞之特色之一，此詞可視為是東坡詞這方面的代表作。蘇軾由林中雨聲寫起，雨滴因打在林中樹葉上，聲音變得特別清響，往往讓人誤以為雨勢頗大。以此自然現象，觀察人生諸多事情，亦有相同情形。許多事情，常因外界干擾之聲過大，讓人對事情之情勢產生誤判。因此蘇軾說：「莫聽穿林打葉聲。」即言凡事不要因外界之干擾，而影響自己的判斷力。當面對突來之狀況，不妨放慢腳步，讓心平靜觀察事物，便不會錯估形勢。因此拄杖芒鞋，步履輕盈，行走在風雨中，便比乘馬急奔，易掌握前方路況，心中便不會產生懼怕，「一蓑煙雨任平生」說出從容的人生自處之道。這是蘇軾此詞上片為我們所揭示的人生哲學。

　　下片蘇軾描寫雨中一路走來之感。冷冷春風將酒意吹醒，微微寒意中，乍見一抹斜陽出現，帶來暖意。回望走過之路，已無風亦無雨，似乎全沒發生過，

在溫暖的夕陽中，繼續踏上歸途而去。

此闋詞反映蘇軾自烏臺詩案後，自我心理之調適。其已能在風雨中安頓自己，和從容應對，曠達的人生態度也漸漸成型。

洞仙歌

Tong⁷ Sian¹ Ko¹

余 七 歲 時 ， 見 眉 山 老 尼 ， 姓 朱 ， 忘 其
U⁵ Chhit⁴ Soe³ Si⁵　Kian³ Bi⁵ San¹ Nou² Ni⁵　Seng³ Chu¹　Bong⁷ Ki⁵

名 ， 年 九 十 餘 。 自 言 嘗 隨 其 師 入 蜀 主
Beng⁵　Lian⁵ Kiu² Sip⁸ U⁵　Chu⁷ Gian⁵ Siong⁵ Sui⁵ Ki⁵ Su¹ Jip⁸ Siok⁸ Chu²

孟 昶 宮 中 。 一 日 大 熱 ， 蜀 主 與 花 蕊 夫
Beng⁷Thiong²Kiong¹Tiong¹　It⁴ Jit⁸ Tai⁷ Jiat⁸　Siok⁸ Chu² U² Hoa¹ Jui² Hu¹

人 夜 納 涼 摩 訶 池 上 ， 作 一 詞 ， 朱 具 能
Jin⁵ Ia⁷ Lap⁸ Liong⁵ Bo⁵ Ho¹ Ti⁵ Siong⁷　Chok⁴ It⁴ Su⁵　Chu¹ Ku⁷ Leng⁵

記 之 。 今 四 十 年 ， 朱 己 死 久 矣 ， 人 無
Ki³ Chi°　Kim¹ Su³ Sip⁸ Lian⁵　Chu¹ I² Su² Kiu² I°　Jin⁵ Bu⁵

知 此 詞 者 ， 但 記 其 首 兩 句 。 暇 日 尋 味
Ti¹ Chhu² Su⁵ Chia°　Tan⁷ Ki³ Ki⁵ Siu² Liong² Ku³　Ha⁷ Jit⁸ Sim⁵ Bi⁷

， 豈 〈 洞 仙 歌 令 〉 乎 ！ 乃 為 足 之 云 。
Khi²　Tong⁷ Sian¹ Ko¹ Leng⁷　Hou⁵　Nai² Ui⁵ Chiok⁴ Chi¹ Un⁵

反切

1. 洞：《唐韻》徒弄切。
2. 仙：《廣韻》相然切。
3. 歌：《唐韻》古俄切。
4. 余：《唐韻》以諸切。
5. 七：《唐韻》親吉切。
6. 歲：《唐韻》相銳切。
7. 眉：《唐韻》武悲切。
8. 老：《廣韻》盧皓切。
9. 尼：《廣韻》女夷切。
10. 姓：《唐韻》息正切。
11. 朱：《唐韻》章俱切。
12. 忘：《廣韻》巫放切。
13. 名：《唐韻》武并切。
14. 年：《唐韻》奴顛切。

15. 九：《唐韻》舉有切。
16. 十：《唐韻》是執切。
17. 餘：《唐韻》以諸切。
18. 自：《唐韻》疾二切。
19. 言：《唐韻》語軒切。
20. 嘗：《唐韻》市羊切。
21. 隨：《廣韻》旬為切。
22. 師：《唐韻》疏夷切。
23. 入：《唐韻》人執切。
24. 蜀：《唐韻》市玉切。
25. 主：《唐韻》之庾切。
26. 孟：《唐韻》莫更切。
27. 昶：《唐韻》丑兩切。
28. 宮：《唐韻》居戎切。
29. 熱：《唐韻》如列切。
30. 花：《唐韻》呼瓜切。
31. 蕊：《唐韻》如壘切。
32. 納：《廣韻》奴答切。
33. 涼：《唐韻》呂張切。
34. 摩：《唐韻》莫婆切。
35. 訶：《唐韻》虎何切。
36. 池：《廣韻》直離切。
37. 作：《唐韻》則洛切。

38. 詞：《唐韻》似茲切。
39. 具：《唐韻》其遇切。
40. 記：《唐韻》居吏切。
41. 今：《廣韻》居吟切。
42. 四：《唐韻》息利切。
43. 死：《廣韻》息姊切。
44. 久：《唐韻》舉有切。
45. 矣：《唐韻》于己切。
46. 無：《唐韻》武扶切。
47. 知：《唐韻》陟离切。
48. 此：《唐韻》雌氏切。
49. 者：《廣韻》章也切。
50. 但：《唐韻》徒旱切。
51. 首：《廣韻》書久切。
52. 兩：《唐韻》良獎切。
53. 句：《唐韻》九遇切。
54. 暇：《唐韻》胡駕切。
55. 尋：《唐韻》徐林切。
56. 令：《集韻》力正切。
57. 乎：《廣韻》戶吳切。
58. 乃：《唐韻》奴亥切。
59. 足：《唐韻》即玉切。
60. 云：《唐韻》王分切。

冰　肌　玉　骨，　自　清　涼　無　汗。　水　殿　風　來　暗
Peng¹ Ki¹ Giok⁸ Kut⁴　　Chu⁷Chheng¹Liong⁵ Bu⁵ Han⁷　　Sui² Tian⁷ Hong¹ Lai⁵ Am³

香　滿。　繡　簾　開，　一　點　明　月　窺　人，　人　未
Hiong¹Boan²　Siu³ Liam⁵Khai¹　　It⁴ Tiam² Beng⁵ Goat⁸ Khui¹ Jin⁵　　Jin⁵ Bi⁷

寢，　敧　枕　釵　橫　鬢　亂。　　　　起　來　攜　素
Chhim²　　Khi¹ Chim² Chhai¹ Heng⁵ Pin³ Loan⁷　　　　Khi² Lai⁵ He⁵ Sou³

手，　庭　戶　無　聲，　時　見　疏　星　渡　河　漢。　試
Siu²　　Teng⁵ Hou⁷ Bu⁵ Seng¹　　Si⁵ Kian³ Sou¹ Seng¹ Tou⁷ Ho⁵ Han³　　Si³

問夜如何？夜已三更，金波淡，玉繩

Bun⁷ Ia⁷　Ju⁵ Ho⁵　　Ia⁷　I²　Sam¹ Keng¹　Kim¹ Pho¹ Tam⁷　Giok⁸ Seng⁵

低轉。但屈指西風幾時來，又不道流

Te¹Choan²　Tan⁷ Khut⁴ Chi² Se¹ Hong¹ Ki² Si⁵ Lai⁵　Iu⁷ Put⁴ To⁷ Liu⁵

年暗中偷換。

Lian⁵　Am³ Tiong¹ Thou¹Hoan⁷

反切

1. 冰：《唐韻》筆陵切。	24. 戶：《唐韻》侯古切。
2. 肌：《唐韻》居夷切。	25. 聲：《唐韻》書盈切。
3. 玉：《唐韻》魚欲切。	26. 疏：《集韻》山於切。
4. 骨：《唐韻》古忽切。	27. 星：《唐韻》桑經切。
5. 汗：《廣韻》侯旰切。	28. 渡：《唐韻》徒故切。
6. 殿：《唐韻》堂練切。	29. 河：《唐韻》乎哥切。
7. 暗：《唐韻》烏紺切。	30. 漢：《唐韻》呼旰切。
8. 香：《廣韻》許良切。	31. 試：《唐韻》式吏切。
9. 滿：《唐韻》莫旱切。	32. 問：《唐韻》亡運切。
10. 繡：《廣韻》息救切。	33. 如：《唐韻》人諸切。
11. 簾：《廣韻》力鹽切。	34. 何：《唐韻》胡歌切。
12. 點：《唐韻》多忝切。	35. 三：《唐韻》蘇甘切。
13. 窺：《唐韻》去隨切。	36. 更：《廣韻》古行切。
14. 寢：《廣韻》七稔切。	37. 金：《唐韻》居音切。
15. 敧：《唐韻》去奇切。	38. 波：《唐韻》博禾切。
16. 枕：《唐韻》章荏切。	39. 淡：《廣韻》徒覽切。
17. 釵：《唐韻》楚佳切。	40. 繩：《廣韻》食陵切。
18. 橫：《唐韻》戶盲切。	41. 低：《廣韻》都奚切。
19. 鬢：《唐韻》必刃切。	42. 轉：《廣韻》陟兗切。
20. 亂：《唐韻》郎段切。	43. 屈：《廣韻》區勿切。
21. 攜：《唐韻》戶圭切。	44. 指：《唐韻》職雉切。
22. 素：《廣韻》桑故切。	45. 西：《唐韻》先稽切。
23. 手：《唐韻》書九切。	46. 幾：《集韻》舉豈切。

47. 又：《唐韻》于救切。　　　50. 偷：《廣韻》託侯切。
48. 道：《唐韻》徒皓切。　　　51. 換：《廣韻》胡玩切。
49. 流：《唐韻》力求切。　　　52. 疏：1.《集》山於切。
　　　　　　　　　　　　　　　　　　 2.《彙》時沽切。

【作品簡析】

　　元豐五年某一個夏夜，蘇軾憶起小時七歲時之事。曾聽眉山老尼，談起蜀主孟昶與花蕊夫人，夏夜於摩訶池納涼之事，並作一詞，老尼曾將詞之內容告訴蘇軾。四十幾年後，蘇軾猶記得首二句，玩味幾番，以〈洞仙歌〉曲，重塑蜀主孟昶與花蕊夫人，夏夜納涼之景。

　　上闋主要為描寫花蕊夫人之丰姿體態，「冰肌玉骨，自清涼無汗。」不僅是寫美人，也為夏夜帶來清涼之意。伴隨著陣陣夜裡的花香，整座建於水上的宮殿，更顯得清幽。微開的繡簾，隱約可窺見美人欹枕未寢的美態。蘇軾以「一點明月窺人」，鋪敘美人之美，連月光都想看一眼，把涼風、花香和月光，全部聚焦在美人身上，營造出柔美的氛圍。

　　下片乃寫詞裡的主人翁二人，由室內走出戶外，遙看星河運轉，月光漸漸變淡，將時間的因子帶入詞境中。一句問答「試問夜如何？夜已三更。」含著對良辰美景易逝的感嘆，時間正隨著宇宙的運轉一點一滴流逝。

　　此闋詞是適合於夏夜品讀的作，有月、有風、有水、有花香，正可將暑氣消弭於文字節奏中。

念奴[212]嬌

Liam⁷ Lou⁵ Kiau¹

赤壁[213]懷古

Chhek⁴ Pek⁴　Hoai⁵ Kou²

大江東去，浪淘盡，千古風流人物。

Tai⁷ Kang¹ Tong¹ Khu³　　Long⁷ To⁵ Chin⁷　　Chhian¹ Kou² Hong¹ Liu⁵ Jin⁵ But⁸

故壘西邊，人道是，三國周郎赤壁。

Kou³⁻²Lui² Se¹ Pian¹　　Jin⁵ To⁷ Si⁷　　Sam¹ Kok⁴ Chiu¹ Long⁵Chhek⁴ Pek⁴

亂石崩雲，驚濤裂岸，捲起千堆[214]雪；

Loan⁷ Sek⁸ Peng¹ Un⁵　　Keng¹ To⁵ Liat⁸ Gan⁷　　Koan²⁻¹Khi²Chhian¹Tui¹　Siat⁴

江山如畫，一時多少豪傑。　　遙想

Kang¹ San¹ Ju⁵ Hoa⁷　　It⁴ Si⁵ To¹ Siau² Ho⁵ Kiat⁸　　　　Iau⁵ Siong²

公瑾當年，小喬初嫁了，雄姿英發，

Kong¹ Kin² Tong¹ Lian⁵　　Siau² Kiau⁵Chhou¹ Ka³ Liau²　　Hiong⁵Chu¹ Eng¹ Hoat⁴

羽扇綸巾，談笑間，強虜灰[215]飛煙滅。

U²　Sian³ Koan¹Kun¹　　Tam⁵ Siau³ Kan¹　　Kiong⁵Lou¹ Hoe¹　Hui¹ Ian¹ Biat⁸

故國神遊，多情應笑我，早生華髮。

Kou³ Kok⁴ Sin⁵ Iu⁵　　To¹ Cheng⁵ Eng¹ Siau³ Ngou²　　Cho² Seng¹ Hoa⁵ Hoat⁴

---

[212] 奴：正音 Lou⁵；俗音 Nou⁵。
[213] 壁：正音 Pek⁴；俗音 Phek⁴。
[214] 堆：正音 Toe¹；俗音 Tui¹；詩韻 Toai¹。
[215] 灰：正音 Hoe¹；詩韻 Hai¹。

人生如夢，一尊還酹²¹⁶江月。

Jin⁵ Seng¹ Ju⁵ Bong⁷　　It⁴ Chun¹ Hoan⁵ Lui⁷　　Kang¹ Goat⁸

反切

1. 念：《唐韻》奴店切。
2. 奴：《廣韻》乃都切。
3. 嬌：《廣韻》舉喬切。
4. 赤：《唐韻》昌石切。
5. 壁：《唐韻》北激切。
6. 淘：《集韻》徒刀切。
7. 盡：《唐韻》慈忍切。
8. 古：《唐韻》公戶切。
9. 故：《廣韻》古暮切。
10. 壘：《廣韻》力軌切。
11. 西：《唐韻》先稽切。
12. 石：《唐韻》常隻切。
13. 崩：《廣韻》北滕切。
14. 雲：《唐韻》王分切。
15. 裂：《唐韻》良薛切。
16. 岸：《唐韻》五旰切。
17. 捲：《唐韻》居轉切。
18. 堆：《唐韻》都回切。
19. 雪：《唐韻》相絕切。
20. 畫：《廣韻》胡卦切。
21. 多：《唐韻》得何切。

22. 少：《唐韻》書沼切。
23. 豪：《廣韻》胡刀切。
24. 傑：《唐韻》渠列切。
25. 瑾：《唐韻》居隱切。
26. 喬：《唐韻》巨嬌切。
27. 嫁：《廣韻》古訝切。
28. 了：《唐韻》盧鳥切。
29. 雄：《集韻》胡弓切。
30. 姿：《廣韻》即夷切。
31. 羽：《廣韻》王矩切。
32. 扇：《唐韻》式戰切。
33. 綸：《廣韻》古頑切。
34. 巾：《集韻》居銀切。
35. 虜：《唐韻》郎古切。
36. 灰：《唐韻》呼恢切。
37. 滅：《唐韻》亡列切。
38. 應：《廣韻》於陵切。
39. 早：《廣韻》子皓切。
40. 髮：《唐韻》方伐切。
41. 酹：《廣韻》盧對切。
42. 飛：《唐韻》甫微切。

【作品簡析】

　　元豐五年（1082）七月，蘇軾偕友同遊黃州城外黃岡赤壁磯。此地並非三國赤壁之戰的古戰場，然而蘇軾透過文學想像，在此片「人道是三國周郎赤壁」的景物裡追懷歷史，感悟人生如夢之課題。

---

²¹⁶ 酹：正音 Loat⁸ 或 Loe⁷；俗音 Lui⁷。

　　詞以澎湃氣象開篇。以長江東流，浪起淘落，對照代代皆有新人出的歷史定律。千古以來，多少英雄豪傑，在這江山如畫之處，爭相競起，建立功業。蘇軾在此緬懷東吳周瑜於談笑之間，定下火攻之計，將舳艫千里的曹船，一把火燒盡，成就為人稱頌之功業。赤壁之戰，周瑜時年二十有七，正值雄姿英發之時，孫權將小喬許配於他，成就美人配英雄之歷史佳話，周瑜功業、家業兩成。相對此刻悠遊於赤壁下的蘇軾，已四十有七，卻功業無成，對於流貶黃州，人生是否能再建立功業？根本無法想像，寥落之心情，自不必多言。

　　在這片歷史陳跡裡，蘇軾彷彿走進遙遠歷史中，神遊在一片古戰場中，看見英雄，望見美人，還有一場轟轟烈烈之戰。「**故國神遊，多情應笑我，早生華髮。**」應作「神遊故國，應笑我多情，華髮早生。」解。蘇軾本是多情之人，神遊故國江山，江山或許也會笑其多情。正因其多情，才會白髮早生。

　　蘇軾神遊古地，相照古人，過去如夢，未來如夢。人生本如夢一場，不如以酒一杯，澆奠江上明月。人生如夢的主題，呼應開頭的「浪淘盡」，任何風流人物都會在歷史中消失，名利功業只不過是後人憑弔歷史的事蹟。

前赤壁賦

Chian⁵　Chhek⁴　Pek⁴　　Hu³

壬戌之秋，七月既望，蘇子與客
Jim⁵　Sut⁴　Chi¹ Chhiu¹　　Chhit⁴ Goat⁸ Ki³ Bong⁷　　Sou¹ Chu² U² Khek⁴

泛舟遊於赤壁之下。清風徐來，水波
Hoan³Chiu¹ Iu⁵　U¹　Chhek⁴Pek⁴ Chi¹　Ha⁷　Chheng¹Hong¹ Su⁵　Lai⁵　Sui² Pho¹

不興，舉酒屬客，誦明月之詩，歌窈
Put⁴ Heng¹　　Ku² Chiu² Chu³ Khek⁴　Siong⁷Beng⁵ Goat⁸ Chi¹ Si¹　　Ko¹ Iau²

窕²¹⁷之章。少焉，月出於東山之上，徘
Tiau²　Chi¹ Chiong¹　Siau¹　Ian¹　　Goat⁸Chhut⁴U¹ Tong¹ San¹ Chi¹Siong⁷　　Pai⁵

徊於斗²¹⁸牛之間。白露橫江，水光接天
Hai⁵　U¹ Tou²　Giu⁵ Chi¹ Kan¹　　Pek⁸ Lou⁷ Heng⁵Kang¹　Sui²Kong¹Chiap⁴Thian¹

。縱²¹⁹一葦之所如，凌萬頃之茫然。浩
Chhiong³　It⁴ Ui² Chi¹ Sou² Ju⁵　　Leng⁵ Ban⁷Kheng² Chi¹ Bong⁵ Jian⁵　　Ho⁷

浩乎如馮虛御風，而不知其所止；飄²²⁰
Ho⁷ Hou⁵ Ju⁵ Peng⁵ Hu¹ Gu⁷ Hong¹　Ji⁵ Put⁴ Ti¹ Ki⁵ Sou² Chi²　　Piau¹

飄乎如遺世獨立，羽化而登仙。
Piau¹ Hou⁵ Ju⁵　Ui² Se³ Tok⁸ Lip⁸　　U² Hoa³ Ji⁵ Teng¹ Sian¹

---

²¹⁷ 窕：正音 Tiau²；俗音 Thiau²。
²¹⁸ 斗：正音 Tou²；詩韻 Tiu²。
²¹⁹ 縱：正音 Chiong³；俗音 Chhiong³。
²²⁰ 飄：正音 Piau¹；俗音 Phiau¹。

反切

1.前：《唐韻》昨先切。
2.賦：《唐韻》方遇切。
3.壬：《廣韻》如林切。
4.戌：《唐韻》辛聿切。
5.既：《唐韻》居豙切。
6.蘇：《唐韻》素姑切。
7.泛：《唐韻》孚梵切。
8.徐：《唐韻》似魚切。
9.屬：《集韻》朱戍切。注也。
10.誦：《唐韻》似用切。
11.窈：《唐韻》烏皎切。
12.窕：《唐韻》徒了切。
13.少：《廣韻》式照切。
14.焉：《廣韻》於乾切。
15.徘：《集韻》蒲枚切。

16.徊：《廣韻》戶恢切。
17.斗：《唐韻》當口切。
18.牛：《唐韻》語求切。
19.白：《唐韻》旁陌切。
20.露：《唐韻》洛故切。
21.橫：《唐韻》戶盲切。
22.接：《唐韻》子葉切。
23.縱：《廣韻》子用切。
24.葦：《集韻》羽鬼切。
25.頃：《廣韻》去穎切。
26.乎：《廣韻》戶吳切。
27.馮：《集韻》皮冰切。
28.飄：《集韻》卑遙切。
29.獨：《唐韻》徒谷切。
30.立：《廣韻》力入切。

於 是 飲 酒 樂 甚 ，扣 舷 而 歌 之 ，歌
U[1] Si[7] Im[2] Chiu[2] Lok[8] Sim[7]　Khou[3] Hian[5] Ji[5] Ko[1] Chi[1]　Ko[1]

曰：「桂 棹[221]兮 蘭 槳 ，擊 空 明 兮 泝 流
Oat[8]　Kui[3] Tau[7]　He[5] Lan[5] Chiong[2]　Kek[4]Khong[1]Beng[5] He[5] Sou[3]　Liu[5]

光。渺 渺 兮 予 懷 ，望 美 人 兮 天 一 方。」
Kong[1] Biau[2]Biau[2] He[5]　U[5] Hoai[5]　Bong[7] Bi[2] Jin[5]　He[5] Thian[1] It[4] Hong[1]

反切

---
[221] 棹：正音 Tau[7]；俗音 Chau[7]。

1. 甚：《唐韻》時鴆切。
2. 扣：《唐韻》苦候切。
3. 舷：《廣韻》胡田切。
4. 棹：《唐韻》直教切。
5. 兮：《唐韻》胡雞切。
6. 漿：《唐韻》即兩切。
7. 擊：《唐韻》古歷切。
8. 泝：《廣韻》桑故切。
9. 渺：《廣韻》亡沼切。
10. 予：《廣韻》弋諸切。

客有吹洞簫者，倚歌而和之，其
Khek⁴ Iu² Chhui¹ Tong⁷Siau¹ Chia²　　I² Ko¹ Ji⁵ Ho⁷ Chi¹　　　Ki⁵

聲嗚²²²嗚然，如怨、如慕、如泣、如訴；
Seng¹ Ou¹　Ou¹ Jian⁵　Ju⁵ Oan³　Ju⁵ Bou⁷　Ju⁵ Khip⁴　Ju⁵ Sou³

餘音嫋嫋，不絕如縷；舞幽壑之潛蛟
U⁵ Im¹ Liau² Liau²　Put⁴ Choat⁸ Ju⁵ Lu²　Bu² Iu¹ Hok⁴ Chi¹ Chiam⁵ Kau¹

，泣孤舟之嫠婦。
Khip⁴ Kou¹ Chiu¹ Chi¹ Li⁵ Hu⁷

反切

1. 吹：《唐韻》昌垂切。
2. 倚：《唐韻》於綺切。
3. 和：《廣韻》胡臥切。
4. 嗚：《廣韻》哀都切。
5. 怨：《唐韻》於願切。
6. 慕：《唐韻》莫故切。
7. 泣：《廣韻》去急切。
8. 訴：《唐韻》桑故切。
9. 音：《唐韻》於今切。
10. 嫋：《廣韻》奴鳥切。
11. 絕：《廣韻》情雪切。
12. 縷：《廣韻》力主切。
13. 壑：《廣韻》呵各切。
14. 潛：《唐韻》昨鹽切。
15. 蛟：《唐韻》古肴切。
16. 孤：《唐韻》古乎切。
17. 嫠：《廣韻》里之切。

---

²²² 嗚：正音 Ou¹；俗音 U¹。

蘇子愀然，正襟危坐而問客曰：
Sou¹ Chu² Chhiau² Jian⁵　Cheng³ Kim¹ Gui⁵ Cho⁷ Ji⁵　Bun⁷ Khek⁴ Oat⁸

「何為其然也？」
Ho⁵ Ui⁵ Ki⁵ Jian⁵ Ia⁰

反切

1. 愀：《廣韻》親小切。
2. 正：《唐韻》之盛切。
3. 襟：《唐韻》居吟切。
4. 危：《唐韻》魚為切。

5. 問：《唐韻》亡運切。
6. 曰：《唐韻》王伐切。
7. 也：《唐韻》羊者切。

客曰：「『月明星稀，烏[223]鵲南飛。』
Khek⁴ Oat⁸　Goat⁸ Beng⁵ Seng¹ Hi¹　Ou¹ Chhiok⁴ Lam⁵ Hui¹

此非曹孟德之詩乎？西望夏口[224]，東望
Chhu² Hui¹ Cho⁵ Beng⁷ Tek⁴ Chi¹ Si¹ Hou⁵　Se¹ Bong⁷ Ha⁷ Khou²　Tong¹ Bong⁷

武昌，山川相繆[225]，鬱乎蒼蒼。此非孟
Bu² Chhiong¹　San¹ Chhoan¹ Siong¹ Biu⁵　Ut⁴ Hou⁵ Chhong¹ Chhong¹　Chhu² Hui¹ Beng⁷

德之困於周郎者乎？方其破荊州，下
Tek⁴ Chi¹ Khun³ U¹ Chiu¹ Long⁵ Chia² Hou⁵　Hong¹ Ki⁵ Pho³ Keng¹ Chiu¹　Ha³

江陵，順流而東也，舳艫千里，旌旗
Kang¹ Leng⁵　Sun⁷ Liu⁵ Ji⁵ Tong¹ Ia⁰　Tiok⁸ Lou⁵ Chhian¹ Li²　Cheng¹ Ki⁵

---

[223] 烏：正音 Ou¹；俗音 U¹。
[224] 口：正音 Khou²；俗音 Khiou²。
[225] 繆：(廣)莫浮切：又音 Liau²。

125

蔽空，釃²²⁶酒臨江，橫槊賦詩，固一世
Pe³ Khong¹　Su²　Chiu²Lim⁵ Kang¹　　Heng⁵Sok⁴ Hu³ Si¹　　Kou³ It⁴ Se³

之雄也，而今安在哉！況吾與子，漁
Chi¹ Hiong⁵ Ia⁰　　Ji⁵ Kim¹ An¹ Chai⁷ Chai¹　　Hong² Ngou⁵ U² Chu²　　Gu⁵

樵於江渚之上，侶魚蝦而友麋鹿；駕
Chiau⁵ U¹ Kang ¹Chu² Chi¹ Siong⁷　　Lu⁷ Gu⁵ Ha⁵ Ji⁵ Iu² Bi⁵ Lok⁸　　Ka³

一葉之扁舟，舉匏樽以相屬；寄蜉蝣
It⁴ Iap⁸ Chi¹ Pian¹ Chiu¹　　Ku² Pau⁵ Chun¹ I² Siong¹ Chu³　　Ki³ Hu⁵ Iu⁵

於天地，渺滄海之一粟。哀吾生之須
U¹ Thian¹ Te⁷　　Biau²Chhong¹Hai² Chi¹　　It⁴ Siok⁴　　Ai¹ Ngou⁵Seng¹ Chi¹ Su¹

臾²²⁷，羨長江之無窮；挾²²⁸飛仙以遨²²⁹遊，
Ju⁵　　　Sian⁷Tiong⁵Kang¹Chi¹ Bu⁵ Kiong⁵　Kiap⁸　Hui¹Sian¹　I² Ngou⁵　Iu⁵

抱明月而長終；知不可乎驟得，託遺
Po⁷ Beng⁵ Goat⁸ Ji⁵ Tiong⁵Chiong¹　　Ti¹ Put⁴ Kho² Hou⁵ Chou⁷ Tek⁴　　Thok⁴ Ui⁵

響於悲風。」
Hiong² U¹　Pi¹ Hong¹

反切

1. 烏：《唐韻》哀都切。　　3. 曹：《唐韻》昨牢切。
2. 鵲：《廣韻》七雀切。　　4. 德：《唐韻》多則切。

---

²²⁶ 釃：正音 Si²；泉州音 Su²。
²²⁷ 臾：正音 U⁵；俗音 Ju⁵。
²²⁸ 挾：正音 Hiap⁸；俗音 Kiap⁸。
²²⁹ 遨：正音 Go⁵；俗音 Ngou⁵。

5. 口：《唐韻》苦后切。
6. 鬱：《唐韻》紆物切。
7. 者：《廣韻》章也切。
8. 破：《唐韻》普過切。
9. 荊：《廣韻》舉卿切。
10. 舳：《唐韻》直六切。
11. 艫：《唐韻》洛乎切。
12. 旌：《唐韻》子盈切。
13. 蔽：《集韻》必袂切。
14. 釃：《唐韻》所綺切。
15. 臨：《唐韻》力尋切。
16. 槊：《唐韻》所角切。
17. 固：《唐韻》古慕切。
18. 哉：《唐韻》祖才切。
19. 況：《唐韻》許訪切。
20. 樵：《唐韻》昨焦切。
21. 渚：《唐韻》章與切。
22. 侶：《唐韻》力舉切。
23. 蝦：《唐韻》胡加切。
24. 麋：《唐韻》武悲切。
25. 鹿：《唐韻》盧谷切。
26. 駕：《唐韻》古訝切。
27. 葉：《唐韻》與涉切。
28. 扁：《集韻》純延切。
29. 匏：《唐韻》薄交切。
30. 屬：《集韻》朱戍切。注也。
31. 蜉：《集韻》房尤切。
32. 粟：《廣韻》相玉切。
33. 臾：《廣韻》羊朱切。
34. 羨：《廣韻》似面切。
35. 窮：《廣韻》渠弓切。
36. 挾：《唐韻》胡頰切。
37. 遨：《廣韻》五勞切。
38. 抱：《唐韻》薄浩切。
39. 驟：《集韻》才候切。
40. 託：《唐韻》他各切。

蘇子曰：「客亦知夫水與月乎
Sou^1 Chu^2 Oat^8　Khek^4 Ek^8 Ti^1 Hu^5 Sui^2 U^2 Goat^8 Hou^5

逝者如斯，而未嘗往也；盈虛者如彼
Se^7 Chia^2 Ju^5 Su^1　Ji^5 Bi^7 Siong^5 Ong^2 Ia^0　Eng^5 Hu^1 Chia^2 Ju^5 Pi^2

，而卒莫消長也。蓋將自其變者而觀
Ji^5 Chut^4 Bok^8 Siau^1 Tiong^2 Ia^0　Kai^3 Chiong^1 Chu^7 Ki^5 Pian^3 Chia^2 Ji^5 Koan^1

之，則天地曾不能以一瞬；自其不變
Chi^1　Chek^4 Thian^1 Te^7 Cheng^1 Put^4 Leng^5 I^2 It^4 Sun^3　Chu^7 Ki^5 Put^4 Pian^3

者而觀之，則物與我皆無盡也。而又
Chia^2 Ji^5 Koan^1 Chi^1　Chek^4 But^8 U^2 Ngou^2 Kai^1 Bu^5 Chin^7 Ia^0　Ji^5 Iu^7

何羨乎？且夫天地之間，物各有主。
Ho⁵ Sian⁷ Hou⁵　Chhia²Hu⁵ Thian¹ Te⁷ Chi¹ Kan¹　　But⁸ Kok⁴ Iu² Chu²

苟非吾之所有，雖一毫而莫取；惟江
Kou²Hui¹ Ngou⁵Chi¹ Sou² Iu²　　Sui¹ It⁴ Ho⁵ Ji⁵ Bok⁸ Chhu²　I⁵ Kang¹

上之清風，與山間之明月，耳得之而
Siong⁷Chi¹Chheng¹Hong¹　　U² San¹ Kan¹ Chi¹ Beng⁵ Goat⁸　　Ni² Tek⁴ Chi¹ Ji⁵

為聲，目遇之而成色。取之無禁，用
Ui⁵ Seng¹　　Bok⁸ Gu⁷ Chi¹ Ji⁵ Seng⁵ Sek⁴　　Chhu² Chi¹ Bu⁵ Kim³　　Iong⁷

之不竭。是造物者之無盡藏也，而吾
Chi¹ Put⁴ Kiat⁸　　Si⁷ Cho⁷ But⁸ Chia² Chi¹ Bu⁵ Chin⁷Chong⁷Ia⁰　　Ji⁵ Ngou⁵

與子之所共適。」
U² Chu² Chi¹ Sou² Kiong⁷ Sek⁴

客喜而笑²³⁰，洗盞更酌。肴²³¹核既
Khek⁴Hi² Ji⁵ Siau³　　Se² Chan² Keng¹Chiok⁴　　Ngau⁵　　Hek⁸ Ki³

盡，杯²³²盤狼籍。相與枕藉乎舟中，不
Chin⁷　　Poe¹　　Phoan⁵Long⁵Chek⁴　　Siong¹ U² Chim⁷ Chia⁷Hou⁵ Chiu¹ Tiong¹　　Put⁴

知東方之既白。
Ti¹ Tong¹Hong¹ Chi¹ Ki³ Pek⁸

反切

---

230 笑：正音 Siau³；俗音 Chhiau³。
231 肴：正音 Hau⁵；俗音 Ngau⁵。
232 杯：正音 Poe¹；詩韻 Pai¹。

1. 夫：《廣韻》防無切。
2. 逝：《唐韻》時制切。
3. 斯：《唐韻》息移切。
4. 彼：《集韻》補靡切。
5. 卒：《唐韻》子律切。
6. 蓋：《唐韻》古太切。
7. 變：《唐韻》祕戀切。
8. 則：《唐韻》子德切。
9. 曾：《廣韻》作滕切。
10. 瞬：《廣韻》舒閏切。
11. 物：《唐韻》文弗切。
12. 且：《廣韻》淺野切。
13. 各：《唐韻》古洛切。
14. 苟：《唐韻》古厚切。
15. 毫：《廣韻》胡刀切。
16. 取：《唐韻》七庾切。
17. 惟：《唐韻》以追切。
18. 耳：《唐韻》而止切。
19. 目：《唐韻》莫六切。
20. 遇：《唐韻》牛具切。
21. 色：《廣韻》所力切。
22. 禁：《唐韻》居蔭切。
23. 竭：《廣韻》渠列切。
24. 造：《廣韻》昨早切。
25. 藏：《廣韻》才浪切。又昨郎切。
26. 適：《唐韻》施隻切。
27. 笑：《廣韻》私妙切。
28. 盞：《唐韻》阻限切。
29. 酌：《唐韻》之若切。
30. 肴：《唐韻》胡茅切。
31. 核：《唐韻》下革切。
32. 杯：《唐韻》布回切。
33. 盤：《唐韻》薄官切。
34. 藉：《廣韻》秦昔切。
35. 枕：《集韻》職賃切。
36. 藉：《唐韻》慈夜切。
37. 白：《唐韻》旁陌切。

【作品簡析】

元豐五年（1082）七月十六日，蘇軾於黃州已度三秋。他與朋友來到黃岡赤壁磯下，泛舟長江，逆流而上，清風輕拂，白露籠江，主客對酌，吟詠明月窈窕之詩：「月出皎兮，佼人僚兮。舒窈糾兮，勞心悄兮。」（《詩經‧陳風‧月出》）不久，見月出於山頭，徘徊於南斗與牽牛星之間。在水月交映美景下，放縱小舟漂盪於萬頃水面之上，彷彿乘風飛翔，飄行在太虛仙境中。

清風明月下，蘇軾扣船和拍高歌，唱出思念美人而不得見之悵惘與失意，寓託對君王與前程的期待。客人吹簫依歌而和，簫聲幽怨悲涼，繚繞不絕，聲聲動人，將歡樂的氣氛，轉入悲涼哀傷之中。

蘇軾聽得簫聲悲涼，正襟端坐，詢問客人為何而悲？自此將文章帶入賦體主客問答之傳統形式，引出客人對三國赤壁之戰，曹操帶領壯大水軍，來到赤壁下之盛壯，與英雄氣慨，但「而今安在哉」的感歎！曹操乃一世之雄，況且無法於天地間長存，何況我輩？因此客人僅能於此感嘆生命短暫，羨慕長江之

不息，期盼與神仙交遊，與明月同存。然而這些皆幻想之思，心感悲涼，故借簫聲寄託感慨於風中。客人的回答，表達一種消極悲觀的人生想法，正是蘇軾人生態度的悲觀面。

對於客人之慨歎，蘇軾提出看法。其扣緊客人「羨長江之無窮」、「抱明月而長終」之期待，亦以水月為對象，提出「逝者如斯，而未嘗往也；盈虛者如彼，而卒莫消長也」之看法，從變與不變二方面，探討宇宙事物之理。由變的角度視之，天地之存在，不過瞬間而已；由不變之角度視之，則事物與人皆無窮盡。因此何須「哀吾生之須臾」，天地間萬物，本各有主，何必強求！唯有這江上清風、山間明月，任吾輩聽之、望之，取之不盡，用之不竭，徜徉其中，自得其樂。

於是客人轉悲而喜，暢飲開懷，主客相枕以臥，「不知東方之既白！」走出人因時空限制的哀傷，自此可清晰見到蘇軾對生命的曠達思想。

後赤壁[233]賦

Hou[7] Chhek[4] Pek[4]　　Hu[3]

是歲十月之望，步自雪堂，將歸
Si[7] Soe[3] Sip[8] Goat[8] Chi[1]　Bong[7]　Pou[7] Chu[7] Soat[4] Tong[5]　Chiong[1] Kui[1]

於臨皋，二客從予過黃泥之坂，霜露
U[1] Lim[5] Ko[1]　Ji[7] Khek[4] Chiong[5] U[5]　Ko[3] Hong[5] Le[5] Chi[1] Pan[2]　Song[1] Lou[7]

既降，木葉盡脫，人影在地，仰見明
Ki[3] Kang[3]　Bok[8] Iap[8] Chin[7] Toat[8]　Jin[5] Eng[2] Chai[7] Te[7]　Giong[2] Kian[3] Beng[5]

月，顧而樂之。行歌相答，已而歎曰：
Goat[8]　Kou[3] Ji[5] Lok[8] Chi[1]　Heng[5] Ko[1] Siong[1] Tap[4]　I[2]　Ji[5] Than[3] Oat[8]

「有客無酒，有酒無肴，月白風清，
Iu[2] Khek[4] Bu[5] Chiu[2]　Iu[2] Chiu[2] Bu[5] Ngau[5]　Goat[8] Pek[8] Hong[1] Chheng[1]

如此良夜何？」客曰：「今者薄暮，
Ju[5] Chhu[2] Liong[5] Ia[7] Ho[5]　Khek[4] Oat[8]　Kim[1] Chia[0] Pok[8] Bou[7]

舉網得魚，巨口[234]細鱗，狀似松江之鱸
Ku[2] Bong[2] Tek[4] Gu[5]　Ku[7] Khiou[2]　Se[3] Lin[5]　Chong[7] Su[7] Siong[5] Kang[1] Chi[1] Lou[5]

，顧安所得酒乎？」歸而謀諸婦，婦
Kou[3] An[1] Sou[2] Tek[4] Chiu[2] Hou[5]　Kui[1] Ji[5] Biu[5] Chu[1] Hu[7]　Hu[7]

曰：「我有斗酒，藏之久矣，以待子
Oat[8]　Ngou[2] Iu[2] Tou[2] Chiu[2]　Chong[5] Chi[1] Kiu[2] I[0]　I[2] Tai[7] Chu[2]

不時之須！」於是攜酒與魚，復游於
Put[4] Si[5] Chi[1] Su[1]　U[1] Si[7] He[5] Chiu[2] U[2] Gu[5]　Hiu[7] Iu[5] U[1]

---

[233] 壁：正音 Pek[4]；俗音 Phek[4]。
[234] 口：正音 Khou[2]；俗音 Khiou[2]。

赤 壁 之 下 。

Chhek⁴ Pek⁴ Chi¹ Ha⁷

反切

1.後：《唐韻》胡口切。
2.望：《唐韻》巫放切。
3.步：《唐韻》薄故切。
4.堂：《唐韻》徒郎切。
5.臨：《唐韻》力尋切。
6.皋：《唐韻》古勞切。
7.泥：《廣韻》奴低切。
8.坂：《集韻》部版切。
9.降：《唐韻》古巷切。
10.脫：《唐韻》徒活切。
11.仰：《唐韻》魚兩切。
12.答：《廣韻》都合切。
13.肴：《唐韻》胡茅切。
14.者：《廣韻》章也切。
15.薄：《唐韻》傍各切。

16.暮：《廣韻》莫故切。
17.網：《廣韻》文兩切。
18.魚：《唐韻》語居切。
19.口：《唐韻》苦后切。
20.細：《廣韻》蘇計切。
21.鱗：《廣韻》力珍切。
22.狀：《集韻》助亮切。
23.松：《唐韻》詳容切。
24.鱸：《廣韻》落胡切。
25.乎：《廣韻》戶吳切。
26.謀：《唐韻》莫浮切。
27.斗：《唐韻》當口切。
28.矣：《唐韻》于己切。
29.攜：《唐韻》戶圭切。
30.游：《唐韻》以周切。

江 流 有 聲 ， 斷 岸 千 尺 ， 山 高 月 小 ，

Kang¹ Liu⁵ Iu² Seng¹ Toan⁷ Gan⁷ Chhian¹ Chhek⁴ San¹ Ko¹ Goat⁸ Siau²

水 落 石 出 ； 曾 日 月 之 幾 何 ， 而 江 山 不

Sui² Lok⁸ Si⁵ Chhut⁴ Cheng⁵ Jit⁸ Goat⁸ Chi¹ Ki² Ho⁵ Ji⁵ Kang¹ San¹ Put⁴

可 復 識 矣 ！ 予 乃 攝 衣 而 上 ， 履 巉 巖²³⁵ ，

Kho² Hiu⁷ Sek⁴ I⁰ U⁵ Nai² Siap⁴ I¹ Ji⁵ Siong² Li² Cham⁵ Giam⁵

---

²³⁵ 巖：正音 Gam⁵；俗音 Giam⁵。

披蒙茸，踞虎豹，登虯龍，攀栖鶻之
Phi¹ Bong⁵ Jiong⁵　　Ku³ Hou² Pau³　　Teng¹ Kiu⁵ Liong⁵　　Phan¹ Se¹ Kut⁴ Chi¹

危巢，俯馮夷之幽宮；蓋二客不能從
Gui⁵ Chau⁵　　Hu² Peng⁵ I⁵ Chi¹ Iu¹ Kiong¹　　Kai³ Ji⁷ Khek⁴ Put⁴Leng⁵Chiong⁵

焉。劃然長嘯，草木震動，山鳴谷應，
Ian¹　　Hek⁴ Jian⁵ Tiong⁵Siau³　　Chho² Bok⁸ Chin³ Tong⁷　　San¹ Beng⁵ Kok⁴ Eng³

風起水湧，予亦悄然而悲，肅然而恐
Hong¹ Khi² Sui² Iong²　　U⁵ Ek⁸ Chhiau²Jian⁵ Ji⁵ Pi¹　　Siok⁴ Jian⁵ Ji⁵ Khiong²

，凜乎其不可久留也！反而登舟，放乎
Lim² Hou⁵ Ki⁵ Put⁴ Kho² Kiu² Liu⁵ Ia⁰　　Hoan² Ji⁵ Teng¹ Chiu1　Hong³ Hou⁵

中流，聽其所止而休焉。
Tiong¹ Liu⁵　　Theng³ Ki⁵ Sou² Chi² Ji⁵ Hiu¹ Ian¹

反切

1. 尺：《廣韻》昌石切。
2. 石：《唐韻》常隻切。
3. 曾：《唐韻》昨稜切。
4. 復：《集韻》浮富切。
5. 攝：《唐韻》書涉切。
6. 履：《廣韻》力几切。
7. 巉：《廣韻》鋤銜切。
8. 巖：《唐韻》五銜切。
9. 披：《集韻》攀縻切。
10. 茸：《唐韻》而容切。
11. 踞：《唐韻》居御切。
12. 豹：《唐韻》北教切。
13. 虯：《唐韻》渠幽切。
14. 攀：《唐韻》普班切。
15. 栖：《唐韻》先稽切。
16. 鶻：《唐韻》古忽切。
17. 危：《唐韻》魚為切。
18. 巢：《唐韻》鉏交切。
19. 俯：《廣韻》方矩切。
20. 馮：《集韻》皮冰切。
21. 幽：《唐韻》於虯切。
22. 蓋：《唐韻》古太切。
23. 焉：《廣韻》於乾切。
24. 劃：《唐韻》呼麥切。
25. 震：《唐韻》章刃切。
26. 谷：《唐韻》古祿切。
27. 湧：《唐韻》余隴切。
28. 悄：《唐韻》親小切。
29. 肅：《唐韻》息逐切。
30. 凜：《唐韻》力稔切。
31. 聽：《廣韻》他定切。

時夜將半，四顧寂寥。適有孤鶴
Si⁵ Ia⁷ Chiong¹Poan³ Su³ Kou³ Chek⁸ Liau⁵ Sek⁴ Iu² Kou¹ Hok⁸

，橫江東來，翅²³⁶如車輪，玄裳縞衣，
Heng⁵ Kang¹Tong¹ Lai⁵ Si³ Ju⁵ Ku¹ Lun⁵ Hian⁵Siong⁵ Ko² I¹

戛²³⁷然長鳴，掠予舟而西也。須臾客去
Kat⁴ Jian⁵ Tiong⁵ Beng⁵ Liok⁸ U⁵ Chiu¹ Ji⁵ Se¹ Ia⁰ Su¹ Ju⁵ Khek⁴ Khu³

，予亦就睡。夢一道士，羽衣翩仙，
U⁵ Ek⁸ Chiu⁷ Sui⁷ Bong⁷ It⁴ To⁷ Su⁷ U² I¹ Pian¹ Sian¹

過臨皋之下，揖予而言曰：「赤壁之
Ko³ Lim⁵ Ko¹ Chi¹ Ha⁷ Ip⁴ U⁵ Ji⁵ Gian⁵ Oat⁸ Chhek⁴ Phek⁴ Chi¹

遊，樂乎？」問其姓名，俛而不答。
Iu⁵ Lok⁸ Hou⁵ Bun⁷ Ki⁵ Seng³ Beng⁵ Hu² Ji⁵ Put⁴ Tap⁴

嗚呼噫嘻，我知之矣！疇昔之夜，飛
Ou¹ Hou¹ I¹ Hi¹ Ngou² Ti¹ Chi¹ I⁰ Tiu⁵ Sek⁴ Chi¹ Ia⁷ Hui¹

鳴而過我者，非子也耶？道士顧笑，
Beng⁵ Ji⁵ Ko³ Ngou² Chia⁰ Hui¹ chu² Ia² Ia⁵ To⁷ Su⁷ Kou³ Siau³

予亦驚悟²³⁸，開戶視之，不見其處。
U⁵ Ek⁸ Keng¹ Ngou⁷ Khai¹ Hou⁷ Si⁷ Chi¹ Put⁴ Kian³ Ki⁵ Chhu³

反切

1. 半：《唐韻》博漫切。　4. 適：《唐韻》施隻切。
2. 寂：《唐韻》前歷切。　5. 鶴：《唐韻》下各切。
3. 寥：《廣韻》落蕭切。　6. 橫：《唐韻》戶盲切。

²³⁶ 翅：正音 Si³；俗音 Chhi³。
²³⁷ 戛：正音 Kat⁴；俗音 Khat⁴ 或 Khiat⁴。
²³⁸ 悟：正音 Gou⁷；俗音 Ngou⁷。

7. 翅：《正韻》式至切。
8. 車：《廣韻》九魚切。
9. 玄：《廣韻》瑚涓切。
10. 裳：《唐韻》市羊切。
11. 縞：《廣韻》古考切。
12. 戛：《廣韻》古黠切。
13. 掠：《唐韻》離灼切。
14. 臾：《廣韻》羊朱切。
15. 揪：《廣韻》疾僦切。
16. 睡：《唐韻》是偽切。
17. 翩：《集韻》紕延切。
18. 揖：《唐韻》伊入切。

19. 俛：《廣韻》方矩切。
20. 鳴：《廣韻》哀都切。
21. 呼：《唐韻》荒烏切。
22. 噫：《廣韻》於其切。
23. 嘻：《廣韻》許其切。
24. 疇：《唐韻》直由切。
25. 昔：《唐韻》思積切。
26. 耶：《廣韻》以遮切。
27. 驚：《唐韻》舉卿切。
28. 悟：《唐韻》五故切。
29. 視：《集韻》時利切。

【作品簡析】

同年十月蘇軾與另二位客人，再遊赤壁。他們由雪堂，回臨皋亭住所，三人走在黃泥坂路上，時值孟冬，霜露已降，樹葉全落，人影映地，仰望明月，氣氛十分樂融。一行人邊走邊聊，蘇軾嘆言：「現有佳客，卻無美酒，縱有美酒，亦無佳餚！在此清風明月下，今夜以何為樂呢？」客人言：「今日江上薄霧籠罩，灑網得魚一尾，狀似松江之鱸。佳餚已具，獨缺美酒，如何方可有酒？」三人回到臨皋住處，蘇夫人了解蘇軾之個性，早為其預藏美酒，以備蘇軾不時之需。因此在佳客、佳餚、美酒皆備情況下，一行人開啟此次赤壁之遊。

冬季赤壁磯處枯水期，水淺石出，水流淙淙作響。因水位低，登船望月，更覺山高而月小。七月蘇軾曾泛舟此地，江水豐沛，現盛況不復見。於是蘇軾決定捨舟登山，因山勢陡峭，二位客人並未隨行。蘇軾獨自過巉巖，攀虬枝，登猛禽築窩之懸崖，俯瞰江水，放懷長嘯，山谷回音響盪，江面風起水湧，不禁悲愁悄然而起，恐懼油然而生，深覺不宜久留此處，於是返回舟中，放舟江心，任其漂流，任其所止。

時將夜半，四周寂寞冷清，恰有一似身穿黑裳白衣，翅如車輪之孤鶴，飛越江面，由東而來，嘎然而鳴，拂掠小舟，向西而去。不久客人離去，蘇軾亦返回臨皋。夢中見一道士，身著羽衣，翩然走來，問其赤壁之遊樂乎？蘇軾詢問道士之名號，道士低頭不答。蘇軾興來感覺昨夜飛鳴過舟之鶴正此道士，再問其詳，道士回顧而笑，笑而不答。蘇軾由夢中驚醒，開門欲尋道士蹤跡，已不見其在何處！

後赤壁賦展現與前赤壁賦完全不同情感，以寫景為主，至文後孤鶴與道士

之出現，方表露出蘇軾此刻的人生觀，已由現境之困頓，轉為精神之自由，走入曠達之境。或許也可將文中的孤鶴與道士，看作是蘇軾的化身，自由徜徉在天地之間。

醉翁操

Chui³ Ong¹ Chho³

琅 琊 幽 谷 ， 山 川 奇 麗 ， 泉 鳴 空 澗 ， 若
Long⁵ Ia⁵ Iu¹ Kok⁴　　San¹ Chhoan¹ Ki⁵ Le⁷　　Choan⁵ Beng⁵ Khong¹ Kian³　　Jiok⁸

中 音 會 。 醉 翁 喜 之 ， 把 酒 臨 聽²³⁹ ， 輒 欣
Tiong¹ Im¹ Hoe⁷　　Chui³ Ong¹ Hi² Chi¹　　Pa² Chiu² Lim⁵ Theng¹　　Tiap⁴ Hin¹

然 忘 歸 。 既 去 十 餘 年 ， 而 好 奇 之 士 沈
Jian⁵ Bong⁵ Kui¹　　Ki³ Khu³ Sip⁸ U⁵ Lian⁵　　Ji⁵ Ho³ Ki⁵ Chi¹ Su⁷ Sim²

遵 聞 之 往 遊 ， 以 琴 寫 其 聲 ， 曰〈醉 翁
Chun¹ Bun⁵ Chi¹ Ong² Iu⁵　　I² Khim⁵ Sia² Ki⁵ Seng¹　　Oat⁸ Chui³ Ong¹

操〉， 節 奏 疏 宕 ， 而 音 指 華 暢 ， 知 琴
Chho³　　Chiat⁴ Chou³ Su¹ Tong⁷　　Ji⁵ Im¹ Chi² Hoa⁵ Thiong³　　Ti¹ Khim⁵

者 以 為 絕 倫 。 然 其 有 聲 而 無 其 辭²⁴⁰ ， 翁
Chia² I² Ui² Choat⁸ Lun⁵　　Jian⁵ Ki⁵ Iu² Seng¹ Ji⁵ Bu⁵ Ki⁵ Su⁵　　Ong¹

雖 為 作 歌 ， 而 與 琴 聲 不 合 。 又 依《楚
Sui¹ Ui⁷ Chok⁴ Ko¹　　Ji⁵ U² Khim⁵ Seng¹ Put⁴ Hap⁸　　Iu⁷ I¹ Chhou²

詞²⁴¹》作〈醉 翁 引〉， 好 事 者 亦 倚 其 辭
Su⁵　　Chok⁴ Chui³ Ong¹ In²　　Ho³ Su⁷ Chia² Ek⁸ I² Ki⁵ Su⁵

以 制 曲 。 雖 粗 合 韻 度 ， 而 琴 聲 為 詞 所
I² Che³ Khiok⁴　　Sui¹ Chhou¹ Hap⁸ Un⁷ Tou⁸　　Ji⁵ Khim⁵ Seng¹ Ui⁷ Su⁵ Sou²

---

²³⁹ 聽：又音 Theng³。
²⁴⁰ 辭：正音 Si⁵；泉州音 Su⁵。
²⁴¹ 詞：正音 Si⁵；泉州音 Su⁵。

繩　約　，　非　天　成　也　。　後²⁴²三　十　餘　年　，　翁　既

Seng⁵ Iok⁴　　Hui¹ Thian¹ Seng⁵ Ia²　　Hiou⁷ Sam¹ Sip⁸ U⁵ Lian⁵　Ong¹ Ki³

捐　館　舍　，　遵　亦　沒　久　矣　。　有　廬²⁴³山　玉　澗　道

Koan¹ Koan² Sia³　　Chun¹ Ek⁸ But⁸ Kiu² I²　　Iu² Lou⁵ San¹ Giok⁸ Kian³ To⁷

人　崔²⁴⁴閒　，　特　妙　於　琴　。　恨　此　曲　之　無　詞　，

Jin⁵ Chhui¹ Han⁵　　Tek⁸ Biau⁷ U¹　Khim⁵　　Hun⁷Chhu² Khiok⁴Chi¹ Bu⁵ Su⁵

乃　譜²⁴⁵格　其　聲　。　而　請　東　坡　居²⁴⁶士　以　補　之

Nai² Phou²　Kek⁴ Ki⁵ Seng¹　　Ji⁵ Chheng²Tong¹ Pho¹ Ku¹ Su⁷ I² Pou² Chi¹

云　。

Un⁵

反切

1. 琅：《唐韻》魯當切。	9. 沈：《廣韻》式荏切。
2. 琊：《字彙》余遮切。	10. 奏：《廣韻》則候切。
3. 麗：《唐韻》郎計切。	11. 疏：《集韻》山於切。
4. 澗：《廣韻》古晏切。	12. 宕：《廣韻》徒浪切。
5. 輒：《廣韻》陟葉切。	13. 指：《唐韻》職雉切。
6. 欣：《唐韻》許斤切。	14. 暢：《廣韻》丑亮切。
7. 忘：《集韻》武方切。《說文》不識	15. 倚：《唐韻》於綺切。
也。《增韻》忽也。又遺也。又《廣韻》	16. 制：《唐韻》征例切。
巫放切。《韻會》棄忘也。《增韻》遺	17. 繩：《廣韻》食陵切。
忘也。	18. 約：《廣韻》於略切。
8. 好：《廣韻》呼到切。《說文》愛而	19. 廬：《唐韻》力居切。
不釋也。	20. 崔：《廣韻》倉回切。

---

242 後：正音 Hou⁷；俗音 Hiou⁷。
243 廬：又音 Lu⁵。
244 崔：正音 Chhoe¹；俗音 Chhui¹。
245 譜：正音 Pou²；俗音 Phou²。
246 居：正音 Ku¹；漳州音 Ki¹。

21. 特：《唐韻》徒得切。
22. 譜：《唐韻》博古切。
23. 格：《唐韻》古柏切。

24. 請：《唐韻》七井切。
25. 居：《廣韻》九魚切。

琅然，清圜[247]，誰彈？響空山，無言，
Long⁵ Jian⁵　Chheng¹Ian⁵　Sui⁵ Tan⁵　Hiong²Khong¹San¹　Bu⁵ Gian⁵

惟翁醉中知其天。月明風露娟娟，人
I⁵ Ong¹ Chui³ Tiong¹ Ti¹ Ki⁵ Thian¹　Goat⁸ Beng⁵Hong⁶ Lou⁷ Kian¹ Kian¹　Jin⁵

未眠。荷蕢過山前，曰有心也哉此賢！
Bi⁷ Bian⁵　Ho² Kui⁷ Ko³ San¹ Chian⁵　Oat⁸ Iu² Sim¹ Ia² Chai¹Chhu² Hian⁵

醉翁嘯詠，聲和流泉。醉翁去後
Chui³﹥²Ong¹ Siau³ Eng⁷　Seng¹ Ho⁷ Liu⁵ Chian⁵　Chui³﹥²Ong¹ Khu³ Hou⁷

，空有朝吟夜怨。山有時而童巔，水
Khong¹ Iu² Tiau¹ Gim¹ Ia⁷ Ian¹　San¹ Iu² Si⁵ Ji⁵ Tong⁵ Tian¹　Sui²

有時而回川，思翁無歲年，翁今為飛
Iu² Si⁵ Ji⁵ Hoe⁵Chhian¹　Su¹ Ong¹ Bu⁵ Soe³﹥²Lian⁵　Ong¹ Kim¹ Ui⁵ Hui¹

仙，此意在人間[248]，試聽徽外三兩弦。
Sian¹　Chhu² I³ Chai⁷ Jin⁵ Kian¹　Si³ Theng¹ Hui¹ Goe⁷ Sam¹ Liong²Hian⁵

反切

1. 醉：《唐韻》將遂切。

2. 翁：《廣韻》烏紅切。

---
247 圜：正音 Oan⁵；詩韻 Ian⁵。
248 間：正音 Kan¹；詩韻協 Kian¹。

3. 操：《唐韻》七到切。
4. 琅：《唐韻》魯當切。
5. 圜：《唐韻》王權切。
6. 彈：《廣韻》徒干切。
7. 娟：《廣韻》於緣切。
8. 眠：《唐韻》莫賢切。
9. 荷：《廣韻》胡可切。
10. 蕢：《唐韻》求位切。
11. 嘯：《唐韻》蘇弔切。
12. 詠：《唐韻》為命切。
13. 和：《廣韻》胡臥切。
14. 泉：《唐韻》疾緣切。

15. 後：《唐韻》胡口切。
16. 吟：《唐韻》魚音切。
17. 怨：《廣韻》烏員切。
18. 巔：《廣韻》都年切。
19. 川：《唐韻》昌緣切。
20. 思：《廣韻》息茲切。
21. 歲：《唐韻》相銳切。
22. 在：《唐韻》昨宰切。
23. 試：《唐韻》式吏切。
24. 徽：《唐韻》許歸切。
25. 外：《廣韻》五會切。
26. 弦：《廣韻》戶田切。

【作品簡析】

　　此乃蘇軾懷念恩師歐陽脩之作品。歐陽脩謫守滁州時，作〈醉翁亭記〉，膾炙人口，當時被刻石立碑。時人沈遵特地至滁州尋訪醉翁亭，見琅琊山水，真如亭記所寫，便創作琴曲〈醉翁吟〉，同時為歐陽脩彈奏此曲。歐陽脩亦應沈之請求為該曲填詞，但詞與琴聲不合。沈又依《楚辭》寫〈醉翁引〉，當時亦有人以詞度曲，然音韻上雖大致相合，但受限於詞，曲度並不自然。三十多年後，歐陽脩、沈遵相繼去世，有廬山玉澗道人崔閑擅於彈琴，「**常恨此曲無詞，乃譜其聲，請於東坡居士**」，東坡依聲填詞，成就此曲。

　　詞意言是誰彈奏出這如玉珮敲擊般清澈圓潤之琴聲？迴盪在無人的空山之中！如此空靈樂聲，唯醉翁（歐陽脩）能解其天然妙趣之處。在月明風柔之夜，凝聽此美妙樂曲，令人感動，不捨入睡，連經過山前的荷蕢之人，亦讚美琴音情感豐富。此為上片詞意，寫琴聲之美。

　　歐公作〈醉翁亭記〉時邊嘯邊吟，聲音應和流泉之聲，充滿和諧之感。歐公離去後，流泉再無知音相和，僅能孤單朝夕吟詠，輕聲怨嘆。琅琊山峰時而草木皆無，流水時而方向不同。大自然雖會變遷，歐公亦已化仙而去，但對歐公之思念，卻時刻不斷。琴弦彈出如鳴泉之樂曲〈醉翁操〉，乃歐公遺留人間之詩情。不信便聽琴聲，可感受音律之美雅。下片詞寫琴聲與流泉相和的天韻美感，同時也充滿蘇軾對歐陽脩的深深懷念。

洗兒戲作

Se² Ji⁵ Hi³ Chok⁴

人皆養子望聰明，我被聰明誤一生。

Jin⁵ Kai¹ Iong² Chu² Bong⁷ Chhong¹ Beng⁵ Ngou² Pi⁷ Chhong¹ Beng⁵ Ngou⁷ It⁴ Seng¹

惟願孩兒愚且魯，無災無難到公卿。

Ui⁵ Goan⁷ Hai⁵ Ji⁵ Gu⁵ Chhia² Lou² Bu⁵ Chai¹ Bu⁵ Lan⁷ To³ Kong¹ Kheng¹

反切

1. 洗：《廣韻》先禮切。
2. 兒：《唐韻》汝移切。
3. 作：《唐韻》則洛切。
4. 養：《廣韻》餘兩切。
5. 望：《唐韻》巫放切。
6. 聰：《唐韻》倉紅切。
7. 明：《廣韻》武兵切。
8. 被：《唐韻》皮彼切。
9. 誤：《唐韻》五故切。
10. 願：《唐韻》魚怨切。
11. 孩：《廣韻》戶來切。
12. 愚：《唐韻》麌俱切。
13. 魯：《廣韻》郎古切。
14. 無：《唐韻》武扶切。
15. 災：《唐韻》祖才切。
16. 難：《廣韻》奴案切。
17. 卿：《唐韻》去京切。

【作品簡析】

　　蘇軾生命中重要女人，除母親程氏夫人與第一任太太王弗、第二任太太王潤之外，尚有侍妾朝雲。朝雲可謂是蘇軾知心伴侶，隨蘇軾發配黃州、流放惠州。蘇軾娶朝雲為妾後，朝雲生得一子，蘇軾取名為遯，小名幹兒。蘇軾十分愛此么兒，在為么兒洗浴時作此詩，充滿慈父之情。

　　一般父母皆盼望子女生得聰且好，期待子成龍，女成鳳，高人一等，光宗耀祖。然蘇軾卻「惟願孩兒愚且魯，無災無難到公卿。」看似可笑，實不願兒子步其後塵。蘇軾從進京赴考開始，其聰明才智，不但得到皇帝賞識，也成為

政敵攻擊之對象，就因其聰明，能看出國家政策之好壞，是否有益於百姓，不苟同於當政者，才落到幾乎砍頭，遠貶黃州，失去行動自由之命運。原以自傲之才能，竟成為失意的主因。

因此「人皆養子望聰明，我被聰明誤一生。」是蘇軾的自我揶揄，也是無奈之嘆。生命挫敗的心理，投射至愛兒身上，自不願孩兒將來如其一般。平平凡凡過一生，遠勝波瀾迭起的人生。平實之詩句，充滿父親對孩子關愛之情。

東坡

Tong¹ Pho¹

雨 洗 東 坡 月 色 清 ， 市 人 行 盡 野 人 行 。

U² Se² Tong¹Pho¹ Goat⁸ Sek⁴Chheng¹　　Si⁷ Jin⁵ Heng⁵Chin⁷ Ia² Jin⁵ Heng⁵

莫 嫌 犖 确²⁴⁹坡 頭 路 ， 自 愛 鏗 然 曳 杖 聲 。

Bok⁸ Hiam⁵ Lok⁸ Hak⁸　Pho¹Thiu⁵ Lou⁷　　Chu⁷ Ai³ Kheng¹Jian⁵ E⁷ Tiong⁷ Seng¹

反切

1. 東：《唐韻》德紅切。
2. 坡：《唐韻》滂禾切。
3. 雨：《唐韻》王矩切。
4. 月：《唐韻》魚厥切。
5. 色：《廣韻》所力切。
6. 市：《唐韻》時止切。
7. 盡：《唐韻》慈忍切。
8. 野：《唐韻》羊者切。
9. 嫌：《廣韻》戶兼切。
10. 犖：《唐韻》呂角切。
11. 确：《唐韻》胡覺切。又《集韻》苦角切。
12. 頭：《唐韻》度侯切。
13. 路：《唐韻》洛故切。
14. 自：《唐韻》疾二切。
15. 愛：《廣韻》烏代切。
16. 鏗：《廣韻》口莖切。
17. 然：《唐韻》如延切。
18. 曳：《唐韻》余制切。
19. 杖：《唐韻》直兩切。

【作品簡析】

　　蘇軾踏著夜色，由雪堂回臨皋亭。東坡耕地經過陣雨洗刷過後，在月色照映下顯得格外清朗。白天來來往往的人跡，此刻已安靜下來，僅有蘇軾踏走在黃泥坂路上。此時夜色之清新，惟有以野人自喻的蘇軾方可得之。雖然道路崎嶇不平，但拄杖敲打黃泥坂路之鏗然音響，讓蘇軾心中充滿喜悅，一步步往臨皋亭歸去。詩意充滿閑適與清淡之味，並且洋溢著一股空間孤寂感，又不失怡

---

²⁴⁹ 确：又音 Khak⁴。

然自得之心情。

臨江仙

Lim⁵ Kang¹ Sian¹

夜 歸 臨 皋

Ia⁷ Kui¹ Lim⁵ Ko¹

夜 飲 東 坡 醒 復 醉，歸 來 彷 彿 已 三 更 。

Ia⁷ Im² Tong¹ Pho¹ Seng¹ Hiu⁷ Chui³ Kui¹ Lai⁵ Hong² Hut⁴ I² Sam¹ Keng¹

家 童 鼻 息 己 雷²⁵⁰ 鳴 ，敲 門 都 不 應 ，倚 杖

Ka¹ Tong⁵ Pi⁷ Sek⁴ I² Lui⁵ Beng⁵ Khau¹ Bun⁵ Tou¹ Put⁴ Eng³ I² Tiong⁷

聽 江 聲 。 長 恨 此 身 非 我 有 ，何 時

Theng³Kang¹ Seng¹ Tiong⁵ Hun⁷ Chhu² Sin¹ Hui¹ Ngou² Iu² Ho⁵ Si⁵

忘 卻 營 營 。夜 闌 風 靜 縠 紋 平 ，小 舟 從

Bong⁷Khiok⁴Eng⁵ Eng⁵ Ia⁷ Lan⁵ Hong¹Cheng⁷Hok⁸ Bun⁵ Peng⁵ Siau² Chiu¹ Chiong⁵

此 逝 ， 江 海 寄 餘 生 。

Chhu² Se⁷ Kang¹ Hai² Ki³ᐅ² U⁵ Seng¹

反切

1. 臨：《唐韻》力尋切。
2. 江：《唐韻》古雙切。
3. 仙：《廣韻》相然切。
4. 夜：《唐韻》羊謝切。
5. 歸：《唐韻》舉韋切。
6. 皋：《唐韻》古勞切。

7. 飲：《廣韻》於錦切。
8. 醒：《唐韻》桑經切。
9. 復：《集韻》浮富切。
10. 彷：《廣韻》妃兩切。
11. 彿：《廣韻》敷勿切。
12. 鼻：《集韻》毗至切。

---

²⁵⁰雷：正音 Loe⁵；俗音 Lui⁵。

13. 息：《唐韻》相即切。
14. 雷：《唐韻》魯回切。
15. 鳴：《唐韻》武兵切。
16. 敲：《廣韻》口交切。
17. 應：《廣韻》於證切。
18. 倚：《唐韻》於綺切。

19. 聽：《廣韻》他定切。
20. 卻：《唐韻》去約切。
21. 營：《唐韻》余傾切。
22. 縠：《廣韻》胡谷切。
23. 逝：《唐韻》時制切。

【作品簡析】

　　這日東坡於雪堂與朋友聊天喝酒，醉了又醒，醒了又醉，回到臨皋亭已晚，家人早已入睡，敲門連家僮亦喚不醒，於是倚杖行至江邊，聽江濤之聲。此乃心境之轉換，可窺見蘇軾面對突來之況，解決當下困境的生活態度。或許可言若無此次不得入家門之機會，蘇軾豈有夜半聽江聲之行？豈有此闋膾炙人口之詞作產生。

　　在夜闌風靜之際，蘇軾望著江面，感歎「長恨此身非我有，何時忘卻營營？」蘇軾所恨不是被「本州安置」，行動上不自由，而是恨自己無法掌握控制身心慾望之需求，與常人一樣陷入追逐名利的窠臼之中。正因如此，蘇軾面對江面水波不生，才想駕著一葉小舟，隨波蕩漾度過餘生。

　　由「夜闌風靜縠紋平」一句，可意會到蘇軾此刻心境乃平靜無波，正因為無波，才可反思自我生命。「小舟從此逝，江海寄餘生。」是其自來黃州後，歷經三年時間後之領悟。此種情懷，並非如一般人將其解為孔子乘桴海上，或范蠡與西施泛舟江湖的隱逸生活之解。因為東坡雖人在黃州，仍心繫國事，關懷百姓。故以台灣大學中文系劉少雄教授，將其解為陶淵明「縱浪大化中，不喜亦不懼」之生命情態，更能貼近蘇軾在黃州生活之心境。而陶淵明正是蘇軾在黃州時東坡躬耕的學習典範，更能扣合此刻蘇軾的生命情態。

吟嘯且徐行——蘇軾作品河洛漢語吟唱

海棠

Hai² Tong⁵

東風裊裊泛崇光，香霧空濛月轉廊。

Tong¹Hong¹Liau²Liau²Hoan³Chong⁵Kong¹　Hiong¹Bu⁷Khong¹Bong⁵Goat⁸Choan²⁻¹Long⁵

只恐夜深²⁵¹花睡去，故燒高燭照紅妝。

Chi²⁻¹Khiong²Ia⁷ Sim¹　Hoa¹ Sui⁷ Khu³　Kou³ Siau¹ Ko¹Chiok⁴Chiau³Hong⁵Chong¹

反切

1. 海：《唐韻》呼改切。
2. 棠：《廣韻》徒郎切。
3. 裊：《廣韻》奴鳥切。
4. 泛：《唐韻》孚梵切。
5. 崇：《廣韻》鉏弓切。
6. 香：《廣韻》許良切。
7. 轉：《廣韻》陟兗切。
8. 廊：《唐韻》魯當切。
9. 只：《唐韻》諸氏切。
10. 恐：《唐韻》丘隴切。
11. 睡：《唐韻》是偽切。
12. 故：《廣韻》古暮切。
13. 燒：《唐韻》式昭切。
14. 高：《廣韻》古勞切。
15. 燭：《唐韻》之欲切。
16. 照：《唐韻》之少切。

【作品簡析】

　　元豐三年（1080）蘇軾初到黃州，寓居於定惠院。一日於定惠院東面，雜花滿山處，發現一株西蜀名花海棠，而有同是天涯淪落人之感，自此海棠花成為蘇軾生命之象徵。

　　詩由海棠姿態寫起。春風輕拂，海棠微微顫動，於月光下泛發華美容光，陣陣幽香瀰漫在夜霧下，月光緩緩移動，轉過迴廊，直到被迴廊所遮，無法再照映海棠，海棠自此失去光彩，獨自開在幽暗夜裡。詩人愛海棠成癡，深怕海

---

²⁵¹ 深：正音 Sim¹；俗音 Chhim¹。

棠在此暗夜睡去，特地為海棠點燃高燭，讓花朵繼續盛開。

　　蘇軾自在定惠院發現海棠後，常常將海棠視為自己的化身。因此對海棠的憐愛，也是對自己之愛憐。「只恐夜深花睡去」正是詩人害怕自己美好之年，就此虛度。因此「故燒高燭照紅妝」，乃詩人提振自己的積極作為。

記承天寺夜遊
Ki³　Seng⁵　Thian¹　Si⁷　Ia⁷　Iu⁵

元豐六年十月十二日，夜。解衣
Goan⁵ Hong¹ Liok⁸ Lian⁵ Sip⁸ Goat⁸　Sip⁸ Ji⁷　Jit⁸　　　Ia⁷　　Kai²　I¹

欲睡，月色入戶，欣然起行，念無與
Iok⁸ Sui⁷　Goat⁸ Sek⁴ Jip⁸ Hou⁷　Hin¹ Jian⁵ Khi² Heng⁵　Liam⁷ Bu⁵ U²

為樂者，遂至承天寺，尋張懷民。懷
Ui⁵ Lok⁸ Chia²　Sui⁷ Chi³ Seng⁵ Thian¹ Si⁷　Sim⁵ Tiong¹ Hoai⁵ Bin⁵　Hoai⁵

民亦未寢，相與步於中庭。庭下如積
Bin⁵ Ek⁸　Bi⁷ Chhim²　Siong¹ U² Pou⁷ U¹ Tiong¹ Teng⁵　Teng⁵ Ha⁷ Ju⁵ Chek⁴

水空明，水中藻荇交橫，蓋竹柏影也。
Sui² Khong¹ Beng⁵　Sui² Tiong¹ Cho² Heng⁷ Kau¹ Heng⁵　Kai³ Tiok⁴ Pek⁴ Eng² Ia²

何夜無月，何處無竹柏？但少閒人如
Ho⁵ Ia⁷　Bu⁵ Goat⁸　Ho⁵ Chhu³ Bu⁵ Tiok⁴　Pek⁴　　Tan⁷ Siau² Han⁵ Jin⁵ Ju⁵

吾兩人耳²⁵²！
Ngou⁵Liong²　Jin⁵　Ni²

反切

1. 寺：《廣韻》祥吏切。　　4. 睡：《唐韻》是偽切。
2. 元：《唐韻》愚袁切。　　5. 欣：《唐韻》許斤切。
3. 欲：《唐韻》余蜀切。　　6. 遂：《唐韻》徐醉切。

---

²⁵² 耳：正音 Ji²；俗音 Ni²。

7. 至：《唐韻》脂利切。　　13. 橫：《唐韻》戶盲切。

8. 寢：《廣韻》七稔切。　　14. 蓋：《唐韻》古太切。

9. 積：《廣韻》子昔切。　　15. 竹：《廣韻》張六切。

10. 藻：《唐韻》子皓切。　　16. 柏：《唐韻》博陌切。

11. 荇：《唐韻》何梗切。　　17. 少：《唐韻》書沼切。

12. 交：《廣韻》古肴切。　　18. 耳：《唐韻》而止切。

【作品簡析】

　　人欲有閒情，定得跳脫出「人」之因素，方可以閒適心情，享受周遭景物美感。經過驚恐、矛盾、自嘆與沉潛後，蘇軾於元豐六年（1083）已可跳脫人之困惑因素，才會出現此篇以寫景為主，且充滿閒逸情緻之短文。

　　在初冬夜晚，蘇軾原欲解衣入睡，但見月色斜照入戶，欣然踏出戶外，欣賞月色。這般美景豈可獨賞，遂至承天寺尋找好友張懷民，剛好朋友亦未就寢，於是二人來到中庭月下散步。月光映照大地，如水般清澈透明，竹、柏影子搖擺，如藻荇於水中交橫搖曳不定。如此明亮皎潔月光非今夜方有，如此美麗之竹柏非此處方生。但能如當下二人這般閒適者，恐無幾人！

　　蘇軾以空間自然之普遍性，寫出個人閒適心情之個別性。當人有「閒情」之時，才能體會自然的美。可見歷經元豐五年（1082）之思索和蛻變後，蘇軾的人生面已趨於曠達。

題西林壁

Te⁵ Se¹ Lim⁵ Pek⁴

横 看 成 嶺 側²⁵³ 成 峰 ， 遠 近 高 低 各 不 同 。

Heng⁵ Khan¹ Seng⁵ Leng² Chek⁴　　Seng⁵ Hong¹　　Oan² Kun⁷ Ko¹ Te¹ Kok⁴ Put⁴ Tong⁵

不 識 廬²⁵⁴ 山 真 面 目 ， 只 緣 身 在 此 山 中 。

Put⁴ Sek⁴ Lou⁵　San¹ Chin¹ Bian⁷ Bok⁸　　Chi² Ian⁵ Sin¹ Chai⁷ Chhu² San¹ Tiong¹

反切

1.題：《廣韻》杜溪切。	11.低：《廣韻》都奚切。
2.西：《唐韻》先稽切。	12.各：《唐韻》古洛切。
3.林：《唐韻》力尋切。	13.不：《韻會》逋沒切。
4.壁：《唐韻》北激切。	14.識：《唐韻》賞職切。
5.横：《唐韻》戶盲切。	15.廬：《唐韻》力居切。
6.看：《唐韻》苦寒切。	16.真：《唐韻》側鄰切。
7.嶺：《唐韻》良郢切。	17.面：《唐韻》彌箭切。
8.側：《唐韻》阻力切。	18.目：《唐韻》莫六切。
9.遠：《廣韻》雲阮切。	19.緣：《廣韻》與專切。
10.近：《廣韻》其謹切。	20.身：《唐韻》失人切。

【作品簡析】

　　元豐七年（1084）朝廷有再重用蘇軾之象，蘇軾奉旨由黃州移謫汝州，汝州距離京城更近於黃州。此詩乃前往汝州，經九江時，遊覽廬山之作品，亦是後人非常熟悉之作。

　　此詩不以描寫廬山的景色為主，而以不同角度觀山，呈現廬山不同之輪廓。

---

²⁵³ 側：正音 Chek⁴；俗音 Chhek⁴。
²⁵⁴ 廬：又音 Lu⁵。

並提示「當局者迷」之省思，凡觀察事物，不僅需以多角度視之，更需以旁觀者角度，跳脫事外，方能看清事物全貌，不落於狹隘偏見之中。否則便真如詩言「不識廬山真面目，只緣身在此山中。」當你身在廬山之中，如何可見廬山橫側遠近高低不同之樣貌？唯有在未入山前，方可借由距離之隔，一窺廬山的樣貌。

惠崇春江晚景二首之一

Hui⁷ Chong⁵ Chhun¹ Kang¹ Boan² Keng² Ji⁷ Siu² Chi¹ It⁴

竹外桃花三兩枝，春江水暖鴨先知。

Tiok⁴ Goe⁷ Tho⁵ Hoa¹ Sam¹ Liong²⁻¹Chi¹ Chhun¹Kang¹Sui² Loan² Ap⁴ Sian¹ Ti¹

蔞²⁵⁵蒿滿地蘆芽短，正是河豚欲上時。

Liu⁵ Ho¹ Boan² Te⁷ Lou⁵ Ga⁵ Toan² Cheng³⁻²Si⁷ Ho⁵ Tun⁵ Iok⁸ Siong² Si⁵

反切

1.惠：《唐韻》胡桂切。
2.崇：《廣韻》鉏弓切。
3.春：《廣韻》昌脣切。
4.晚：《唐韻》無遠切。
5.景：《唐韻》居影切。
6.二：《唐韻》而至切。
7.一：《唐韻》於悉切。
8.竹：《廣韻》張六切。
9.外：《廣韻》五會切。
10.桃：《唐韻》徒刀切。
11.花：《唐韻》呼瓜切。
12.三：《唐韻》蘇甘切。
13.兩：《唐韻》良獎切。
14.枝：《唐韻》章移切。

15.暖：《廣韻》乃管切。
16.鴨：《唐韻》烏甲切。
17.蔞：《唐韻》落侯切。
18.蒿：《唐韻》呼高切。
19.滿：《唐韻》莫旱切。
20.蘆：《唐韻》落胡切。
21.芽：《唐韻》五加切。
22.短：《唐韻》都管切。
23.正：《唐韻》之盛切。
24.是：《唐韻》承紙切。
25.河：《唐韻》乎哥切。
26.豚：《集韻》徒渾切。
27.欲：《唐韻》余蜀切。

【作品簡析】

---

²⁵⁵ 蔞：正音 Lou⁵；詩韻 Liu⁵。

　　元豐八年（1085）蘇軾回到朝廷，隔年哲宗登基，改年號元祐，蘇軾職位由起居舍人遷中書舍人，又遷翰林學士知制誥，位極人臣。元祐元年（1086）到元祐七年（1092）間，是蘇軾官途巔峰期。但在詩文詞創作上，卻進入低潮期。一方面因忙於國事，無暇寫作；另則位居高職，應酬唱和之作成為這幾年間主要作品。內容上缺少如黃州時期作品感人之情思，走向平淡之風格。

　　此處所選之作乃為題畫詩。題畫詩是一種文人附和風雅所產生的活動，詩人依畫家所繪之畫創作。詩題「惠崇」乃位僧人，為當時著名畫家。當時所繪之圖共二幅，一為鴨戲圖，另一為飛雁圖。二畫蘇軾均有題詩，此為題鴨戲圖之作，描寫二月早春景象，在一片和煦春光下，透過疏落翠竹欣賞桃花兩三枝，迎風搖曳之姿，在疏竹和寥寥幾朵桃花相襯下，顯得初春時刻，大地生氣冉冉而起。春江水暖，群鴨戲水，明確告知人們春回大地，萬物甦醒，江邊之蔞蒿長滿大地，蘆芽亦正嫩綠抽出。原屬於圖畫之不動景物，在蘇軾詩句中，全然躍動，展現生生氣息。最後蘇軾以「正是河豚欲上時」作結，彷彿與畫無關，實際上更深一層描寫春光之美好，因為在早春季節，河豚溯流產卵，正是最肥美之時，讓人面對春天，喜悅隨圖畫躍出紙面。

與莫同年雨中飲湖上

U² Bok⁸ Tong⁵ Lian⁵ U² Tiong¹ Im² Hou⁵ Siong⁷

到處相逢是偶²⁵⁶然，夢中相對²⁵⁷各華顛。

To³ Chhu³ Siong¹ Hong⁵ Si⁷ Ngou² Jian⁵　Bong⁷ Tiong¹ Siong¹ Tui³ Kok⁴ Hoa¹ Tian¹

還來一醉西湖²⁵⁸雨，不見跳²⁵⁹珠十五²⁶⁰年。

Hoan⁵ Lai⁵ It⁴ Chui³ Se¹ Hou⁵ U² Put⁴ Kian³ Thiau¹ Chu¹ Sip⁸ Ngou² Lian⁵

反切

1.與：《集韻》演女切。
2.莫：《唐韻》慕各切。
3.同：《唐韻》徒紅切。
4.年：《唐韻》奴顛切。
5.雨：《唐韻》王矩切。
6.中：《唐韻》陟弓切。
7.飲：《廣韻》於錦切。
8.湖：《唐韻》戶吳切。
9.上：《廣韻》時亮切。
10.到：《唐韻》都導切。
11.處：《廣韻》昌據切。
12.相：《唐韻》息良切。
13.逢：《唐韻》符容切。
14.是：《唐韻》承紙切。
15.偶：《唐韻》五口切。
16.然：《唐韻》如延切。

17.夢：《唐韻》莫鳳切。
18.對：《唐韻》都隊切。
19.各：《唐韻》古洛切。
20.華：《唐韻》戶花切。
21.顛：《唐韻》都年切。
22.還：《唐韻》戶關切。
23.來：《廣韻》落哀切。
24.一：《唐韻》於悉切。
25.醉：《唐韻》將遂切。
26.西：《唐韻》先稽切。
27.不：《韻會》逋沒切。
28.見：《唐韻》古甸切。
29.跳：《廣韻》徒聊切。
30.珠：《唐韻》章俱切。
31.十：《唐韻》是執切。
32.五：《唐韻》疑古切。

---

²⁵⁶ 偶：正音 Gou²；俗音 Ngou²。
²⁵⁷ 對：正音 Toe³；俗音 Tui³。
²⁵⁸ 湖：正音 Hou⁵；俗音 Ou⁵。
²⁵⁹ 跳：正音 Tiau⁵；俗音 Thiau¹。
²⁶⁰ 五：正音 Gou²；俗音 Ngou²。

【作品簡析】

元祐三年（1088），蘇軾因與舊黨理念不和，幾次請求離開朝廷，至地方為官，均未獲准。直至元祐四年（1089）三月才獲准以龍圖閣學士充兩浙西路兵馬鈐轄知杭州軍州事。七月到達杭州，距上次請求倅杭任通判，已過十五年之久。蘇軾至杭，故友莫君陳時任兩浙提刑。二人於杭重逢，同遊西湖。面對舊景舊友，寫下此首感嘆時間流逝之作品。

人相對於空間，乃渺小之個體，因此所有遭遇，無不充滿偶然。正因偶然，多年之後老友相逢，更具奇蹟性，如同夢中一般。蘇軾與老友莫君陳於杭州重逢，二人年少已過，青絲已成白髮，相邀飲酒西湖之上，再見雨滴紛落船板上跳躍之狀，竟已隔十五年之久。「不見跳珠十五年」乃蘇軾回應第一次倅杭時，曾寫「白雨跳珠亂入船」詩句，在朋友重逢之樂中，充滿對時間流逝之感歎。

寄蔡子華

Ki³ Chhai³ Chu² Hoa⁵

故人送我東來時，手栽荔子待我歸。

Kou³⁻²Jin⁵ Song³ Ngou²Tong¹ Lai⁵ Si⁵　　Siu² Chai¹ Li⁷ Chu² Tai⁷ Ngou² Kui¹

荔子已丹吾髮白，猶作江南未歸客。

Li⁷ Chu² I² Tan¹ Ngou⁵Hoat⁴ Pek⁸　　Iu⁵ Chok⁴ Kang¹Lam⁵ Bi⁷ kui¹ Khek⁴

江南春盡水如天，腸斷西湖春水船。

Kang¹Lam⁵Chhun¹ Chin⁷ Sui² Ju⁵ Thian¹　　Tiong⁵Toan⁷ Se¹ Hou⁵Chhun¹ Sui² Sian⁵

想見青衣江畔路，白魚紫筍不論錢。

Siong²Kian³Chheng¹ I¹ Kang¹Poan⁷ Lou⁷　　Pek⁸ Gu⁵ Chu² Sun² Put⁴ Lun⁵ Chian⁵

霜鬢三老如霜檜，舊交零落今誰輩？

Song¹Jiam⁵ Sam¹ Nou² Ju⁵ Song¹ Koe³　　Kiu⁷ Kau¹ Leng⁵ Lok⁸ Kim¹ Sui⁵ Poe³

莫從唐舉問封侯[261]，但遣麻姑更爬背。

Bok⁸Chiong⁵Tong⁵ Ku² Bun⁷ Hong¹ Hiu⁵　　Tan⁷ Khian² Ba⁵ Kou¹ Keng³⁻²Pa⁵ Poe³

反切

1. 蔡：《唐韻》倉大切。
2. 送：《唐韻》蘇弄切。
3. 手：《唐韻》書九切。
4. 栽：《唐韻》祖才切。
5. 荔：《唐韻》力智切。
6. 待：《唐韻》徒在切。
7. 髮：《唐韻》方伐切。
8. 白：《唐韻》旁陌切。
9. 作：《唐韻》則落切。
10. 南：《唐韻》那含切。
11. 未：《唐韻》無沸切。
12. 客：《唐韻》苦格切。

---

[261] 侯：正音 Hou⁵；詩韻 Hiu⁵。

13. 腸：《唐韻》直良切。
14. 斷：《唐韻》都管切。
15. 船：《唐韻》食川切。
16. 想：《廣韻》悉兩切。
17. 見：《唐韻》古甸切。
18. 畔：《廣韻》薄半切。
19. 路：《唐韻》洛故切。
20. 魚：《唐韻》語居切。
21. 紫：《廣韻》將此切。
22. 筍：《正韻》聳允切。
23. 論：《唐韻》盧昆切。
24. 髯：《廣韻》汝鹽切。

25. 檜：《唐韻》古會切。
26. 舊：《唐韻》巨救切。
27. 交：《廣韻》古肴切。
28. 輩：《廣韻》補妹切。
29. 從：《廣韻》疾容切。
30. 舉：《唐韻》居許切。
31. 問：《唐韻》亡運切。
32. 侯：《廣韻》戶鉤切。
33. 遣：《廣韻》去演切。
34. 麻：《唐韻》莫遐切。
35. 爬：《廣韻》蒲巴切。
36. 背：《唐韻》補妹切。

【作品簡析】

蔡子華為四川眉山人，乃蘇軾故里之鄰居長輩。秀才王十六將離京歸蜀，轉告蘇軾蔡丈求詩一事。蘇軾特作此詩寄之，並請以示楊君素、王慶源二老人。

宋英宗治平三年（1066）蘇軾和蘇轍二人，扶父柩與軾妻柩歸葬四川眉山，宋神宗熙寧二年（1069）二兄弟帶著家人還朝。離開故鄉時，鄉里故友為二兄弟種植荔枝樹一株，期待當荔枝成熟時，二人可衣錦還鄉。詩之開篇即由此事寫起，但時間經過二十年了，蘇軾和蘇轍卻從未回鄉過。蘇軾遙想當年種下之樹，想必早已結滿紅紅的果實。但反觀自己容顏，卻已髮絲蒼白，尚在江南當一無法歸鄉的遊子。「荔子已丹吾髮白，猶作江南未歸客」二句，充滿蘇軾的遊子情懷，和對時光流逝的感嘆。雖然江南水天美景迷人，但此刻蘇軾卻在西湖船中思鄉，「想見青衣江畔路，白魚紫筍不論錢。」故鄉美好之印象浮現心頭，想來故鄉三位長輩：蔡子華、楊君素、王慶源，年歲已高，髮絲已白，舊交亦已零落，後輩亦不知傳到何代？對無法實現歸鄉之夢，蘇軾始終充滿感嘆。

詩最後二句「莫從唐舉問封侯，但遣麻姑更爬背。」乃用西漢蔡澤（見《史記‧蔡澤列傳》）與東漢蔡經（見《神仙傳》）之典故。蔡澤曾請唐舉為他看相，唐舉觀其相後，言其相貌醜且怪，且以聖人往往長相不佳，先生莫非是聖人之語取笑他。蔡澤知唐舉在戲弄他，回答說：「我本就有富貴之命，只是不知壽命有多長？」唐舉告訴蔡澤說：「從今天算起，你還活四十三年。」蔡澤答謝後離去，告訴隨從說：「享受富貴，四十三年已足夠矣！」而在東漢桓帝時，麻姑乃

158

一美麗仙女，應仙人王遠召，降於蔡經家，其手纖長似鳥爪。蔡經見狀，心中起念說：「背若大癢時，得此爪抓背，定很舒服。」蘇軾運用此二典故，乃意謂莫求富貴，但求自適，方是美好人生。二典故主角均為姓蔡，恰扣合詩題所贈之對象。

贈劉景文

Cheng⁷ Liu⁵ Keng²⁻¹ Bun⁵

荷盡已無擎²⁶²雨蓋，菊殘猶有傲²⁶³霜枝。

Ho⁵ Chin⁷ I² Bu⁵ Kheng⁵ U² Kai³　Kiok⁴ Chan⁵ Iu⁵ Iu² Ngou⁷ Song¹ Chi¹

一年好景君須記，最是橙黃橘綠時。

It⁴ Lian⁵ Ho²⁻¹ Keng² Kun¹ Su¹ Ki³　Choe³⁻² Si⁷ Teng⁵ Hong⁵ Kut⁴ Liok⁸ Si⁵

反切

1. 贈：《廣韻》昨互切。
2. 劉：《唐韻》力求切。
3. 盡：《唐韻》慈忍切。
4. 已：《廣韻》羊己切。
5. 無：《唐韻》武扶切。
6. 擎：《唐韻》渠京切。
7. 蓋：《唐韻》古太切。
8. 菊：《唐韻》居六切。
9. 殘：《廣韻》昨干切。
10. 傲：《唐韻》五到切。
11. 枝：《唐韻》章移切。
12. 年：《唐韻》奴顛切。
13. 記：《唐韻》居吏切。
14. 最：《唐韻》祖外切。
15. 橙：《唐韻》宅耕切。
16. 黃：《唐韻》乎光切。
17. 橘：《唐韻》居聿切。
18. 綠：《廣韻》力玉切。

【作品簡析】

此詩亦為蘇軾名作之一，詩中充滿初冬季節色彩。

荷盡葉枯、菊殘枝霜、橙黃橘綠，物象與色彩相乘，顯出生命流轉之氣息，不因冬來而輟。對於如此美好之季節，蘇軾希望好友可以好好珍惜。

全詩寫景，實乃寄託對朋友之期許。人之壯年正如初冬景象，有黃有綠，洋溢蓬勃生機，正大有所作為之時，實不應因年輕歲月已逝，而懷憂喪志。詩

---

²⁶² 擎：正音 Keng⁵；俗音 Kheng⁵。
²⁶³ 傲：正音 Go⁷；俗音 Ngou⁷。

意充滿積極奮進的思想。

八聲甘州

Pat⁴　Seng¹　Kam¹　Chiu¹

寄參寥子

Ki³　Sim¹　Liau⁵ Chu²

有情風萬里卷潮來，無情送潮歸。問
Iu² Cheng⁵Hong¹ Ban⁷ Li² Koan² Tiau⁵ Lai⁵　　Bu⁵ Cheng⁵Song³ Tiau⁵ Kui¹　　Bun⁷

錢塘江上，西興浦口，幾度斜暉？不
Chian⁵Tong⁵Kang¹Siong⁷　　Se¹ Heng¹ Phou² Khiou²　　Ki³ Tou⁷ Sia⁵ Hui¹　　Put⁴

用思量今古，俯仰昔人非。誰似東坡
Iong⁷ Su¹ Liong⁵Kim¹ Kou²　　Hu² Giong² Sek⁴ Jin⁵ Hui¹　　Sui⁵ Su⁷ Tong¹ Pho¹

老，白首忘機。　　記取西湖西畔，
Nou²　　Pek⁸ Siu² Bong⁵ Ki¹　　Ki³ Chhu² Se¹ Hou⁵ Se¹ Poan⁷

正春山好處，空翠煙霏。算詩人相得
Cheng³Chhun¹San¹ Ho² Chhu³　　Khong¹Chhui³ Ian¹ Hui¹　　Soan³ Si¹ Jin⁵ Siong¹Tek⁴

，如我與君稀。約他年、東還海道，
Ju⁵ Ngou² U² Kun¹ Hi¹　　Iok⁴ Tha¹ Lian⁵　　Tong¹ Hoan⁵ Hai² To⁷

願謝公雅志莫相違。西州路，不應回
Goan⁷ Sia⁷ Kong¹ Nga² Chi³ Bok⁸Siong¹ Ui⁵　　Se¹ Chiu¹ Lou⁷　　Put⁴ Eng¹ Hoe⁵

首，為我沾衣。
Siu²　　Ui⁷ Ngou² Tiam¹ I¹

反切

1. 八：《唐韻》博拔切。
2. 甘：《唐韻》古三切。
3. 州：《唐韻》職流切。
4. 寄：《唐韻》居義切。
5. 參：《唐韻》所今切。
6. 寥：《廣韻》落蕭切。
7. 卷：《唐韻》居轉切。
8. 浦：《唐韻》滂古切。
9. 口：《唐韻》苦后切。
10. 度：《唐韻》徒故切。
11. 斜：《唐韻》似嗟切。
12. 暉：《廣韻》許歸切。
13. 用：《唐韻》余頌切。
14. 俯：《廣韻》方矩切。
15. 仰：《唐韻》魚兩切。
16. 昔：《唐韻》思積切。
17. 誰：《五音集韻》是為切。
18. 忘：《集韻》武方切。
19. 翠：《廣韻》七醉切。
20. 煙：《唐韻》烏前切。
21. 算：《集韻》蘇貫切。
22. 相：《唐韻》息良切。
23. 約：《廣韻》於略切。
24. 他：《廣韻》託何切。
25. 還：《唐韻》戶關切。
26. 願：《唐韻》魚怨切。
27. 謝：《唐韻》辭夜切。
28. 雅：《唐韻》五下切。
29. 志：《唐韻》職吏切。
30. 不：《韻會》逋沒切。
31. 應：《廣韻》於陵切。
32. 沾：《廣韻》張廉切。

【作品簡析】

　　參寥子雖為佛僧，但能作詩為文，且風格清新，頗受蘇軾推崇，二人過從甚密。元祐六年（1091）蘇軾由杭州被召回朝任翰林承旨，數月後復以讒請外，出知潁州、揚州。離杭前，作此詞贈予參寥子。

　　詞以錢塘江潮恢宏氣勢開篇。有情之風將潮水帶來，無情之風又將潮水帶去，正如人之際遇，因有情而相遇，無情而分離。「問」字，道出二人曾多次同觀錢塘江潮與欣賞落日，亦叩問如此美好時光，尚有多少？自「**不用思量今古**」至上片結束，表達詩人對生命之豁達態度。人事往往在俯仰之間便已全非，因此思慮過去與現在，擔憂世情一切，只是徒增苦惱！正因此人生態度，讓東坡可以瀟灑看待眼前離別，進而叩問有誰能像此刻的自己，處世已無任何機心。言下之意，能如他看破世情一切，不執著苦惱者，唯有參寥子一人。

　　下片以二人同遊西湖西畔美景，映襯二人深厚之友誼。「稀」字，表達二人相知相惜之友情，深覺世上能如二人這般情誼者，少矣！故蘇軾與好友定下盟約，相約他年功成名就後，一起實現歸隱之願。「**約他年、東還海道，願謝公雅志莫相違。西州路，不應回首，為我沾衣。**」蘇軾以《晉書‧謝安傳》記

載謝安東山再起後，時時不忘歸隱之志，表達歸隱之心。但謝安最後並未達成心願，病逝於西州門。其外甥羊曇，對其非常敬仰，謝安病逝，羊曇十分傷心，決心不再到舅舅病逝之地。一次酒醉，無意中行經西州門，醒後痛哭不已。蘇軾以此典故安慰友人，言自己定能與其共同實現引退之志，絕不會讓友人遺憾與流淚傷心。

和陶飲酒二十首並敘（選錄三首）

Ho⁷ To⁵ Im² Chiu² Ji⁷ Sip⁸ Siu² Peng⁷ Su⁷　　Soan² Lok⁸ Sam¹ Siu²

吾 飲 酒 至 少 ，常 以 把 盞 為 樂 。往 往 頹

Ngou⁵ Im² Chiu² Chi³ Siau²　Siong⁵ I² Pa² Chan² Ui⁵ Lok⁸　　Ong² Ong² Toe⁵

然 坐 睡 ，人 見 其 醉 ，而 吾 中 了 然 ，蓋

Jian⁵ Cho⁷ Sui⁷　Jin⁵ Kian³ Ki⁵ Chui³　Ji⁵ Ngou⁵ Tiong¹ Liau² Jian⁵　　Kai³

莫 能 名 其 為 醉 為 醒 也 。在 揚 州 時 ，飲

Bok⁸ Leng⁵ Beng⁵ Ki⁵ Ui⁵ Chui³ Ui⁵ Seng¹ Ia⁵　　Chai⁷ Iong⁵ Chiu¹ Si⁵　　Im²

酒 過 午 輒 罷 。客 去 解 衣 盤 礴 終 日 ，歡

Chiu² Ko³ Ngou² Tiap⁴ Pa⁷　　Khek⁴ Khu³ Kai² I¹ Poan⁵ Pok⁸ Chiong¹ Jit⁸　　Hoan¹

不 足 而 適 有 餘 。因 和 淵 明《飲 酒》二

Put⁴ Chiok⁴ Ji⁵ Sek⁴ Iu² U⁵　　In¹ Ho⁷ Ian¹ Beng⁵　　Im² Chiu²　　Ji⁷

十 首 ，庶 以 彷 彿 其 不 可 名 者 ，示 舍 弟

Sip⁸ Siu²　　Su³ I² Hong² Hut⁴ Ki⁵ Put⁴ Kho² Beng⁵ Chia²　　Si⁷ Sia³ Te⁷

子 由 、晁 無 咎 學 士 。

Chu² Iu⁵　　Tiau⁵ Bu⁵ Kiu⁷ Hak⁸ Su⁷

反切

1. 敘：《唐韻》徐呂切。　　8. 罷：《韻會》皮駕切。
2. 選：《廣韻》先兗切。　　9. 礴：《廣韻》傍各切。
3. 錄：《唐韻》力玉切。　　10. 足：《唐韻》即玉切。
4. 盞：《唐韻》阻限切。　　11. 適：《唐韻》施隻切。
5. 頹：《唐韻》杜回切。　　12. 庶：《唐韻》商署切。
6. 午：《唐韻》疑古切。　　13. 彷：《廣韻》妃兩切。
7. 輒：《廣韻》陟葉切。　　14. 彿：《廣韻》敷勿切。

15. 示：《唐韻》神至切。
16. 弟：《廣韻》徒禮切。
17. 晁：《廣韻》直遙切。

18. 無：《唐韻》武扶切。
19. 咎：《唐韻》其九切。
20. 學：《唐韻》胡覺切。

其一

Ki[5]　It[4]

我 不 如 陶 生 ， 世 事 纏 綿 之 。
Ngou[2]　Put[4]　Ju[5]　To[5]　Seng[1]　Se[3]　Su[7]　Tian[5]　Bian[5]　Chi[1]

云 何 得 一 適 ， 亦 有 如 生 時 。
Un[5]　Ho[5]　Tek[4]　It[4]　Sek[4]　Ek[8]　Iu[2]　Ju[5]　Seng[1]　Si[5]

寸 田 無 荊 棘 ， 佳 處 正 在 茲 。
Chhun[3]　Tian[5]　Bu[5]　Keng[1]　Kek[4]　Ka[1]　Chhu[3]　Cheng[3]　Chai[7]　Chi[1]

縱 心 與 事 往 ， 所 遇 無 復 疑 。
Chiong[3]　Sim[1]　U[2]　Su[7]　Ong[2]　Sou[2]　Gu[7]　Bu[5]　Hiu[7]　Gi[5]

偶 得 酒 中 趣 ， 空 杯[264] 亦 常 持[265]。
Ngou[2]　Tek[4]　Chiu[2]　Tiong[1]　Chhu[3]　Khong[1]　Pai[1]　Ek[8]　Siong[5]　Chhi[5]

反切

1. 和：《廣韻》胡臥切。
2. 陶：《唐韻》徒刀切。
3. 世：《廣韻》舒制切。
4. 纏：《廣韻》直連切。

5. 綿：《廣韻》武延切。
6. 云：《唐韻》王分切。
7. 得：《唐韻》多則切。
8. 適：《唐韻》施隻切。

---

[264] 杯：正音 Poe[1]；詩韻 Pai[1]。
[265] 持：正音 Ti[5]；俗音 Chhi[5]。

9. 亦：《唐韻》羊益切。
10. 有：《唐韻》云久切。
11. 寸：《唐韻》倉困切。
12. 田：《唐韻》待年切。
13. 荊：《廣韻》舉卿切。
14. 棘：《唐韻》紀力切。
15. 佳：《唐韻》古膎切。
16. 正：《唐韻》之盛切。
17. 茲：《唐韻》子之切。

18. 縱：《廣韻》子用切。
19. 遇：《唐韻》牛具切。
20. 復：《集韻》浮富切。
21. 偶：《唐韻》五口切。
22. 酒：《唐韻》子酉切。
23. 趣：《廣韻》七句切。
24. 杯：《唐韻》布回切。
25. 持：《唐韻》直之切。

其五

Ki⁵ Ngou²

小	舟	真	一	葉	，	下	有	暗	浪	喧²⁶⁶	。
Siau²	Chiu¹	Chin¹	It⁴	Iap⁸		Ha⁷	Iu²	Am³	Long⁷	Hian¹	

夜	棹	醉	中	發	，	不	知	枕	幾	偏	。
Ia⁷	Tau⁷	Chui³	Tiong¹	Hoat⁴		Put⁴	Ti¹	Chim²	Ki²→¹	Phian¹	

天	明	問	前	路	，	已	度	千	重	山²⁶⁷	。
Thian¹	Beng⁵	Bun⁷	Chian⁵	Lou⁷		I²	Tou⁷	Chhian¹	Tiong⁵	Sian¹	

嗟	我	亦	何	為	，	此	道	常	往	還²⁶⁸	。
Chia¹	Ngou²	Ek⁸	Ho⁵	Ui⁵		Chhu²	To⁷	Siong⁵	Ong²	Sian⁵	

未	來	寧	早	計	，	既	往	復	何	言²⁶⁹	。
Bi⁷	Lai⁵	Leng⁵	Cho²	Ke³		Ki³→²	Ong²	Hiu⁷	Ho⁵	Gian⁵	

---

²⁶⁶ 喧：正音 Hoan¹；詩韻 Hian¹。
²⁶⁷ 山：正音 San¹；詩韻 Sian¹。
²⁶⁸ 還：正音 Soan⁵；詩韻 Sian⁵。
²⁶⁹ 言：正音 Gian⁵；詩韻 Gan⁵；又詩韻 Gun⁵。

反切

1. 葉：《唐韻》與涉切。
2. 暗：《唐韻》烏紺切。
3. 喧：《廣韻》況袁切。
4. 棹：《唐韻》直教切。
5. 中：《唐韻》陟弓切。
6. 發：《唐韻》方伐切。
7. 枕：《唐韻》章荏切。
8. 几：《唐韻》居履切。
9. 偏：《集韻》紕連切。
10. 嗟：《廣韻》咨邪切。
11. 此：《唐韻》雌氏切。
12. 還：《廣韻》似宣切。
13. 寧：《唐韻》奴丁切。
14. 早：《廣韻》子皓切。
15. 計：《唐韻》古詣切。
16. 言：《唐韻》語軒切。

其十二

Ki⁵ Sip⁸ Ji⁷

我 夢 入 小 學 ， 自 謂 總 角 時 。

Ngou² Bong⁷ Jip⁸ Siau² Hak⁸　Chu⁷ Ui⁷ Chong² Kak⁴ Si⁵

不 記 有 白 髮 ， 猶 誦 論 語 辭 。

Put⁴ Ki³ Iu² Pek⁸ Hoat⁴　Iu⁵ Siong⁷ Lun⁵ Gu² Si⁵

人 間 本 兒 戲 ， 顛 倒 略 似 茲 。

Jin⁵ Kan¹ Pun² Ji⁵ Hi³　Tian¹ To² Liok⁸ Su⁷ Chi¹

惟 有 醉 時 真 ， 空 洞 了 無 疑 。

Ui⁵ Iu² Chui³ Si⁵ Chin¹　Khong¹ Tong⁷ Liau² Bu⁵ Gi⁵

墜 車 終 無 傷 ， 莊 叟 不 吾 欺 。

Tui⁷ Ku¹ Chiong¹ Bu⁵ Siong¹　Chong¹ Sou² Put⁴ Ngou⁵ Khi¹

呼 兒 具 紙 筆 ， 醉 語 輒 錄 之 。

Hou¹ Ji⁵ Ku⁷ Chi² Pit⁴　Chui³ Gu² Tiap⁴ Lok⁸ Chi¹

反切

1. 入：《唐韻》人執切。
2. 學：《唐韻》胡覺切。
3. 謂：《唐韻》于貴切。
4. 總：《廣韻》作孔切。
5. 角：《唐韻》古岳切。
6. 誦：《唐韻》似用切。
7. 論：《唐韻》盧昆切。
8. 語：《唐韻》魚舉切。
9. 辭：《唐韻》似茲切。
10. 倒：《廣韻》都皓切。
11. 略：《唐韻》離灼切。
12. 洞：《唐韻》徒弄切。

13. 疑：《唐韻》語其切。
14. 墜：《唐韻》直類切。
15. 車：《廣韻》九魚切。
16. 傷：《唐韻》式羊切。
17. 莊：《唐韻》側羊切。
18. 叟：《唐韻》蘇后切。
19. 欺：《唐韻》去其切。
20. 具：《唐韻》其遇切。
21. 紙：《廣韻》諸氏切。
22. 筆：《廣韻》鄙密切。
23. 輒：《廣韻》陟葉切。
24. 錄：《唐韻》力玉切。

【作品簡析】

　　元祐六年（1091）三月蘇軾再被召入京，任翰林承旨，知制誥，兼侍讀。還京時繞道視察湖州、蘇州水災。八月出知潁州軍州事，並疏浚潁州西湖，直至元祐七年（1092）春，再被命移知揚州軍州事。〈和陶飲酒二十首〉即完成於揚州時，此處選錄三首。

　　第一首蘇軾言自己被世事纏葛，無法如陶淵明歸隱田園，但在心靈上，卻能如陶淵明一樣閒適。其妙訣在於心，心若無阻礙，隨事而順，便不會對生命產生懷疑。偶而喝喝小酒，享受酒盡杯空之滋味，生活自然充滿樂趣。淡泊之情，和閒適的生活品味，盈滿詩之意境中。

　　第二首反映蘇軾的憂患意識。熙寧年間蘇軾與王安石不合，新黨視其為眼中釘，因此有烏臺詩案發生。元祐回朝，雖舊黨主政，但舊黨對新黨所施之政策，全部廢除。事實上，新政有些措施對民生頗有益處。蘇軾因曾為地方官，知道百姓所需為何，因此主張不宜全廢，以致為舊黨不容。雖然此時官位不小，卻時時感到身處危機中，「小舟真一葉，下有暗浪喧。」正是處境之寫照。元祐年間，蘇軾在朝廷和地方幾次進出，明知困難重重，卻無法推卻對國家的責任。就像醉臥在夜船中航行，渾然不知前面是否隱藏危險，待天明方知已行甚遠。「嗟我亦何為，此道常往還。」正是蘇軾在仕途的無奈。想想自入仕途以來的遭遇，不如早點為將來定下良策，過去之事不必再去提起！

　　第三首詩蘇軾夢中回到孩提時光，坐在學堂裡，背誦論語，不感覺到現實的自己，已是白髮蒼蒼之年。重回現實之境，深感人世間許多事情往往真假顛倒，正如兒戲一般，夢境一樣。唯有在酒醉之時，心靈反而空洞清澈，無有疑惑，看清真實之面。蘇軾這種思想正呼應〈莊子·達生〉篇中「醉者神全」之意旨。人酒醉之後，精神高漲，思路狂放，死生驚懼不入乎其胸中，心忘卻外物，身返歸自然，故能墜車而不傷。可見蘇軾以淵明飲酒詩中精神，為學習對象，以跳脫現實束縛之心境。

東府雨中別子由

Tong[1] Hu[2] U[2] Tiong[1] Piat[8] Chu[2] Iu[5]

庭 下 梧 桐 樹 ， 三 年 三 見 汝 。

Teng[5] Ha[7] Ngou[5] Tong[5] Su[7] Sam[1] Lian[5] Sam[1] Kian[3] Ju[2]

前 年 適 汝 陰 ， 見 汝 鳴 秋 雨 。

Chian[5] Lian[5] Sek[4] Ju[2→1] Im[1] Kian[3] Ju[2] Beng[5] Chhiu[1] U[2]

去 年 秋 雨 時 ， 我 自 廣 陵 歸 。

Khu[3→2] Lian[5] Chhiu[1] U[2] Si[5] Ngou[2] Chu[7] Kong[2] Leng[5] Kui[1]

今 年 中 山 去 ， 白 首 歸 無 期 。

Kim[1] Lian[5] Tiong[1] San[1] Khu[3] Pek[8] Siu[2] Kui[1] Bu[5] Ki[5]

客 去 莫 歎 息 ， 主 人 亦 是 客 。

Khek[4] Khu[3] Bok[8] Than[3→2] Sek[4] Chu[2] Jin[5] Ek[8] Si[7] Khek[4]

對 床 定 悠 悠 ， 夜 雨 空 蕭 瑟 。

Tui[3] Chhong[5] Teng[7] Iu[5] Iu[5] Ia[7] U[2] Khong[1] Siau[1] Sek[4]

起 折 梧 桐 枝 ， 贈 汝 千 里 行 。

Khi[2] Chiat[4] Ngou[5] Tong[5] Chi[1] Cheng[7] Ju[2] Chhian[1] Li[2] Heng[5]

重 來 知 健 否[270] ， 莫 忘 此 時 情 。

Tiong[5] Lai[5] Ti[1] Kian[7] Hiou[2] Bok[8] Bong[5] Chhu[2] Si[5] Cheng[5]

反切

---

[270] 否：正音 Hiu[2]；俗音 Hiou[2]。

1.下：《廣韻》胡雅切。　　　12.主：《唐韻》之庾切。
2.樹：《唐韻》常句切。　　　13.床：《正韻》助莊切。
3.汝：《唐韻》人渚切。　　　14.悠：《唐韻》以周切。
4.適：《唐韻》施隻切。　　　15.瑟：《唐韻》所櫛切。
5.陰：《唐韻》於今切。　　　16.折：《唐韻》旨熱切。
6.鳴：《唐韻》武兵切。　　　17.枝：《唐韻》章移切。
7.年：《唐韻》奴顛切。　　　18.贈：《廣韻》昨互切。
8.自：《唐韻》疾二切。　　　19.健：《集韻》渠建切。
9.廣：《唐韻》古晃切。　　　20.否：《唐韻》方九切。
10.陵：《唐韻》力膺切。　　　21.忘：《集韻》武方切。
11.息：《唐韻》相即切。

【作品簡析】

　　元祐八年（1093）太皇太后駕崩，哲宗親政，蘇軾改赴定州知州任，其已預知朝廷將有變，於東府與子由話別，悲鬱之情滿胸。回顧過去三年，三進三出廟堂，均於雨中與子由話別。面對此次即將發生之政治風暴，已做「白首歸無期」之最壞打算。同時也預感子由不久將和自己相同，被迫離開京城。因二人相對京城言，都只是過客而已，「客去莫歎息，主人亦是客。」即言此事。

　　蘇軾最不捨的當然是與子由的兄弟之情，此次分別可否再聚首充滿問號。「對床定悠悠，夜雨空蕭瑟。」看來夜雨對床的約定，恐難實現，將來只有二人各自對雨嘆息。梧桐枝折，送行千里，雖然「重來知健否？」但期待彼此「莫忘此時情。」整首詩中，蘇軾心中充滿不安之情。

臨城道中作并引

Lim⁵ Seng⁵ To⁷ Tiong¹ Chok⁴ Peng⁷ In²

予 初 赴 中 山 ， 連 日 風 埃 ， 未 嘗 了 了 見

U⁵ Chhou¹ Hu³ Tiong¹ San¹　　Lian⁵ Jit⁸ Hong¹ Ai¹　　Bi⁷ Siong⁵ Liau² Liau² Kian³

太 行 也 。 今 將 適 嶺 表 ， 頗 以 是 為 恨 。

Thai³ Hong⁵ Ia²　　Kim¹ Chiong¹ Sek⁴ Leng² Piau²　　Pho² I² Si⁷ Ui⁵ Hun⁷

過 臨 城 、 內 丘 ， 天 氣 忽 清 徹 。 西 望 太

Ko¹ Lim⁵ Seng⁵　　Loe⁷ Khiu¹　　Thian¹ Khi³ Hut⁴ Chheng¹ Thiat⁸　　Se¹ Bong⁷ Thai³

行 ， 草 木 可 數 ， 岡 巒 北 走 ， 崖 谷 秀 傑 。

Hong⁵　　Chho² Bok⁸ Kho² Su²　　Kong¹ Loan⁵ Pok⁴ Chou²　　Gai⁵ Kok⁴ Siu³ Kiat⁸

忽 悟 歎 曰 ：「 吾 南 遷 其 速 返 乎 ？ 退 之

Hut⁴ Ngou⁷ Than³ Oat⁸　　Ngou⁵ Lam⁵ Chhian¹ Ki⁵ Sok⁴ Hoan² Hou⁵　　Thoe³ Chi¹

衡 山 之 祥 也 。」 書 以 付 邁 ， 使 志 之 。

Heng⁵ San¹ Chi¹ Siong⁵ Ia²　　Su¹ I² Hu³ Bai⁷　　Su² Chi³ Chi°

反切

1. 作：《唐韻》則洛切。
2. 并：《廣韻》卑正切。
3. 引：《唐韻》余忍切。
4. 予：《廣韻》弋諸切。
5. 赴：《廣韻》芳遇切。
6. 埃：《唐韻》於開切。
7. 適：《唐韻》施隻切。
8. 表：《唐韻》陂矯切。
9. 頗：《廣韻》普火切。
10. 恨：《唐韻》胡艮切。
11. 過：《廣韻》古禾切。《廣韻》經也。

12. 內：《唐韻》奴對切。
13. 丘：《廣韻》去鳩切。
14. 忽：《唐韻》呼骨切。
15. 徹：《唐韻》直列切。
16. 數：《廣韻》所矩切。《說文》計也。
17. 岡：《廣韻》古郎切。
18. 巒：《唐韻》落官切。
19. 崖：《集韻》宜佳切。
20. 谷：《唐韻》古祿切。
21. 秀：《唐韻》息救切。
22. 傑：《唐韻》渠列切。

23. 遷：《唐韻》七然切。
24. 速：《廣韻》蘇谷切。
25. 乎：《廣韻》戶吳切。
26. 退：《集韻》吐內切。

27. 衡：《唐韻》戶庚切。
28. 付：《唐韻》方遇切。
29. 邁：《集韻》莫敗切。

逐 客 何 人 著 眼 看 ， 太 行 千 里 送 征 鞍 。

Tiok⁸ Khek⁴ Ho⁵ Jin⁵ Tu³ Gan² Khan¹　　Thai³ Hong⁵ Chhian¹ Li² Song³ Cheng¹ An¹

未 應 愚 谷 能 留 柳 ， 可 獨 衡 山 解 識 韓 。

Bi⁷ Eng¹ Gu⁵ Kok⁴ Leng⁵ Liu⁵ Liu²　　Kho² Tok⁸ Heng⁵ San¹ Kai² Sek⁴ Han⁵

[反切]

1. 臨：《唐韻》力尋切。
2. 逐：《唐韻》直六切。
3. 著：《集韻》陟慮切。明也。
4. 看：《唐韻》苦寒切。
5. 太：《集韻》他蓋切。
6. 行：《集韻》寒岡切。

7. 谷：《唐韻》古祿切。
8. 獨：《唐韻》徒谷切。
9. 衡：《唐韻》戶庚切。
10. 解：《唐韻》佳買切。
11. 識：《唐韻》賞職切。

【作品簡析】

　　哲宗元祐八年（1093）蘇軾十月調定州知州任，隔年四月哲宗皇帝改年號為紹聖元年（1094），重新起用新黨章惇為相，御史們襲用烏臺詩案之伎倆，糾彈蘇軾在朝為官起草之文，有譏斥神宗之言，蘇軾於馬上接到聖旨，連落兩職，取消端明殿學士與翰林侍讀學士之稱號，同時追降一官，罷定州知州任，以左朝奉郎責知英州軍州事。此詩乃蘇軾往英州途中過臨城時作。

　　蘇軾出知定州時，因天候不佳，未能看清太行山。此次貶官，路過臨城，天氣晴朗，太行山巍然聳立眼前，草木可辨。此種情景，讓蘇軾想起唐朝詩人韓愈亦曾南貶，後來北歸回朝，路過衡山，原天氣不佳，突然放晴，彷彿是衡山體念韓愈北歸之心，特來向其祝賀。此刻蘇軾見太行山清晰可見，與韓愈路

過衡山情景相似，亦興起自己或將如韓愈一樣，很快便能北歸回朝，而不似柳宗元有長貶在愚谷之念頭。

　　蘇軾此刻雖再遭不幸，但仍持有許國之心，無奈此次貶謫，竟未再回京。

南康望湖[271]亭

Lam⁵ Khong¹ Bong⁷ Hou⁵ Teng⁵

八 月 渡 長 湖 ， 蕭 條 萬 象 疏 。

Pat⁴ Goat⁸ Tou⁷ Tiong⁵ Hu⁵ Siau¹ Tiau⁵ Ban⁷ Siong⁷ Su¹

秋 風 片 帆 急 ， 暮 靄 一 山 孤 。

Chhiu¹ Hong¹ Phian³→² Hoan⁵ Kip⁴ Bou⁷ Ai³ It⁴ San¹ Ku¹

許 國 心 猶 在 ， 康 時 術 己 虛 。

Hu² Kok⁴ Sim¹ Iu⁵ Chai⁷ Khong¹ Si⁵ Sut⁸ I² Hu¹

岷 峨 家 萬 里 ， 投 老 得 歸 無 ？

Bin⁵ Ngou⁵ Ka¹ Ban⁷ Li² Tou⁵ Nou² Tek⁴ Kui¹ Bu⁵

反切

1. 南：《唐韻》那含切。
2. 湖：《唐韻》戶吳切。
3. 亭：《唐韻》特丁切。
4. 八：《唐韻》博拔切。
5. 渡：《唐韻》徒故切。
6. 長：《唐韻》直良切。
7. 條：《廣韻》徒聊切。
8. 萬：《唐韻》無販切。
9. 象：《唐韻》徐兩切。
10. 疏：《集韻》山於切。
11. 片：《唐韻》匹見切。
12. 帆：《廣韻》符炎切。
13. 急：《廣韻》居立切。

14. 暮：《廣韻》莫故切。
15. 靄：《唐韻》於蓋切。
16. 孤：《唐韻》古乎切。
17. 許：《唐韻》虛呂切。
18. 猶：《唐韻》以周切。
19. 術：《唐韻》食律切。
20. 虛：《唐韻》朽居切。
21. 岷：《廣韻》武巾切。
22. 峨：《廣韻》五何切。
23. 家：《唐韻》古牙切。
24. 投：《唐韻》度侯切。
25. 無：《唐韻》武扶切。

---

[271] 湖：正音 Hou⁵；俗音 Ou⁵；詩韻 Hu⁵。

【作品簡析】

　　紹聖元年（1094）四月蘇軾責知英州詔命方下，旋即再降為充左成議郎，仍知英州。同年閏四月，第三道「合得敘復未得與敘復」之詔命再下。北宋官制，任職一定年限，可自然升遷。現蘇軾連此升遷之機會亦被取消，雖知英州不變，但朝廷一個月內，三改謫命，意欲蘇軾無返朝之機會。六月蘇軾前往貶所，行至當塗，又被貶為建昌軍司馬，惠州安置，不得簽書公事。只能將家小安置於宜興，獨與侍妾朝雲、幼子蘇過南下。途經廬陵時，又改貶寧遠軍節度副使，仍惠州安置，此乃蘇軾所受之第五道謫命。〈南康望湖亭〉一詩，即蘇軾前往惠州貶所途中之作。

　　在秋景蕭瑟，西風吹急之下，蘇軾所乘之船，擺渡於鄱陽湖上，孤山聳立暮靄之中，憑添孤獨悲涼。縱使許國之心尚在，卻已無能為力以挽狂瀾，扭轉局勢。而今頭髮已白，竟連萬里外之故鄉，亦不得而歸。孤寂、落寞、無力之感，充塞蘇軾心中，帶著侍妾和兒子，一路往嶺南而去。

荔支嘆

Li⁷　Chi¹　Than³

十里一置飛塵灰²⁷²，五里一墩兵火催²⁷³。
Sip⁸ Li² It⁴ Ti³ Hui¹ Tin⁵ Hai¹　　Ngou² Li² It⁴ Hou⁷ Peng¹ Ho² Chhai¹

顛阬仆谷相枕藉，知是荔支龍眼來。
Tian¹ Kheng¹ Phok⁴ Kok⁴ Siong¹Chim⁷ Chia⁷　Ti¹ Si⁷ Li⁷ Chi¹ Liong⁵ Gan² Lai⁵

飛車跨山鶻橫海，風枝露葉如新採。
Hui¹ Ku¹ Khoa³ San¹ Kut⁴ Heng⁵ Hai²　Hong¹ Chi¹ Lou⁷ Iap⁸ Ju⁵ Sin¹ Chhai²

宮中美人一破顏，驚塵濺血²⁷⁴流千載。
Kiong¹Tiong¹ Bi² Jin⁵ It⁴ Pho³ Gan⁵　Keng¹ Tin⁵ Chian³ Hoat⁴ Liu⁵Chhian¹Chai²

永元荔支來交州，天寶歲貢取之涪。
Eng² Goan⁵ Li⁷ Chi¹ Lai⁵ Kau¹ Chiu¹　Thian¹ Po² Soe³ Kong³Chhu² Chi¹ Hiu⁵

至今欲食²⁷⁵林甫肉，無人舉觴酹²⁷⁶伯遊。
Chi³ Kim¹ Iok⁸ Sit⁸ Lim⁵ Hu² Jiok⁸　Bu⁵ Jin⁵ Ku² Siong¹ Lui⁷ Pek⁴ Iu⁵

我願天公憐赤子²⁷⁷，莫生尤物為瘡痏。
Ngou²Goan⁷ Thian¹Kong¹Lian⁵Chhek⁴Chi²　Bok⁸ Seng¹ Iu⁵ But⁸ Ui⁵ Chhong¹ I²

雨順風調百穀登，民不饑寒為上瑞。
U² Sun⁷ Hong¹ Tiau⁵ Pek⁴ Kok⁴ Teng¹　Bin⁵ Put⁴ Ki¹ Han⁵ Ui⁵ Siong⁷ Sui⁷

---

272 灰：正音 Hoe¹；詩韻 Hai¹。
273 催：正音 Chhoe¹；詩韻 Chhai¹。
274 血：正音 Hoat⁴；詩韻 Hiat⁴。
275 食：正音 Sek⁸；俗音 Sit⁸。
276 酹：正音 Loe⁷ 或 Loat⁸；俗音 Lui⁷。
277 子：正音 Chi²；泉州音 Chu²。

君不見武夷溪邊粟粒芽，前丁後蔡相籠加。

Kun¹ Put⁴ Kian³ Bu² I⁵ Khe¹ Pian¹ Siok⁴ Lip⁸ Ga⁵　　Chian⁵Teng¹Hou⁷Chhai³Siong¹Long⁵ Ka¹

爭新買寵各出意，今年鬥品²⁷⁸充官茶。

Cheng¹ Sin¹ Mai²Thiong²Kok⁴Chhut⁴ I³　　Kim¹ Lian⁵ Tou³ Phin² Chhiong¹Koan¹Chha⁵

吾君所乏豈此物？致養口體何陋耶

Ngou⁵ Kun¹ Sou² Hoat⁸ Khi² Chhu² But⁸　　Ti³ Iong²Khiou² The² Ho⁵ Lou⁷ Ia⁵

洛陽相君忠孝家，可憐亦進姚黃花。

Lok⁸ Iong⁵ Siong³ Kun¹ Tiong¹ Hau³ Ka¹　　Kho² Lian⁵ Ek⁸ Chin³ Iau⁵ Hong⁵Hoa¹

反切

1. 荔：《唐韻》力智切。
2. 支：《唐韻》章移切。
3. 置：《廣韻》陟吏切。
4. 飛：《唐韻》甫微切。
5. 灰：《唐韻》呼恢切。
6. 壞：《廣韻》胡遘切。
7. 火：《唐韻》呼果切。
8. 催：《唐韻》倉回切。
9. 阮：《唐韻》客庚切。
10. 仆：《集韻》普木切。
11. 藉：《唐韻》慈夜切。
12. 龍：《唐韻》力鍾切。
13. 眼：《唐韻》五限切。
14. 跨：《唐韻》苦化切。
15. 採：《唐韻》倉宰切。
16. 濺：《廣韻》子賤切。
17. 血：《唐韻》呼決切。
18. 載：《廣韻》作亥切。
19. 寶：《唐韻》博浩切。
20. 貢：《唐韻》古送切。
21. 涪：《集韻》房尤切。
22. 食：《唐韻》乘力切。
23. 肉：《唐韻》如六切。
24. 酹：《廣韻》盧對切。又《集韻》盧活切。
25. 伯：《唐韻》博陌切。
26. 瘡：《廣韻》初良切。
27. 痏：《唐韻》榮美切。
28. 穀：《唐韻》古祿切。
29. 瑞：《唐韻》是偽切。
30. 粟：《廣韻》相玉切。
31. 粒：《廣韻》力入切。
32. 芽：《唐韻》五加切。
33. 蔡：《唐韻》倉大切。
34. 籠：《廣韻》盧紅切。
35. 寵：《唐韻》丑壟切。
36. 鬥：《唐韻》都豆切。
37. 品：《唐韻》匹飲切。

---

²⁷⁸ 品：正音 Phim²；俗音 Phin²。

38. 充：《唐韻》昌終切。　　42. 陋：《唐韻》盧候切。
39. 茶：《正韻》鋤加切。　　43. 耶：《廣韻》以遮切。
40. 乏：《唐韻》房法切。　　44. 進：《唐韻》即刃切。
41. 致：《廣韻》陟利切。　　45. 姚：《廣韻》餘昭切。

【作品簡析】

　　蘇軾於紹聖元年（1094）十月抵達惠州，隔年有機會品嘗嶺南名產荔支。在品嘗之餘，讓蘇軾聯想到唐時李林甫為討好唐明皇與楊貴妃之歡心，要求由產地進獻荔支至京之舉，害苦人民，與奔波之驛騎。多少人在十萬火急，刻不容緩下，騎馬奔波驛站之間，因而意外發生，曝屍荒野溝坑之中。當時只要看見顛阬塞谷死者滿途，即知奔馬急行運輸龍眼荔支之驛騎到來。唐明皇不惜以飛快之馬車，奔越群山峻嶺；以快如飛鷹之船，橫跨海洋，將荔支送到京城。僅為讓荔支到達京城時，保有方如樹上採摘而下鮮紅欲滴之樣，以博取楊貴妃一笑。如此讓驛騎奔波、人民濺血之事，至今已千年之久。東漢和帝永元元年（89）間進獻之荔支來自交州，唐玄宗天寶（742~756）年間起，荔支則取自四川涪州。李林甫為相，只知諂諛君王，放任時弊，進而發生安史之亂，推究禍亂之源，乃因李林甫之作為不當，因此至今人人對其怨恨至極，欲食其肉而快之。反而無人舉杯遙祭東漢和帝時，進言皇帝，罷進貢荔支之良臣唐羌伯游。可見林甫之惡，痛入民心。此為詩前十二句，蘇軾描寫因荔支而起之相關歷史事件。

　　「我願」四句，表達蘇軾愛民護民之情懷。祈願上天體恤黎民百姓之苦，莫再生出特殊美好之物，成為為害人民之禍根。盼在一年當中風調雨順、百穀豐登，人民生活安樂。人民能夠無飢寒之憂，便是上天最好之應兆。

　　詩最後八句，諷刺宋朝官吏不顧黎民生活之艱難，唯知奉承君王，爭新買寵，以求升官保位。宋真宗時宰相丁謂與仁宗時蔡襄，均以武夷山初春所產之芽茶，進貢皇帝，此種茶，形如粟粒，量少品貴。而當今在朝官吏，更借比賽獲得上品之鬥茶，充當進貢皇帝之官茶，以滿足皇帝的物質口慾，對治國安民並無幫助。事實上，皇帝本不缺這些珍品，臣子爭新買寵之做法，實是醜陋至極。

　　詩最後二句，則指責歷經宋真宗與宋仁宗二朝之洛陽相君錢惟演，進貢洛陽牡丹花，取悅君王之事。錢父乃吳越王錢俶，歸順宋朝時，宋太宗讚其顧忠孝而保社稷，故有忠孝家之稱。然而錢惟演於洛陽為官時，為取悅君王歡心，

特設驛站，向朝廷進貢牡丹珍品姚黃花。這些人之作為，在蘇軾眼中，實失為人臣之道。

　　由荔支到官茶，再到洛陽牡丹，蘇軾在詩中充滿愛國護民之仁心。

縱筆

Chiong³ Pit⁴

白頭[279]蕭散滿霜風，小閣藤床寄病容。

Pek⁸ Thiu⁵ Siau¹ San³ Boan² Song¹ Hong¹　　Siau² Kok⁴ Teng⁵ Chhong⁵ Ki³ Peng⁷ Iong⁵

為報先生春睡美，道人輕打五[280]更鐘。

Ui⁷ Po³ Sian¹ Seng¹ Chhun¹ Sui⁷ Bi²　　To⁷ Jin⁵ Kheng¹ Ta² Ngou² Keng¹ Chiong¹

反切

1.縱：《廣韻》子用切。
2.筆：《廣韻》鄙密切。
3.白：《唐韻》旁陌切。
4.頭：《唐韻》度侯切。
5.滿：《唐韻》莫旱切。
6.霜：《唐韻》所莊切。
7.藤：《集韻》徒登切。
8.床：《正韻》助莊切。

9.病：《唐韻》皮命切。
10.容：《廣韻》餘封切。
11.報：《唐韻》博耗切。
12.睡：《唐韻》是偽切。
13.打：《六書韻》都假切。
14.五：《唐韻》疑古切。
15.更：《廣韻》古行切。
16.輕：《廣韻》去盈切。

【作品簡析】

　　此為蘇軾謫居惠州時之名作。

　　蘇軾滿頭白髮，如霜風覆蓋，病軀臥躺在小閣樓中之藤床，寂寥酸楚瀰漫斗室。所幸尚有嘉祐寺僧人之關懷，晨起早課時，聽說他尚睡夢正甜，連晨鐘都輕輕敲打，唯恐將他吵醒。詩意含有對遭遇的酸楚之感，和溫馨的人情。

　　聽說章惇見東坡此詩有「春睡美」詩句，認為其在惠州生活太過愜意，再次於皇帝面前誣陷他，因而遠貶儋州。

---

[279] 頭：正音 Tou⁵；俗音 Thou⁵ 或 Thiu⁵ 或 Thiou⁵；詩韻 Tiu⁵。
[280] 五：正音 Gou²；俗音 Ngou²。

吾謫海南，子由雷州，被命即行

Ngou⁵ Tek⁴ Hai² Lam⁵　Chu² Iu⁵ Lui⁵ Chiu¹　Pi⁷ Beng⁷ Chek⁴ Heng⁵

，了不相知，至梧聞其尚在藤也

Liau² Put⁴ Siong¹ Ti¹　Chi³ Ngou⁵ Bun⁵ Ki⁵ Siong⁷ Chai⁷ Teng⁵ Ia°

，旦夕當追及，作此詩示之。

Tan³ Sek⁸ Tong¹ Tui¹ Kip⁸　Chok⁴ Chhu² Si¹ Si⁷ Chi°

九嶷聯綿屬衡湘，蒼梧獨在天一方。

Kiu² Gi⁵ Lian⁵ Bian⁵ Chiok⁴ Heng⁵ Siong¹　Chhong¹ Ngou⁵ Tok⁸ Chai⁷ Thian¹ It⁴ Hong¹

孤城吹角煙樹裏，落月未落江蒼茫。

Kou¹ Seng⁵ Chhui¹ Kak⁴ Ian¹ Su⁷ Li²　Lok⁸ Goat⁸ Bi⁷ Lok⁸ Kang¹ Chhong¹ Bong⁵

幽人捫枕坐歎息，我行忽至舜所藏。

Iu¹ Jin⁵ Hu² Chim² Cho⁷ Than³ Sek⁴　Ngou² Heng⁵ Hut⁴ Chi³ Sun³ Sou² Chong⁵

江邊父老能說子²⁸¹，白須紅頰如君長。

Kang¹ Pian¹ Hu⁷ Nou² Leng⁵ Soat⁴ Chu²　Pek⁸ Su¹ Hong⁵ Kiap⁴ Ju⁵ Kun¹ Tiong⁵

莫嫌瓊雷隔雲海，聖恩尚許遙相望。

Bok⁸ Hiam⁵ Kheng⁵ Lui⁵ Kek⁴ Hun⁵ Hai²　Seng³ Un¹ Siong⁷ Hu² Iau⁵ Siong¹ Bong⁵

平生學道真實意，豈與窮達俱存亡？

Peng⁵ Seng¹ Hak⁸ To⁷ Chin¹ Sit⁸ I³　Khi² U² Kiong⁵ Tat⁸ Ku¹ Chun⁵ Bong⁵

天其以我為箕子，要使此意留要荒。

Thian¹ Ki⁵ I² Ngou² Ui⁵ Ki¹ Chu²　Iau³ Su² Chhu² I³ Liu⁵ Iau³ Hong¹

---

²⁸¹ 子：正音 Chi²；泉州音 Chu²。

他年誰作輿地志，海南萬里真吾鄉。

Tha¹ Lian⁵ Sui⁵ Chok⁴ U⁵ Te⁷ Chi³ Hai² Lam⁵ Ban⁷ Li² Chin¹ Ngou⁵ Hiong¹

反切

1.吾：《唐韻》五乎切。
2.讁：《唐韻》陟革切。
3.海：《唐韻》呼改切。
4.子：《唐韻》即里切。
5.被：《唐韻》皮彼切。
6.了：《唐韻》盧鳥切。
7.至：《唐韻》脂利切。
8.尚：《唐韻》時亮切。
9.藤：《唐韻》徒登切。
10.旦：《唐韻》得案切。
11.夕：《唐韻》祥易切。
12.追：《廣韻》陟佳切。
13.及：《唐韻》其立切。
14.示：《唐韻》神至切。
15.九：《唐韻》舉有切。
16.疑：《唐韻》語其切。
17.屬：《廣韻》之玉切。
18.吹：《唐韻》昌垂切。
19.角：《唐韻》古岳切。
20.烟：《唐韻》烏前切。
21.樹：《唐韻》常句切。
22.拊：《唐韻》芳武切。
23.歎：《唐韻》他案切。
24.息：《唐韻》相即切。
25.我：《唐韻》五可切。

26.忽：《唐韻》呼骨切。
27.舜：《廣韻》輸閏切。
28.說：《唐韻》失爇切。
29.頰：《廣韻》古協切。
30.嫌：《廣韻》戶兼切。
31.瓊：《廣韻》渠營切。
32.雷：《唐韻》魯回切。
33.隔：《唐韻》古核切。
34.聖：《唐韻》式正切。
35.恩：《唐韻》烏痕切。
36.許：《唐韻》虛呂切。
37.望：《廣韻》武方切。
38.實：《唐韻》神質切。
39.豈：《集韻》去幾切。
40.達：《廣韻》唐割切。
41.俱：《唐韻》舉朱切。
42.存：《唐韻》徂尊切。
43.箕：《廣韻》居之切。
44.要：《廣韻》於笑切。
45.使：《唐韻》疏士切。
46.荒：《唐韻》呼光切。
47.他：《廣韻》託何切。
48.誰：《五音集韻》是為切。
49.輿：《廣韻》以諸切。
50.志：《唐韻》職吏切。

【作品簡析】

　　哲宗紹聖四年（1097）蘇軾由惠州再貶至更南的儋州（今海南島），此地乃

184

宋朝當時最南邊之地。蘇軾僅帶兒子蘇過同行，行至梧州時，聽說子由被貶雷州，人尚在藤州，便以詩代柬，請人快速送往，請子由等候。二人在梧州往藤州路上相見，這亦是兄弟二人最後一次相見。

連綿的九嶷山連接著衡山與湘江，蒼梧獨在天涯一隅。蒼梧即指梧州，乃舜帝的安葬處。在夜色蒼茫，落月尚未落下之際，蒼梧孤城陣陣鼓角聲起。蘇軾夜不安眠，感歎自己竟會流落到天涯海角之地，孤獨無援之感，充塞心中。不過在梧州聽到有關子由的消息，江邊父老形容看到子由時之樣貌，是白髮紅頰，身高與其相仿，頓時喜悅勝於孤獨之感，反而安慰子由勿嫌瓊州、雷州之間隔著雲霧迷茫之海，至少聖上尚容許兄弟二人遙遙相望，而平生所學經國濟民、修身養性之道，亦不會因身處逆境而違背初衷。

蘇軾將眼前處境，看作如周朝時箕子之處境一樣。周武王曾封箕子於朝鮮，以教化當地人民。而今自己遠貶蠻荒之地海南島，或許是上天有意賦予他教化黎民之重責大任，將來有人編寫《輿地誌》，定會記錄他在海南之事跡，美名長存史冊之中。而萬里外的海南島，也將成為自己的另一個故鄉。

句句詩語，除寬慰弟弟，不要因際遇而感傷，也為自己的處境，尋求自解寬懷之道。

澄邁驛通潮閣二首其二

Teng⁵ Bai⁷ Ek⁸ Thong¹ Tiau⁵ Kok⁴ Ji⁷ Siu² Ki⁵ Ji⁷

餘生欲老海南村，帝遣巫陽招我魂。
U⁵ Seng¹ Iok⁸ Nou² Hai² Lam⁵ Chhun¹　Te³ Khian² Bu⁵ Iong⁵ Chiau¹ Ngou²Hun⁵

杳²⁸²杳天低鶻沒處，青山一髮是中原²⁸³。
Iau²　Iau² Thian¹ Te¹ Kut⁴ But⁸ Chhu³ Chheng¹San¹ It⁴ Hoat⁴ Si⁷ Tiong¹Gun⁵

反切

1.澄：《集韻》持陵切。
2.邁：《集韻》莫敗切。
3.驛：《唐韻》羊益切。
4.閣：《唐韻》古洛切。
5.餘：《唐韻》以諸切。
6.村：《唐韻》此尊切。
7.遣：《廣韻》去演切。
8.巫：《唐韻》武夫切。

9.招：《唐韻》止遙切。
10.杳：《唐韻》烏皎切。又《彙音寶鑑》門嬌切。
11.低：《廣韻》都奚切。
12.鶻：《唐韻》古忽切。
13.沒：《唐韻》莫勃切。
14.髮：《唐韻》方伐切。
15.原：《唐韻》愚袁切。

【作品簡析】

　　元符三年（1100）哲宗皇帝崩殂。因哲宗無子，政權在一番暴亂後，改由趙佶登位，即宋徽宗。新黨勢力於元祐黨人打擊之下漸漸瓦解，舊黨再登政治檯面。朝廷紛紛召回元祐黨人，蘇軾亦是其中一員。

　　此詩寫於六月，蘇軾將告別海南謫居生活，再渡瓊州海峽北歸，登船之前。蘇軾原認為將老死海南，沒想到一道赦令，讓他重燃希望。他極目眺望北方，眼中捕捉到矯健鷹隼之身影，正奮力飛向細如髮絲般的青山遠處，正是他一心

---

²⁸² 杳：正音 Iau²；俗音 Biau²。
²⁸³ 原：正音 Goan⁵；詩韻 Gun⁵。

渴望回歸之地。此刻他如同眼前之鷹隼，將挾著海上風濤，凌厲飛向中原，沉寂已久的生命，再次激起昂首的鬥志。

六月二十日夜渡海

Liok⁸ Goat⁸ Ji⁷ Sip⁸ Jit⁸ Ia⁷ Tou⁷ Hai²

參 橫 斗²⁸⁴ 轉 欲 三 更 ， 苦 雨 終 風 也 解 晴 。

Sim¹ Heng⁵Tou² Choan² Iok⁸ Sam¹ Keng¹ Khou² U² Chiong¹Hong¹Ia² Kai² Cheng⁵

雲 散 月 明 誰 點 綴 ？ 天 容 海 色 本 澄 清 。

Un⁵ San³ Goat⁸ Beng⁵ Sui⁵ Tiam² Toat⁴ Thian¹Iong⁵ Hai⁵ Sek⁴ Pun²Teng⁵Chheng¹

空 餘 魯 叟 乘 桴²⁸⁵ 意 ， 粗 識 軒 轅 奏 樂 聲 。

Khong¹U⁵ Lou² Sou² Seng⁵ Hiu⁵ I³ Chhou¹Sek⁴Hian¹ Oan⁵ Chou³ Gak⁸ Seng¹

九 死 南 荒 吾 不 恨 ， 茲 游 奇 絕 冠 平 生 。

Kiu² Su² Lam² Hong¹Ngou⁵ Put⁴ Hun⁷ Chu¹ Iu⁵ Ki⁵ Choat⁸ Koan³ Peng⁵ Seng¹

反切

1. 六：《唐韻》力竹切。
2. 渡：《唐韻》徒故切。
3. 參：《唐韻》所今切。
4. 橫：《唐韻》戶盲切。
5. 斗：《唐韻》當口切。
6. 解：《唐韻》佳買切。
7. 散：《廣韻》蘇旱切。
8. 點：《唐韻》多忝切。
9. 綴：《廣韻》陟劣切。
10. 容：《廣韻》餘封切。
11. 色：《廣韻》所力切。
12. 魯：《廣韻》郎古切。
13. 叟：《唐韻》蘇后切。

14. 乘：《唐韻》食陵切。
15. 桴：《集韻》房尤切。
16. 粗：《廣韻》千胡切。
17. 軒：《廣韻》虛言切。
18. 奏：《廣韻》則候切。
19. 樂：《唐韻》五角切。
20. 死：《廣韻》息姊切。
21. 荒：《唐韻》呼光切。
22. 恨：《唐韻》胡艮切。
23. 絕：《廣韻》情雪切。
24. 冠：《唐韻》古玩切。
25. 平：《集韻》蒲兵切。

---

²⁸⁴ 斗：正音 Tou²；詩韻 Tiu²。
²⁸⁵ 桴：正音 Hiu⁵；俗音 Hu⁵。

【作品簡析】

　　元符三年（1100）六月二十日，蘇軾乘船夜渡瓊州海峽北返，時三更參星掛空，北斗七星杓柄低垂，連日之風雨天氣，此刻竟雨霽雲收，風平浪靜。令他感念造物者之美意，不禁叩問此刻是誰為他點綴一點明月美景？讓海天澄澈清明，萬里無雲。昔日政治苦難，此刻已煙消雲散，在一番經歷後，蘇軾整個心靈就像澄澈的海天般，已不為任何陰霾所罩，清明之性伴其踏上北歸之途。

　　原欲效法孔子乘桴歸隱之志，在朝廷赦命下只能暫時放下。眼前彷彿領略到黃帝韶樂的平和之聲，充滿平和與安祥。對於遠貶南方蠻荒之地，歷經九死一生之命運，並無絲毫恨意，反而感到此趟嶺南經歷，是生命之奇遇、奇境。

　　蘇軾曠達的生命至此澄澈如海、清明如月，生命再無任何苦楚與抱怨。

自題金山畫像

Chu⁷ Te⁵ Kim¹ San¹ Hoa⁷ Siong⁷

心似已灰²⁸⁶之木，身如不繫之舟。

Sim¹ Su⁷ I² Hai¹ Chi¹ Bok⁸ Sin¹ Ju⁵ Put⁴ Ke³ Chi¹ Chiu¹

問汝一生功業，黃州惠州儋州。

Bun⁷ Ju² It⁴ Seng¹ Kong¹ Giap⁸ Hong⁵ Chiu¹ Hui⁷ Chiu¹ Tam¹ Chiu¹

反切

1.題：《廣韻》杜溪切。
2.金：《唐韻》居音切。
3.畫：《廣韻》胡卦切。
4.像：《唐韻》徐兩切。
5.似：《唐韻》詳里切。
6.灰：《唐韻》呼恢切。
7.木：《唐韻》莫卜切。

8.繫：《廣韻》古詣切。
9.汝：《唐韻》人渚切。
10.業：《唐韻》魚怯切。
11.黃：《唐韻》乎光切。
12.州：《唐韻》職流切。
13.儋：《唐韻》都甘切。

【作品簡析】

　　蘇軾北歸，途經鎮江金山寺，見畫家李公麟為其所繪之畫像，心有所感寫下此首總結自己一生之詩作。

　　他以「已灰之木」喻心，以「不繫之舟」譬身，生命走到此刻，已到達不為外物所動之境，體悟出自由之真理，將畢生功業，歸於貶謫黃州、惠州、儋州三地時期。這並不是自嘲，乃是自我生命之肯定，人生真義不在藉由外物襯

---

²⁸⁶灰：正音 Hoe¹；詩韻 Hai¹。

托出豐功偉績，而在於如何化解身心之慾望，做自己之主人。

　　黃州、惠州、儋州時期，乃蘇軾仕途最低落，生命最危險之刻。然而蘇軾有其自處之道，終能度過最艱難之三個時期。此三時期之光輝不在其政治上有多少建樹，而在於其如何看清自我生命本質，達到常人不易達到的曠達境界，為後人建立既可愛，又令人尊敬的典範。或許我們該說黃州、惠州、儋州之生活，讓蘇軾脫胎換骨，點亮其生命光度，直照至今而不滅。雖然蘇軾最後於元符三年（1100）七月二十八日病死於常州，享年六十六歲，並未完成北歸之夢，然而卻將其生命之精彩，留給了我們。

記先夫人不殘鳥雀

Ki³　　Sian¹　　Hu¹　　Jin⁵　　Put⁴　Chan⁵　Niau² Chhiok⁴

吾²⁸⁷昔少年時，所居書室²⁸⁸前，有竹

Ngou⁵　Sek⁴ Siau³ Lian⁵　Si⁵　　Sou² Ku¹　Su¹　Sek⁴　Chian⁵　　　Iu² Tiok⁴

、柏、桃²⁸⁹、雜花，叢生滿庭，眾鳥巢

Pek⁴　　　Tho⁵　　　Chap⁸ Hoa¹　　Chong⁵Seng¹Boan² Teng⁵　Chiong³Niau² Chau⁵

其上。

Ki⁵　Siong⁷

反切	
1.記：《唐韻》居吏切。	10.室：《唐韻》式質切。
2.殘：《廣韻》昨干切。	11.竹：《廣韻》張六切。
3.鳥：《正韻》尼了切。	12.柏：《唐韻》博陌切。
4.雀：《唐韻》即略切。	13.桃：《唐韻》徒刀切。
5.吾：《唐韻》五乎切。	14.雜：《廣韻》徂合切。
6.昔：《唐韻》思積切。	15.叢：《唐韻》徂紅切。
7.少：《廣韻》式照切。	16.滿：《唐韻》莫旱切。
8.居：《廣韻》九魚切。	17.眾：《唐韻》之仲切。
9.書：《廣韻》傷魚切。	18.巢：《唐韻》鋤交切。

武陽君惡²⁹⁰殺生，兒童婢僕，皆不

Bu²　Iong⁵ Kun¹　Ou³　　Sat⁴ Seng¹　　Ji⁵ Tong⁵　Pi⁷ Pok⁸　　Kai¹　Put⁴

---

²⁸⁷ 吾：正音 Gou⁵；俗音 Ngou⁵。
²⁸⁸ 室：正音 Sit⁴；俗音 Sek⁴。
²⁸⁹ 桃：正音 To⁵；俗音 Tho⁵。

得捕取鳥雀。數[291]年間，皆巢於低枝，
Tek⁴ Pou⁷ Chhu² Niau² Chhiok⁴　Sou³　Lian⁵ Kan¹　　Kai¹ Chau⁵ U¹ Te¹ Chi¹

其彀可俯而窺也。又有桐花鳳四[292]五[293]，
Ki⁵ Khou³ Kho² Hu² Ji⁵ Khui¹ Ia²　　Iu⁷ Iu² Tong⁵ Hoa¹ Hong⁷ Si³ Ngou²

日翔集其間，此鳥羽毛[294]至為珍異難見
Jit⁸ Siong⁵ Chip⁸ Ki⁵ Kan¹　　Chhu² Niau² U² Bo⁵　Chi³ Ui⁵ Tin¹ I⁷ Lan⁵ Kian³

，而能馴擾，殊不畏人。閭里間見之，
Ji⁵ Leng⁵ Sun⁵ Jiau²　Su⁵ Put⁴ Ui³ Jin⁵　　Lu⁵ Li² Kan¹ Kian³ Chi¹

以為異事[295]。
I² Ui⁵ I⁷ Su⁷

反切

1. 武：《唐韻》文甫切。
2. 惡：《廣韻》烏路切。
3. 殺：《唐韻》所八切。
4. 婢：《廣韻》便俾切。
5. 僕：《唐韻》蒲沃切。
6. 捕：《唐韻》薄故切。
7. 取：《唐韻》七庾切。
8. 數：《廣韻》色句切。
9. 枝：《唐韻》章移切。
10. 彀：《廣韻》苦候切。
11. 俯：《廣韻》方矩切。
12. 窺：《唐韻》去隨切。
13. 四：《唐韻》息利切。
14. 五：《唐韻》疑古切。
15. 集：《唐韻》秦入切。
16. 珍：《唐韻》陟鄰切。
17. 異：《唐韻》羊吏切。
18. 毛：《唐韻》莫袍切。
19. 馴：《唐韻》詳遵切。
20. 擾：《唐韻》而沼切。

---

[290] 惡：正音 Ou³；俗音 OuN³。
[291] 數：正音 Su³；俗音 Sou³。
[292] 四：正音 Si³；泉州音 Su³。
[293] 五：正音 Gou²；俗音 Ngou²。
[294] 毛：正音 Bo⁵；俗音 Mou⁵。
[295] 事：正音 Si⁷；泉州音 Su⁷。

21. 殊：《唐韻》市朱切。
22. 畏：《唐韻》於胃切。

23. 閭：《廣韻》力居切。
24. 事：《集韻》仕吏切。

此無他[296]，不忮之誠，信於異類也
Chhu² Bu⁵ Tha¹　　Put⁴ Chi³ Chi¹ Seng⁵　　Sin³ U¹ I⁷ Lui⁷ Ia²

。有野老言：「鳥雀巢去人太遠，則
Iu² Ia² Nou² Gian⁵　　Niau² Chhiok⁴Chau⁵Khu³ Jin⁵ Thai³ Oan²　　Chek⁴

其子有蛇、鼠、狐、貍、鴟、鳶之憂；
Ki⁵ Chu² Iu² Sia⁵　　Su²　　Hou⁵　　Li⁵　　Chhi¹　　Ian⁵ Chi¹ Iu¹

人既不殺，則自近人者，欲免此患也。」
Jin⁵ Ki³ Put⁴ Sat⁴　　Chek⁴ Chu⁷ Kun⁷ Jin⁵ Chia²　　Iok⁸ Bian² Chhu² Hoan⁷ Ia²

反切

1.此：《唐韻》雌氏切。
2.他：《廣韻》託何切。
3.忮：《唐韻》支義切。
4.類：《唐韻》力遂切。
5.蛇：《唐韻》食遮切。
6.鼠：《唐韻》書呂切。

7.狐：《唐韻》戶吳切。
8.貍：《唐韻》里之切。
9.鴟：《廣韻》處脂切。
10.鳶：《唐韻》與專切。
11.免：《唐韻》亡辨切。
12.患：《廣韻》胡慣切。

由是觀之，異時鳥雀巢不敢近[297]人
Iu⁵ Si⁷ Koan¹ Chi¹　　I⁷ Si⁵ Niau² Chhiok⁴Chau⁵Put⁴ Kam² Kin⁷　　Jin⁵

者，以人為甚於蛇、鼠之類也。「苟[298]
Chia²　　I² Jin⁵ Ui⁵ Sim⁷ U¹ Sia⁵　　Su² Chi¹ Lui⁷ Ia²　　Kho¹

[296] 他：正音 Tho¹；俗音 Tha¹。
[297] 近：正音 Kin⁷；泉州音 Kun⁷。
[298] 苟：正音 Ho¹；俗音 Kho¹。

194

政猛於虎」，信哉！

Cheng³Beng² U¹ Hou²　　　Sin³ Chai¹

反切

1. 敢：《廣韻》古覽切。
2. 近：《廣韻》其謹切。
3. 甚：《唐韻》時鴆切。
4. 苛：《集韻》寒歌切。
5. 猛：《唐韻》莫杏切。
6. 哉：《唐韻》祖才切。

【作品簡析】

　　本篇選自《東坡志林》，記述蘇軾母親武陽君不許家人殘害鳥類，因此鳥雀於家中樹上築巢不懼於人，鄰里傳為美談。

　　文章首段寫居家環境，因種植樹竹頗多，滿庭院皆是，吸引各種鳥類前來棲居。

　　次段寫蘇母武陽君不喜殺生之仁懷，並要求家中孩童與婢僕，皆不可捕捉鳥雀。數年後，由於鳥不懼人，因此巢窩皆築於低矮樹枝上，低頭俯視，便可見巢中雛鳥，且有四五隻桐花鳳鳥於樹竹間穿梭飛翔。桐花鳳鳥乃珍禽，羽毛稀奇珍貴，難得一見，且性情溫馴，不畏於人，鄉里見此景象，莫不驚訝萬分。

　　由此鳥不懼於人之象，蘇軾體會到若以無所求之心，誠心對待一切萬物，不加害它們，雖不同物種間，亦可建立互信之關係。誠如鄉間老人家所言：「鳥類築巢，若與人相距甚遠，將擔心幼鳥遭蛇、鼠、狐、貍、鴟、鳶等掠食！人既然不殘害它們，自然願意與人接近，以避掠食者之威脅。」

　　由此觀之，一般鳥雀不敢於接近人之住處築巢，乃深感人對其之殘害更甚於蛇鼠之類。因此「苛政猛於虎」之言，令人不得不信之。因為苛刻之政治手段，對人生命之威脅，實甚於猛虎。

參考文獻

一、蘇軾專著

蘇軾著，王文誥、馮應榴輯注：《蘇軾詩集》，台北：學海出版社，2003 年 1 月。

蘇軾著，(明) 茅維編，孔凡禮點校：《蘇軾文集》，北京：中華書局，1986 年 3 月（2008 年 7 月重印）。

蘇軾著，孔凡禮撰：《蘇軾年譜》，北京：中華書局，1998 年（2005 年重印）。

蘇軾著，馮應榴輯注，黃任軻、朱懷春校點：《蘇軾詩集合注》，上海：上海古籍出版社，2001 年。

蘇軾著，王文誥輯訂：《蘇文忠公詩編註集成》，台北：學生書局，1987 年 10 月。

蘇東坡著，紀文達公評：《蘇文忠公詩集》，台北：宏業書局，1969 年 6 月。

蘇軾著，鄒同慶、王宗堂校注：《蘇軾詞編年校註》，北京：中華書局，2002 年 10 月（2010 年 3）。

蘇軾著，石聲淮、唐玲玲箋注：《東坡樂府編年箋注》，台北：華正書局，1993 年。

蘇軾著，曾棗莊、曾濤編：《蘇詩彙評》，台北：文史哲出版社，1998 年。

二、專書

陳新雄著：《東坡詩選析》，台北：五南圖書出版公司，2003 年。

謝桃坊著：《蘇軾詩研究》，四川：巴蜀書社，1987 年 5 月第一版。

王水照選注：《蘇軾選集》，台北：萬卷樓圖書有限公司，1997 年。

徐續選注，劉逸生主編：《蘇軾選集》，台北：遠流，1988 年。

李一冰著：《蘇東坡新傳》，，台北：聯經出版事業公司，1983 年。

林語堂著，宋碧雲譯：《蘇東坡傳》，台北：遠景出版社，1977 年。

蘇軾著，曾棗莊、舒大剛等主編：《蘇氏易傳》，北京：語文出版社，2001 年。

三、工具書

《康熙字典》，台北：啟業書局，1978 年 12 月。
《辭原》， 台北：台灣商務印書館，1991 年 6 月。
《辭海》，台北：中華書局，1995 年。
《大辭典》， 三民書局/ 1985 年 8 月。
甘為霖編：《廈門音新字典》， 1987 年 11 月。
沈富進編： 《彙音寶鑑》，1988 年 7 月。

四、期刊論文

王啟鵬：〈水：蘇軾文藝美學的精隨〉，《中國蘇軾研究（第一輯）》（北京：學苑
出版社，2004 年 7 月），頁 143。
王瑜瑜：〈耳目所接，皆成佳詠——蘇軾嘉祐四年江行詩探勝〉，《河南理工大學
學報，社會科學版》第 10 卷第 5 期，2009 年 10 月，頁 642-646。
陳冬根：〈水月清明情有獨鍾——蘇軾作品中的「水」意象探微〉，《樂山師範學
院學報》第 22 卷第 3 期，2006 年 3 月。
徐宏勛：〈隨物賦形，善利萬物——由「水」意象看蘇軾晚年〉，《甘肅飛天》，
頁 42-44。
徐冠鑭：〈從「山為翠峰湧」——談蘇軾山水詩中的動靜觀、理趣和安暢的情懷〉，
《山東現代語文》2009 年 11 月，頁 46-49。
張美麗：〈蘇軾詞中「雨」意象的審美意蘊〉，《黑龍江社會科學》第 6 期，2009
年，頁 123-125
孫植：〈蘇詩思想藝術靈蘊的發軔之作 —— 南行詩〉，《北京教育學院學報》第
18 卷第 1 期，2004 年 3 月，頁 13~16。
張文利：〈雛鳳試聲，幾聲清亮幾聲拙——對蘇軾南行詩的考察〉，《西北大學學
報》第 36 卷第 2 期，2006 年 3 月，頁 145~149。
段莉芬：〈蘇軾南行詩評述〉，《研究與動態》第 6 期，彰化：大葉大學共同教學
中心，2002 年 6 月，頁 1~11。
楊炎華：〈蘇軾鳳翔詩研究〉，《西安石油大學學報（社會科學版）》第 16 卷第 1
期，2007 年 1 月，頁 55~60。
李偉鋒：〈仁山智水悠游不迫——蘇軾詩〈百步洪二首〉其一藝術賞析〉，《牡丹
江教育學院學報》，2005 年第 4 期，頁 15~16 & 33。

朱慶和：〈遐思聯翩醒復醉，精神超脫寄餘生 ── 蘇軾〈臨江仙・夜歸臨皋〉賞析〉，《新語言學習（教師版）》（江蘇，南京），第 3 期，2008 年，頁 115。
李鋒軍：〈小舟從此逝，江海寄餘生 ── 蘇軾〈臨江仙〉詞賞析〉，《清海師範大學民族師範學院學報》，第 17 卷第 1 期，2006 年 5 月，頁 38~39。

五、碩博士論文

彭淑玲撰：《東坡詞風雨意象探析》，台北：國立臺灣師範大學國文研究所教學碩士專班碩士論文，2008 年。
楊佩琪撰：《蘇軾杭州詩研究》，國立台灣師範大學國文研究所碩士論文，1999 年 7 月。
劉明昭撰：《蘇軾嶺南詩論析》，台北：國立臺灣師範大學國文研究所博士論文，1989 年 5 月。
蔡孟芳：《蘇軾詩中的生命觀照》，國立政治大學中國文學系碩士論文，2007 年 6 月。
劉洋撰：《蘇軾文學作品中的水意象研究》，吉林：延邊大學中國古代文學碩士論文，2011 年 5 月。
卓瑞娟撰：《二蘇唱和詩研究》，甘肅：蘭州大學碩士論文，2007 年 5 月。

吟嘯且徐行——蘇軾作品河洛漢語吟唱

吟　　唱　黃冠人

賞　　析　王郭皇

協助出版　臺灣三千藝文推廣協會

發 行 人　陳滿銘

總 經 理　梁錦興

總 編 輯　陳滿銘

副總編輯　張晏瑞

編 輯 所　萬卷樓圖書（股）公司

發　　行　萬卷樓圖書（股）公司

臺北市羅斯福路二段 41 號 6 樓之 3

電話 (02)23216565

傳真 (02)23218698

電郵 SERVICE@WANJUAN.COM.TW

大陸經銷

廈門外圖臺灣書店有限公司

電郵 JKB188@188.COM

香港經銷

香港聯合書刊物流有限公司

電話 (852)21502100

傳真 (852)23560735

ISBN 978-986-478-286-4

2019 年 6 月初版

定價：新臺幣 600 元

如何購買本書：

1. 劃撥購書，請透過以下帳號
   帳號：15624015
   戶名：萬卷樓圖書股份有限公司

2. 轉帳購書，請透過以下帳戶
   合作金庫銀行 古亭分行
   戶名：萬卷樓圖書股份有限公司
   帳號：0877717092596

3. 網路購書，請透過萬卷樓網站
   網址 WWW.WANJUAN.COM.TW

大量購書，請直接聯繫，將有專人
為您服務。(02)23216565 分機 10

如有缺頁、破損或裝訂錯誤，請寄
回更換

國家圖書館出版品預行編目資料

吟嘯且徐行——蘇軾作品河洛漢語吟唱
／黃冠人吟唱　王郭皇賞析

-- 初版 .-- 臺北市：萬卷樓，2019.06..

面；　公分 .--（　　）

ISBN 978-986-478-286-4（平裝）
1.（宋）蘇軾 2. 詩詞 3. 詩文吟唱

851.4516　　　　　　108006666